死吧，不死者！

02

龍與碧藍深海之間

THE HOLLOW REGALIA

The girl is a dragon.
The boy is the dragon slayer.

見龍，弑之。

虛位王權

THE HOLLOW REGALIA

Kadokawa Fantastic Novels

STORY／CHARACTER

——名為日本的國家已遭滅亡的世界。

弒龍少年與龍之少女成了最後倖存的日本人，在廢墟都市「二十三區」相遇。

弒盡八龍，選定新的「世界之王」的戰鬥就此揭幕。

比利士藝廊

根據地設在歐洲的貿易公司，經銷兵器與軍事技術為主的死亡商人。

擁有用於自衛的民營軍事部門。贊助者是比利士侯爵家。

鳴澤八尋

Narusawa Yahiro

不死者

淋了龍血而成為不死者的少年，為數稀少的日本人倖存者。獨自以「拾荒人」身分將古董及藝術品從隔離地帶「二十三區」搬運出來，謀生至今。一直在尋找於大殺戮失蹤的妹妹鳴澤珠依。

儘奈彩葉

Mamana Iroha

使役魍獸的少女

於隔離地帶「二十三區」中央存活下來的日本少女，在倒塌的東京巨蛋故址與七名弟妹一起生活。感情豐富且容易落淚。擁有支配魍獸的特殊能力，因此被民營軍事公司盯上。

伊呂波和音

Iroha Waon

茱麗葉・比利士

Giulietta Berith

天真爛漫的格鬥家

軍火商比利士藝廊的營運長，珞瑟塔的雙胞胎姊姊。中裔東方人，但是目前將國籍設於比利士侯爵家根據地所在的比利時。擁有超乎常人的體能，在肉搏戰足以壓倒身為不死者的八尋。性格具親和力，受眾多部下仰慕。

珞瑟塔・比利士

Rosetta Berith

冷酷的狙擊手

軍火商比利士藝廊的營運長，茱麗葉的雙胞胎妹妹。擁有超乎常人的體能，操控槍械尤有天賦。與姊姊呈對比，個性沉著冷靜，幾乎不會表露感情。大多負責部隊的作戰指揮。溺愛姊姊茱麗葉。

喬許・基根
Josh Keegan

開朗的前警官

比利士藝廊的戰鬥員，愛爾蘭裔美國人。原為警官，因為某種因素遭到犯罪組織索命。輕薄言行雖多，身為戰鬥員卻屬優秀。

帕歐菈・雷森德
Paola Resente

美麗的女戰鬥員

比利士藝廊的戰鬥員，墨西哥出身。原為女演員，業界至今仍有許多她的戲迷。為照顧留在故鄉的家人，將多數薪水用於貼補家用的苦命人。

魏洋
Wei Yang

性情穩重的復仇者

比利士藝廊的戰鬥員，中國出身。父親為政府高官。在調查父親遭謀殺有何真相的過程中得知統合體的存在，便加入了比利士藝廊。雖是溫和的美男子，發飆就會很恐怖。

統合體

目的在於保護全人類免受龍帶來的災厄的超國家組織。據說不僅繼承了過去龍出現的紀錄及記憶，還保有為數眾多的神器。

鳴澤珠依
Narusawa Sui

地龍巫女

鳴澤八尋的妹妹。有能力將龍召喚至現世的巫女，引發大殺戮的始作俑者。當時所受的傷導致她的身體會不定期陷入「沉眠」。目前受到「統合體」保護，將自己提供給他們當成實驗體以換取庇護。

奧古斯托・尼森
Auguste Nathan

統合體的使者

非裔日本人醫師兼「統合體」的探員。負責護衛鳴澤珠依，一方面助她實現願望，另一方面則把身為龍之巫女的她當成實驗體利用。

耶克托爾・萊馬特
Hector Raimat

軍火商

世界屈指可數的軍火廠商「萊馬特國際企業」的會長。擁有爵位的正牌貴族，被稱作伯爵。為了獲得龍血帶來的不死之力，將研究設施提供給尼森，另一方面也在覬覦彩葉。

序幕 Prologue

日本時間，深夜零點四十分——

舊式的民間貨船鶺鴒號載了滿滿一千七百個貨櫃，正航向大阪灣。

裝載貨物大半為存糧，另外有槍械與彈藥一類。這些補給物資是要送交於阪神地區駐留的英軍。

船現在位處太平洋室戶岬近海，已屬日本的領海範圍內。

拂曉以前應該就會穿過紀淡海峽，抵達目的地神戶港。

然而，周圍海域並沒有鶺鴒號以外的船影。

航海雷達始終保持沉默，船舶自動識別裝置（AIS）也沒有反應。

運輸船、漁船、長程遊艇及載客遊輪。過去來往於這座海域的船舶如此繁多，現今卻一艘也不存在。

浮在海平面的四國大地融於夜色，無法找到人工光源。

連收音機的廣播電波都沉默了。

被寂靜籠罩的死亡大地，那就是日本現在的模樣。

「無奈。短短四年就落得這副景象，可真慘。」

坐在船長席的男子望著即時衛星影像並嘀咕。

以往近畿大都市圈的人口號稱近兩千萬，現已不見當時繁華的影子。都市大多遭到破壞殆盡，其中的居民都滅絕了。原因是大殺戮（Genocide）——一場針對日本人的狩獵。

「就是啊。久違回到陸地上，卻沒有任何居民倖存的話，登陸以後也沒辦法歇息。過去在港口附近倒是有餐點美味的酒館。」

航海士用興致不高的語氣回話。

只要長年跑船，會發現有緣拜訪的國家捲入戰爭或災害而毀滅並不算罕見之事。像日本這種和平的國家沒兩下就滅亡，確實是令人意外，但也就如此罷了。

「這麼說來，船長之前就聽過那個傳言嗎？」

「傳言？」

船長露出納悶的臉色，航海士便對他露出一抹賊笑。

「我說的是怪物啦，怪物。聽說日本人全喪命的真正死因才不是病菌，而是從地底冒出來的怪物所致啊。」

「……那種傳言，你是從哪裡聽來的？」

「我姊夫待在美軍的海軍陸戰隊。記得那種怪物被他們稱為魍獸來著。美軍在岩國就跟那種怪物打了一場，據說差點沒命。」

「這樣啊。」

船長帶著嚴肅的眼神吐了氣。

日本人遭到虐殺的理由，人們普遍相信是導因於附著在隕石上的未知病原體。然而，事實並非如此，這在軍方相關人員之間早已是形同公開的祕密。

如航海士所說，名為魍獸的怪物出現，也是構成日本滅亡的原因之一。不知道由何出現的眾多食人怪物(Monster)，它們至今仍棲息於日本全國，威脅到人類的生存。尤其是過去的首都東京，全域都已遭魍獸占領，據稱連軍方的裝甲部隊也被它們堅拒在外。

「軍方的人到現在還留在日本，聽說也是那些怪物害的。為了避免讓怪物逃出來，似乎就把它們封鎖在日本了。」

船長稍微壓低了音量，以免被艦橋(Bridge)的其他乘員聽見。

駐留於日本的多國籍軍隊中也包含託這艘船運貨的英軍。事到如今再隱瞞也幾乎沒意義，但船長總不能讓未確認的傳言流出去，從而搞壞寶貴客戶的心情。

航海士卻露出挖苦似的笑容搖頭。

「還真是辛苦軍方了。可是船長不覺得詭異嗎？」

「哪裡詭異？」

「事情可怪了不是嗎？假如真要驅逐那些怪物，發射彈道飛彈把它們全燒光就好。明明那個國家的人早就滅絕，何必投入幾十萬的大兵力，將根本無人居住的土地包圍起來？」

「確實有理。」

船長沒有反駁部下的意見。

聽他這麼說，事情是有古怪。軍隊派兵會有莫大的開銷，為了封鎖魍獸，與其讓部隊駐留當地，放火燒遍無人的國土顯然比較省錢省力。

若目的是要廣納殖民地就另當別論，但分據日本的各國軍隊表面上仍有合作關係，看起來也不像國與國之間在搶占領土。

「你那陸戰隊（Jarhead）姊夫對此是怎麼說的？」

「照他的說法，情報好像都不會傳到基層喔。」

被船長一問，航海士微微聳了聳肩。

「不過，聽說軍方高層那些人好像是在找什麼東西。」

「找東西……？」

「內容倒不清楚。既然軍方紅了眼到處在找，多少會是有價值的貨色吧？比如日本政府藏起來的財產之類……」

「所以，那算日本人留下的遺產嗎……」

船長忍不住發噱了。假如大國的軍隊齊聚一地就是要找連存不存在都無人曉得的寶藏，他認為是件挺滑稽的事。

「哎，反正我們都沾不上邊。」

「船長說得是。」

航海士也對船長實際的感想表示同意。

他們倆同時聳聳肩，準備回到各自的崗位。

就在隨後，艦橋警報大作。

伴隨聽似地鳴的震動聲，令人不快的晃動感朝船體襲來。船上將引擎打成倒退檔，突然緊急煞停了。

「出了什麼事！」

船長向站在操舵席前的乘員確認。運輸船鶺鴒號的自動化技術進步，艦橋所需要員不多。即使將船長本身算在內，艦橋內也只有四個人。

「確認到航道正前方有船影！距離約四浬！再這樣下去會有衝撞的危險！」

操舵手語氣急迫地回答。一瞬間，船長對部下的報告無言以對。

運輸船以接近最高速度在航行，無法輕易停下。七萬噸級的船體想在海面上安全停止，就必須用幾十分鐘減速。短短四浬的距離別說要停船，連充分減速都有困難。

「為什麼在距離靠得這麼近之前都沒察覺！」

「雷達並沒有起反應！船舶自動識別裝置也沒有信號！」

「居然……是隱形戰艦？豈有此理……！」

船長用望遠鏡瞪向面前的船影，並發出驚呼。

黑夜使人無法精確辨識船的模樣。對方的量級固然不及鵪鶉號，還是相當大型的艦艇。沒有多餘起伏的平滑輪廓，顯示其船體是旨在減少雷達反射截面積而設計的隱形戰鬥艦艇。就算這樣，雷達在如此接近前都沒有反應仍屬異常。

「看起來並不像正規軍艦……會是海賊嗎？」

航海士用冷靜的口吻嘀咕。

「在這種海域？不，有可能……」

船長不悅似的撇嘴。

名為日本的主權國家消滅之後，這一帶的海域名符其實地化為無政府狀態了。表示即使在這裡從事海賊的勾當，也無人能逕行取締。

當然，會來這片海域的商船數量已經劇減，但是仍不到一艘也沒有的地步。遭目擊的風險較小，對海賊來說反而有利。

或者那也許是某國佯裝成海賊的私掠船。光是對方擁有隱形戰艦，便極有可能是如此。

「哎，也罷。叫所有人一面操舵迴避一面準備反擊。把甲板人員全給我挖起來，有仗要打了。」

船長對艦橋內的部下們發出號令。

部下們毫不遲疑地遵從他的命令。運輸船鵪鶉號的海運業主是Ｄ９Ｓ——全世界最大的民營軍事企業。換句話說，鵪鶉號的船員們連同船長在內，皆為軍人轉任而來的戰鬥員（Operator）。

「對方心想是民間運輸船就看扁人了吧。這艘船骨子裡可是十成十的軍用艦。」

船長望向面前的敵船，並且揚起嘴角。

作為自衛用途，鵪鶉號設有兩門二十毫米機關砲，此外還裝載了一門七十六毫米艦砲。反艦飛彈實在是配備不了，然而這些重武裝在近距離對轟已經可匹敵第一線等級的驅逐艦。當下對方將鵪鶉號認作普通運輸船而心生鬆懈，有利的便是我方。

敵船恐怕在等鵪鶉號為了迴避衝撞而減速，所以要反過來利用這一點，在彼此靠近後開砲重轟。

船長立刻擬出這樣的作戰策略，還打算轉達給部下。

然而，他沒能將內心的計畫說出口。因為在那之前，鵪鶉號的船體就受到了驚人的震動侵襲。

破壞性的衝擊從船底直撲而上，讓艦橋全體乘員都被震倒。

宛如被汽車撞飛的衝擊。船長全身重重地撞在牆壁上，劇痛讓他發出悶哼。

「這次又怎麼了！」

「不清楚！船、船底似乎撞上了什麼……！」

「你是指觸礁嗎？怎麼可能！這樣的外海哪會有暗礁！」

操舵手的報告夾雜了慘叫，讓船長流露出憤怒。

以位置而言，附近海域的水深輕鬆超過一千公尺，根本不可能會有岩礁之類阻礙到船隻航行。然而現實是鶺鴒號船體已經如觸礁般大幅傾斜，還發出慘叫似的嘎吱聲響。

船長大感混亂，一邊探頭望向夜晚的海面，於是他說不出話了。

有某種物體正浮上海面——全長達數公里的巨大黑影。

如果要比喻，它狀似一座漆黑的冰山。

它並不是像潛水艇那樣的人工產物，話雖如此，也沒有道理屬於自然地形。

表面具有看似碎石的崎嶇突起物，在浪花沖刷下散發著濕亮光澤。

鶺鴒號撞上那道巨大的形影，完全停止動作了。雖然船體奇蹟似的還保有原形，卻難以承受住撞擊力道與貨物的重量，處於隨時斷裂也不奇怪的狀態。

「這鬼東西，究竟是什麼……？」

船長細看將海面蓋住的黑影，並且茫然搖頭。

黑影持續緩緩隆起，鶺鴒號的船體傾斜隨之加劇。單純的冰山絕不可能有那種動作。

顯露出的黑影表面覆有整齊成排的無數突起物。

外觀讓人聯想到覆於鱷魚或蜥蜴背部的鱗狀骨。

那道黑影的真面目，該不會就是某種巨大的生物——

船長冒出如此違背常理的想像，全身便無意識地顫抖。

「前方船舶發來通訊！」

透過無線通訊士慌亂的聲音，差點出神的船長頓時警醒。國際ＶＨＦ對講機幾乎在同一時間播出通訊者的聲音。是年輕女子的嗓音。

『在此告知運輸船鶺鴒號的乘員。』

「……通告？」

無視航海規矩的單方面通訊讓船長板起了臉。

鶺鴒號撞上神祕黑影而觸礁這件事，對方應該也理解。

可是，女子對此不顯得動搖。她那邊早就知道鶺鴒號將會觸礁。狀況在事前已經如此安排好了。

換句話說，海面出現的神祕黑影本身就是來自敵方的攻擊。

『貴船帶著向侵略者供給物資之目的，侵犯了我國領海。故我方將扣押貴船。在此要求爾等讓出貨物。』

「我國領海……？你們是什麼人？」

船長打斷了女子的話語問道。

片刻沉默過後，女子回答：

『我等乃日本獨立評議會，承繼日本國政府的正統臨時政府。』

「倖存的日本人嗎……！」

船長訝異得瞠目。

名為日本的國家早已滅亡，無人能主張這片海域的領海權。

唯一例外就是倖存的日本人。假如日本獨立評議會當真是日本政府的承繼者，他們做出這種舉動可說具有相稱的大義名分。前提是，他國願意認同他們具正統性。

「查出正面那艘護衛艦的船舶情報了。」

捧著行動裝置的航海士向船長耳語。

「護衛艦……？」

意外的單字讓船長蹙起眉頭。就他所知，實質上對海洋戰艦賦予護衛艦稱呼的國家只有一國，而且那個國家已經滅亡了才對。

「是的。DDX一八七『日方』——海上自衛隊的登陸型護衛艦。」

「竟然是……自衛隊的船艦？」

船長不由得出聲嘀咕。

日本保有的防衛戰力全在大殺戮時消滅了。

然而，既然有名叫DDX的護衛艦仍完好存在，艦上乘員是日本人倖存者的可信度就會隨之提高。對方應該足以據此自稱日本政府的正統承繼者。

「——你說得沒錯，鵪鶉號的船長。這艘護衛艦『日方』亦為我等日本獨立評議會實質支配的本國唯一領土。」

「……唔！」

從船外傳來了女子說話聲，讓艦橋所有人倒抽一口氣。

那並非隔著無線電聽見的聲音。

她的聲音是在艦橋正面，從乘員們眼前傳來的。

在星光照耀之下，體態修長的黑髮女子正飄浮於夜空。

她並沒有飛在半空。漆黑的巨影破海浮出，已經隆起到跟鵪鶉號艦橋同樣的高度。她就站在那上面。

歲數約二十過半的年輕女子。

身穿近似軍禮服的亮麗服飾，左手還拿著攜帶型無線電。

而她的右手握著一柄刀械——出鞘後散發銀芒的日本刀。

『在此重申，我等乃日本獨立評議會。運輸船鵪鶉號的乘員應盡速解除武裝，聽從我等的指示，否則——「這傢伙」就會摧毀你們。』

女子用日本刀的刀尖指向乘員們宣告。

直到這時候，他們才總算察覺。

女子所站的位置是巨大怪物的頭頂。

那是一頭全長達數公里的琥珀色幻獸，全身覆有樣似厚實岩層的鱗片，正緩緩地在昏暗的海面下移動。運輸船鵪鶉號之所以會陷入無法航行的窘境，就是船體開到了那頭怪物背上所致。

於是幻獸抬起它近似於蛇的巨大彎頸，並且睥睨鵪鶉號的艦橋。在黑暗當中，有雙毫無情感的巨大眼眸綻放色澤如灼熱熔岩的光彩。

「龍（Dragon）……」

船長用沙啞的聲音叫了那頭幻獸的名稱。

琥珀色的龍張開巨顎，發出了彷彿要撕裂天空的凶猛咆哮。

02 Dragons And The Deep Blue Sea

龍與碧藍深海之間

THE HOLLOW REGALIA

Presented by
MIKUMO GAKUTO
Illustration
MIYUU

第一幕 橫濱要塞

THE HOLLOW REGALIA

CHAPTER.1

1

灰色列車正奔馳在淪為廢墟的無人街區。

配備了大口徑的迴轉式砲座以及無數機槍，將自己武裝得像刺蝟一樣的剽悍車輛——比利士藝廊的裝甲列車「搖光星」。

比利士藝廊僱用了應已滅絕的日本人倖存者——不死者鳴澤八尋，將化身成偽龍（Worm）的耶克托爾．萊馬特伯爵消滅，進而在兩天前壓制了軍事企業萊馬特的日本分部。藝廊的戰鬥員們花了兩天回收戰利品，目前才總算踏上歸途。

比利士藝廊的根據地在前橫濱市。為了避開屬於隔離地帶的二十三區，搖光星被迫行經八王子繞上一大圈回去。

列車一邊仍要提防遭遇魍獸，行進速度遲緩。從任務獲得解放的戰鬥員們多半閒著無聊，正在車廂內度過放鬆的時刻。

有部分倒霉輪值到伙委工作的隊員得除外就是了。

「又是馬鈴薯啊……」

八尋縮在廚房一角，瞪著擺在眼前的整桶馬鈴薯嘆了氣。以八輛車廂編制而成的裝甲列車在設計上最多可供五十四名戰鬥員住宿，當然，要供應他們伙食所用的食材量便不是普通地多。

「欸，茱麗，比利士藝廊僱用我是為了弒龍吧？」

手拿削皮刀的八尋抬起臉，朝著坐在餐廳吧檯的女子問了一句。

那是個嬌小的東洋少女，黑色秀髮挑染了華麗的橘色。她——茱麗葉・比利士正是比利士藝廊遠東分部的負責人，八尋的雇主。

「對呀。你跟我打過勾勾了啊。」

茱麗不以為意地點頭，然後把原本盛在三層點心盤上的蛋糕送到嘴邊。她當著幹活的八尋眼前，優雅地享受著品茶時光。

八尋一面撇嘴一面從桶子裡抓起新的馬鈴薯。

「既然如此，妳們逼我留在這種地方削這些沒完沒了的馬鈴薯皮是什麼意思？我跟那個叫萊馬特的老爺爺交手過後，做的可都只有伙委的工作！」

「八尋，主廚申先生有稱讚過你啊，他還希望你就這樣一直留下來。太好了呢。」

「好個頭啦！我是叫妳履行承諾！珠依的下落追查得怎麼樣了！」

茱麗那彷彿事不關己的態度讓八尋扯開了嗓門。

鳴澤珠依從萊馬特基地搭直升機逃走後，至今依然下落不明。即使查找基地內研究設施殘留的資料，也沒有發現任何關於其去向的線索。八尋花了四年總算才找到義妹，對方卻又完全消聲匿跡了。

「混帳……！」

八尋像是在發洩無處可去的憤怒，將馬鈴薯劈成兩半。砧板「咚」地發出清脆的聲音，隨後——

「喂——！」

穿圍裙的儘奈彩葉從廚房裡探出臉，斥責了八尋。

「吵什麼吵啊，八尋！麥克風會收到你的聲音耶！」

「……彩葉，妳是在忙什麼？」

八尋望著鼓起腮幫子的彩葉，納悶地反問。因為彩葉戴著銀色的假髮與仿獸耳的髮箍，還拿著附手機的自拍棒。

「我現在叫和音。嗚汪～～！我在拍今晚要發的影片，做和風可樂餅。」

彩葉對著手機鏡頭挺起胸部擺了帥氣的姿勢。

和音是彩葉身為影片直播主的藝名。她在大殺戮結束後就天天持續以日文投稿影片。

儘管彩葉充滿外行感的影片播放數始終沒有長進，然而有她向倖存的日本人發話，讓之前孤單度日的八尋有了心靈依靠也是事實。

而八尋在現實中跟自己憧憬的直播主巧遇，還得知對方平日的真面目，如今他的心境很複雜。各方面都是。

「妳擅自拿了我削好的馬鈴薯去搗碎啊。我就在想數量好像有稍微減少……！」

八尋探頭看了彩葉剛才在忙活的廚房內部後，臉就垮了。

其實彩葉的廚藝並沒有她本人想的那麼俐落。用過的廚具散亂在各處，廚房呈現一片滿悽慘的景象。不過——

「好嘛好嘛。完成以後，我也會分給你吃啊。主推直播主親手做的可樂餅喔，高興嗎？你高興嗎？」

不知怎地，彩葉帶著滿是自信的得意表情朝八尋凝視而來。妳很煩耶——八尋露出苦瓜臉回嘴：

「與其扯那些，妳還不如過來幫我削馬鈴薯皮。要說的話，這原本是妳那些小孩的工作吧？」

「弟妹啦！他們才不是我的小孩，要叫弟妹才對！」

彩葉有些不爽地糾正八尋說的話。

在日本這個國家因為大殺戮而瓦解後的四年間，彩葉就是與七名男女孤兒情同家人地生活在被眾多魍獸包圍的二十三區中央。

孤兒多為十歲左右，最年長的絢穗才剛滿十四歲。至於最小的瑠奈，僅僅七歲。以結果而言，彩葉便是以保護者的立場照顧他們。

話雖如此，彩葉自己也才十七歲，被當成母親似乎有違其本意。她會拚命強調弟妹一詞也是因為這樣。她平時的表現倒是有悖於這樣的想法，言行舉止儼然像個熱心腸的母親——

「——彩葉的那些小孩正在上課。」

珞瑟碰巧走進餐廳，便淡然回答了八尋的問題。

「……上課？」

「戰鬥員當中有幾個人領有教師執照，我就讓他們輪流擔任家庭教師。畢竟那些孩子仍處於義務教育的年齡，即使要讓他們在藝廊工作，也必須學會最起碼的知識與教養。」

珞瑟晃了晃挑染了藍色的黑髮，以公事公辦的口氣說道。

珞瑟——珞瑟塔·比利士是茱麗的雙胞胎妹妹。兩人的面孔就像照鏡子一樣相似，除了髮型之外幾乎沒辦法區別，然而她們倆散發的氣質卻完全相反。

相對於行事隨興而難以捉摸的茱麗，珞瑟既冷漠又重邏輯。八尋總會遺憾地心想，假如能把兩個人的性格加起來除以二，倒是剛好會變得比較容易相處。

「基本的讀寫或算數之類，我們姑且也有互相教彼此啊。」

彩葉帶著略顯尷尬的臉色找了藉口。

在化為廢墟的市區裡只剩下一群孩子，彩葉帶著弟妹們，單單要正常生活應該就已費盡苦心，即使說要自主進修也有極限吧。光是他們用英文對話並無障礙，反而已經可說是進修有方。

「讓他們在藝廊工作？彩葉那邊的小朋友不是要送去海外避難嗎？」

八尋對珞瑟的發言有些吃驚。

把小朋友由已陷入無政府狀態的日本送到安全的海外——這應該是珞瑟她們跟彩葉提過的條件，作為聽從比利士藝廊的回報。

「我原本也是打算那樣……」

彩葉帶著複雜的表情含糊其詞。

「留下來似乎是那些小朋友自身的意願。他們說不想跟彩葉就這樣分離。」

自顧自地啜飲著紅茶的茱麗用淡然語氣說明。

「哦。」

八尋微微挑眉，看向彩葉。

彩葉害羞似的呵呵笑了笑。考慮到孩子們的將來，讓他們逃離日本大概會比較好，但他們不想跟家人分開的心情也能讓人理解。更重要的是，孩子們說想跟自己在一起的心意，彩葉聽了應該感到欣慰吧。

「哎，畢竟我們也不曉得選哪一邊對那些小鬼頭來說才算幸福。」

「就是啊。送到日本境外之後，也無法保證他們能安全。」

聽了八尋隨口嘀咕的意見，珞瑟回以聳動之語。

「……妳說這話是什麼意思？大殺戮已經結束了吧？那些小鬼頭不會因為日本人的身分就被人索命啊，難道不是嗎？」

「對。不過，他們都是龍之巫女的家人。」

珞瑟坐到茱麗旁邊，還一邊捏了塊餅乾一邊聳肩。

「……難道妳想說，他們會被抓去當成針對彩葉的人質？」

「我的意思是，即使有那麼想的勢力出現也不奇怪。畢竟龍之巫女就是具有讓他人那麼做的價值。」

「所以我就提議乾脆留在我們這裡還比較讓人放心。」

茱麗笑吟吟地說道。八尋對她們倆投以狐疑的眼神問：

「妳們能保證自己就不會把那些小朋友當人質？」

「怎麼可能。我們才不會那麼做。因為我們沒有愚蠢到會相信挾持人質這種做法對龍管用。」

珞瑟露出一抹微笑。

所謂的龍，是超越人智且接近於神的存在，連這個世界的物理法則都對它不管用的荒謬怪物。靠利弊得失向那種怪物討價還價是沒有意義的。她們都理解這一點。

不過反過來講，她們這樣的態度也等於闡明只要討價還價管用，就會毫不猶豫地抓小孩當人質——

「……怎麼搞的！」

伴隨「匡」的沉沉金屬聲，裝甲列車的車體猛烈搖晃。

車輪嘎吱作響，搖光星隨即開始減速。八尋差點切到指頭，便停下削馬鈴薯皮的手。

「恭喜嘍，八尋，削馬鈴薯皮的工作結束了。暫且結束。」

茱麗擱下茶杯以後看向窗外，發出歡欣的聲音。

「請準備下車。我們抵達目的地了。」

珞瑟起身用毫無情緒的態度告知。

「目的地？」

「妳是指比利士藝廊的根據地？」

八尋與彩葉疑惑地望向彼此。

一回神，從列車窗口望見的景色已經變了。荒廢的市區街景消失無蹤，在裝甲列車奔馳的鐵軌兩側，密密麻麻地擠滿了無國籍風格的雜亂建築物。

位於這片街景中心的是一座圓筒形巨塔。樣似布勒哲爾所繪的巴比倫塔，呈螺旋狀的雄偉建築。八尋曾透過外傳的風聲得知，那就是過去名為橫濱車站的建築物演變迄今落得的樣貌。

「不，我們到了這條鐵路的終點站。旅日傭兵們生活的城市——橫濱要塞。」

珞瑟仰望彷彿建造到一半而不甚美觀的高塔塔頂，並且告訴八尋他們。

搖光星載著八尋等人駛進了埋藏於塔底的車站月台。聽似野獸臨終嚎叫的刹車聲尖銳響起，裝甲列車的巨軀緩緩停下了。

2

在橫濱要塞的鐵路轉運站內，機工人員正守候著裝甲列車到來。他們是一群身穿沾滿油汙的工作服，體型壯碩的男人。

當中有個男子長得格外醒目凶悍，下了列車的茱麗毫不畏懼就朝他走近。男子看茱麗那樣，便豪爽地破顏一笑。

「看來妳平安活著回來啦，茱麗葉·比利士。」

「我回來嘍，叔叔。短期之內又要受你關照了。」

「哼。聽說你們闖進了二十三區，可沒有傷到搖光星吧？」

「不要緊，不要緊。因為我們的戰鬥員都很優秀。」

「……那個大叔是誰？」

八尋望著茱麗與男子親暱地聊個不停，詢問身旁的珞瑟。

在這段期間，身穿作業服的大群男子踏進裝甲列車，開始對車輪及機房進行檢查維護。與粗魯的外表呈反比，他們行動起來井然有序又靈敏。

「他們是連合會(Guild)的託管業者。搖光星的檢修都是交給這群人。」

「……什麼是連合會？」

「請想成由隸屬於橫濱要塞的民營軍事企業組成的工會。它是不屬於任何國家或勢力的中立組織。」

「居然有這種組織啊……」

珞瑟的說明讓八尋稍微受到了震撼。八尋所知的民營軍事企業全是為了彼此利益就互相欺騙，視情況還會若無其事地展開廝殺的一幫人。他們會互助組成立場中立的組織，並不是乍聽就讓人信得過的說法。

「因為在橫濱，有關東地方唯一保持機能的大型港灣設施，連合會的目的是要確保其安全。簡單來說就是互相監視啦，以免這附近發生大規模的戰鬥，或者有小部分企業獨占利益的情形出現。」

「是喔……」

原來有這麼回事，八尋總算感到信服。

如今的日本大部分國土都已經化成無人廢墟，生活所需的物資幾乎全靠進口。糧食與醫藥品，還有用來跟魍獸作戰的武器彈藥——運送這些的貨船一旦無法停靠港口，民營軍事企業也就顧不得追求利益了。

「所以說嘍，在橫濱周遭，你們可以想成最起碼的治安是受到保障的。相對地要是跟連合會作對，就會與全橫濱的民營軍事企業為敵——」

「這樣啊……八尋，你要小心喔。」

「為什麼妳的前提是我會惹事？」

被彩葉用真心擔憂的語氣一說，八尋滿腹苦水地撇嘴。

假如在橫濱要塞發生意外，原因有高機率會出在彩葉身上。被取名為「櫛名田」的她是能統率魍獸的存在，這件事已經被參加萊馬特作戰的部分民營軍事企業得知了。

不過彩葉本人鮮有這樣的自覺。她一臉悠哉地將樣似純白毛球，尺寸同中型犬的生物抱在懷裡就是證據。那隻像布偶的生物，其實是過去棲息於二十三區的巨大雷獸淪落而成——其真面目即為魍獸。光是她帶著那種東西進城，就能輕易想像橫濱要塞的居民為此氣壞的模樣。

「不過，好厲害的建築物喔。我很久沒看見這麼熱鬧的街區了。」

彩葉將目光望向橫濱要塞的中心地帶，一邊發出感嘆之語。

雜亂興建的建築物，熙熙攘攘地忙碌於其中的人群。即使隔著轉運站骯髒的玻璃，還是能體會到人們在設施內度日的活力。

「與其叫城塞，感覺更像迷宮。有多少人住在這裡？」

「沒有人仔細去數過，因此不知道精確的數字，但據說光是傭兵就有十萬人。此外還有為了做他們的生意而聚集過來的商家與眾多娼妓。」

「真的假的……」

珞瑟淡然告知的話語讓八尋有一絲緊張。

十萬規模的士兵，說來已可匹敵中堅國家的總兵員人數。因為有裝備與訓練度的問題，戰力上跟正規軍無法比較，即使如此仍讓人不敢與其為敵。

「比利士藝廊的總部也在這裡面嗎？」

「不，接下來要在這裡換車。我們的基地設施位於跟這裡稍有距離的海濱。」

珞瑟回答了彩葉的問題。

隨後，八尋等人背後突然變得鬧哄哄的。

彩葉的弟妹們從裝甲列車的睡鋪車廂魚貫而下，比利士藝廊有兩名戰鬥員像級任導師一樣引領著他們。那是喬許・基根與帕歐菈・雷森德。

「好啦，所有人手牽手。別走散嘍，你們這些小鬼。迷路可就回不來了。」

「是～～」

喬許直截了當地開口呼籲，黏著他的九歲兒三人組——希里、京太、穗香便做出回應；十一歲的蓮與十二歲的凜花則用自己的步調跟在後頭。最年長的佐生絢穗看弟妹們態度沒大沒小，就慌得連連低頭說對不起，然後被帕歐菈安慰。

至於年紀最小者——剛滿七歲的瀨能瑠奈，跟那些兄姊離得遠遠的，一個人站在八尋身旁。

「呃～～……妳叫瑠奈對吧。找媽媽的話，她是在那邊喔。」

八尋被雙馬尾的寡言少女揪著袖口，便困惑地伸手指向彩葉。瑠奈卻只是搖搖頭，不肯將八尋放開。

「早跟你說過我不是媽媽，要叫姊姊。」

彩葉說著就鼓起腮幫子。於是瑠奈依然一語不發，還用空著的手牽起彩葉的手。結果她被八尋與彩葉兩個人夾在中間，才總算滿意似的放鬆表情。

「咦，怎樣？妳想要我們三個手牽手？」

「……為什麼連我都得牽？」

彩葉與八尋困惑似的蹙起眉頭，瑠奈還是沒有回答。

眼裡毫無情緒的她正凝望著裝甲列車停進的月台前端，通往橫濱要塞中心地帶的聯絡道所在方向。

八尋不經意地順著瑠奈的視線看過去，便發現有幾道人影從那條通道的深處朝這裡接近過來。那是一群身穿同款大衣，攜有武裝的男女。

「鵺丸——」

瑠奈忽然叫了魍獸的名字。

不知怎地，原本被彩葉抱著的白色毛球有些慌張似的從她手中跳了下來，並且移動到瑠奈腳邊。瑠奈放開了八尋他們，然後抱起鵺丸。

鵺丸被嬌小的瑠奈輕易抱到懷裡，看起來只像單純的大玩偶。八尋望著這樣的少女與魍獸，臉上浮現納悶之色。

正是在這一刻，率領那群大衣男女的金髮女子朝著八尋等人厲聲發話：

「——統統不准動！我們是連合會執行部！」

「……唔！」

八尋反射性把手放到揹著的刀柄上。

女子的部下們對此有警覺，便同時將槍口對準八尋。那是軍用衝鋒槍。

直逼而來的殺氣表露無遺，讓彩葉嚇得全身僵住。鵺丸呼應她畏懼的情緒，發出低吼，純白的體毛豎起，還迸出劈啪作響的青白色火花。

不過鵺丸能做出的行動僅此而已。因為瑠奈有將它牢牢抱緊，以免讓魍獸攻擊女子帶來的隊伍。

「——慢著，八尋。你不可以動喔。」

八尋原本想上前保護彩葉她們，毫無緊張感的叮嚀聲便傳到耳邊。視野角落冒出了一束染成華麗橘色的秀髮。

霎時間，紛紛用槍口對著八尋的大衣武裝集團像是遭到某種外力拉扯而亂了陣腳。有銀色鋼絲捆住了那些男子拿的槍，限制他們的行動。

「你這小子！」

位在集團前頭的金髮女子立刻從腰際拔出手槍。然而，那把手槍被嬌小少女的柔韌長腿踢開，輕易就飛了出去。

茱麗搶先八尋衝上前，還將舉起的指尖停在女子眼前並賊賊地淺笑。

「能不能請妳把槍口放下，雅格麗娜？這樣會嚇到小朋友嘛。」

「……茱麗葉．比利士……！」

手槍被踢飛的金髮女子不甘地瞪了茱麗。或許是因為體格苗條修長，這名白人女子感覺有種近似芭蕾舞者的氣質，年紀大約二十出頭。儘管臉孔端正，與其形容成美女，更給人性格一板一眼的印象。

「這是在吵鬧些什麼，雅格麗娜．傑洛瓦？」

珞瑟靜靜地介入互瞪的茱麗與金髮女子之間。名叫雅格麗娜的女子似乎因此取回了冷靜，這才發出嘆息，解除架勢。

「是妳啊，珞瑟塔．比利士……會首召見，希望妳們這對雙胞胎可以跟我走一趟。」

「照理講，連合會會首可沒有權利下令叫加盟企業的幹部出面吧？」

「我懂。所以，我才會拜託妳們與我同行。」

雅格麗娜的語氣聽不出仗勢凌人的調調。原本她帶來的人就只是對八尋的殺氣起了反應，並沒有與比利士藝廊交戰之意。

「告訴我理由好嗎？」

茱麗用親暱的語氣反問。雅格麗娜靜靜地搖頭說：

「我們也不知情。然而，照會首的說法，只要轉告是關於妳們招來的麻煩事，妳們就會明白了。」

「原來如此……是這麼一回事啊。」

珞瑟莫名乾脆地表示信服，還露出若有深意的表情朝八尋等人瞥了一眼。接著，她對後方待命的部下們喚道：

「不用護衛我們，請大家留在要塞內待命，各員輪流自由活動。麻煩喬許和帕歐菈負責帶領小朋友。」

「了解啦。隨便帶他們吃些好吃的東西就行了吧？」

「我想吃……櫻桃派。還有……福斯特店裡的冰品。」

為了紓緩小孩的緊張情緒，被點名帶隊的兩個戰鬥員講起輕鬆的話題。率先做出反應的是絢穗與凜花——年長組的兩名女生。

「冰品？」

「哇，真的可以嗎！」

「……吃冰？」

其他小朋友看到姊姊們高興的模樣，也跟著鼓譟起來。畢竟在大殺戮發生後，他們吃的主要都是自家栽培的蔬菜以及從廢墟找來的儲糧，完全沒有機會嘗到冰品。

當然，冰淇淋的存在同樣讓八尋他們心動了。然而，茱麗卻絕情地對八尋與彩葉喚道：

「八尋，彩葉，你們兩個走這邊，跟我一起來。」

「咦？咦～～……！」

彩葉露出好似世界末日來到的表情，仰頭向天。八尋倒不是沒有覺得她那樣太誇張，卻也很能體會她的心情。

八尋與彩葉明顯變得沮喪，雅格麗娜就帶著納悶的表情望向他們倆。

「他們是？」

「麻煩事。勒斯基寧想見的人。」

珞瑟開口回答金髮連合會職員的疑問。

雅格麗娜警覺地倒抽一口氣說：

「看那副長相……表示他們是倖存的日本人？難道說……？」

「我們原本就打算遲早要過去問候，現在倒省事了。」

茱麗回望訝異的她，並且露出了壞心的笑容。

「原來如此。妳們真的惹來麻煩事了呢，比利士姊妹……！」

雅格麗娜的嘴脣像是無話可說而顫動。接著，她戒心畢露地瞪向彩葉。

然而彩葉吃不到睽違四年的冰品，便沒有察覺雅格麗娜的視線。

彩葉帶著嫉妒與羨慕的眼神目送弟妹們的背影，而金髮的連合會職員望著她，深鎖的眉頭只有越皺越深。

3

連合會的會首室位於橫濱要塞塔頂。

塔的基底據說是過去的大型百貨公司舊址，不過因為毫無規劃地反覆增建與加蓋，當時的原形幾乎蕩然無存。勉強留有過去商業設施影子的部分，僅剩下空間開放且鋪設整面玻璃的電梯井。

「我們來嘍，勒斯基寧爺爺。」

茱麗一進會首室，就朝著坐在房內辦公桌前的男子親暱地喚道，熟得就像是來祖父家玩耍的孫女。雅格麗娜見狀便板起美麗的臉蛋，不過當著上司的面，她還是設法收斂住怒氣。

「好久不見呢，葉卜克萊夫・勒斯基寧。您經營的生意看來一樣穩，真是萬幸。」

珞瑟一邊環顧會首室內部，一邊恭敬地低頭行禮。

基本上，會首室擺放的家具都樸素得感覺不像是十萬傭兵總指揮的辦公室。這表示珞瑟的台詞顯然是在挖苦。

名叫勒斯基寧的男子當然也有察覺這一點，就一臉苦澀地撇嘴。

他是個體格結實的禿頭老人，比八尋高一個頭，體重大概也多一倍。年齡應該超過六十，卻感覺不出沉穩的威嚴有因為年邁而衰減。舊傷痕深留於額頭，道出了他當傭兵身經百戰的事實。只擅長做文書工作的官僚根本管不了那些粗裡粗氣的傭兵。

「茱麗葉．比利士……還有珞瑟塔．比利士啊。後面那兩人是新面孔吧。」

「需要我介紹自己嗎？」

八尋毫不畏怯地反問。

雅格麗娜再次板起了臉，勒斯基寧卻只是淺淺地苦笑，態度之寬容彷彿透露自己早就看慣小伙子沒禮貌。

「呃，用不著，鳴澤八尋。認識的親切情報商有對我提過你的底細。」

「嘖……」

勒斯基寧的答覆讓八尋聽完心裡相當有底，臉色也就像吃了苦瓜。

隨後，勒斯基寧直接將視線轉向八尋身旁的彩葉。

「那邊的女孩是？」

「我叫儘奈彩葉，您好。呃，不嫌棄的話，這個請大家一起用。」

彩葉緊張似的一邊低頭行禮一邊生硬地走向前。然後她將尺寸約為便當盒大小的塑膠容器遞給勒斯基寧。

「這是？」

雅格麗娜懷疑那是爆裂物而提防，勒斯基寧便用眼光制止她，還愉悅似的望向容器。

彩葉有些害臊地微笑說：

「我做來分給大家的。聽說茱麗她們平時都受您關照。」

「食物嗎？」

「這是和風可樂餅。呃～～Japanese potato crockett。OK？」

彩葉打開了容器蓋子，讓勒斯基寧看裡面的可樂餅。由於是外行人親手做的，賣相略顯難看，然而麵包粉炸得酥脆的香味倒不壞。

「妳帶了那種東西過來啊？」

「我可是貼心的女人喔。」

八尋傻眼地低聲問道，彩葉就滿臉得意地挺胸。

勒斯基寧像在忍笑一樣沉沉點了頭，然後從彩葉手裡收下容器。

「我嘗嘗。」

「會首！起碼先讓人試毒……」

「嗯，很美味。」

勒斯基寧無視雅格麗娜慌張說出來的話，不以為意地咬了彩葉帶來的可樂餅。茱麗與珞瑟則是興致勃勃地觀望著這一幕。

「我用了昆布與柴魚熬的高湯，再加上紅味噌將馬鈴薯泥拌開。其實能有醬油才是最好的，不過我用了替代品來提味……」

彩葉聽了勒斯基寧的感想，就快言快語地開始講解可樂餅。

「原來如此，當下酒菜似乎也不錯。妳要不要也來一塊？」

連合會會首對彩葉的講解大方地點了頭，然後把可樂餅遞給雅格麗娜。雅格麗娜反射性地接下容器，當場為難似的杵著不動。

勒斯基寧拿看似昂貴的手帕擦拭沾了油的手，端正姿勢說道：那麼——

他用毫無溫度的冷冷眼神看向茱麗與珞瑟那對雙胞胎，然後靜靜地提出正題。

「——妳們似乎把伯爵幹掉了？」

「摧毀萊馬特日本分部的並不是我們喔。那是地龍(Superbia)喚出了魍獸造成的。我們抵達的時候，萊馬特的基地就已經潰滅啦。」

「但我聽說妳們在多摩川附近曾經跟ＲＭＳ的部隊交戰？」

「我們只是把僱用的嚮導救回來而已。關於那件事，我們反而可以說是遭人單方面毀棄合夥契約的被害者吧。」

「嚮導嗎？」

勒斯基寧一邊繼續盤問雙胞胎，一邊瞥向八尋他們。

八尋什麼都沒回答。就算被勒斯基寧掌握了內情，八尋也沒道理要將情報告訴對方。嗯——勒斯基寧深深吐氣。

「萊馬特日本分部的存活者也提供了那樣的證詞。」

「您能理解便是萬幸。」

「就算那樣，妳們把麻煩帶到了橫濱這裡仍是不變的事實。」

「這話怎麼說？八尋，你做了什麼？」

茱麗打發掉勒斯基寧威迫的視線，並且問了八尋。

「為什麼要問我？無論怎麼想，我在這當中都是最無關的人吧。」

八尋帶著臭臉回嘴。實際上，八尋是在大殺戮過後才首度來到橫濱，得知有連合會存在也是剛剛的事。他沒有理由給初次見面的勒斯基寧等人添麻煩。但是——

「那倒未必。」

勒斯基寧的反應冷淡。

「什麼？」

「有客人來訪，統合體介紹的。目的似乎是要見你們。」

「……你說……統合體？」

八尋的臉色變嚴肅了。

統合體。八尋對這個詞有印象。據聞藏匿他妹妹——鳴澤珠依的組織就是叫這個名字。

「他們採取的行動比想像中還早呢。」

茱麗毫不訝異地道出感想。勒斯基寧困擾似的瞇起眼說：

「看來妳心裡有數。」

「對。」

遭質疑的珞瑟不以為意地承認。

隨後，會首室前面的走廊傳來了腳步聲。房門前有人互相推擠的動靜。

「勒斯基寧先生，你很慢耶～～要我等多久啊～～」

伴隨每句話好像都要拖長的講話聲，會首室的門打開了。想把人擋下的連合會職員被甩開，一頭輕柔捲髮的嬌小女子現身。

「她們已經到了，對吧～～是這個房間對不對～～？」

她發出匆匆的腳步聲走進會首室。

身高不確定是否滿一百五十公分的年輕東洋人，稚氣臉孔使人不太能看出年齡。服裝是有如家居服都洗到褪色的襯衫洋裝，看上去格外像小孩，應該說那使她看起來頂多只像個大學女生。

「請妳等等，使者大人……！」

身穿連合會大衣的職員伸出手想阻擋捲髮女子的去路。

可是，那條手臂在途中像結凍一樣停下了動作。因為有個青年無聲無息地站到女子的背後，抓住了職員的手腕。

「別碰那個人。」

穿黑色連帽衣的男子用殺氣騰騰的眼神瞪向職員。

職員畏懼似的「噫」地倒抽一口氣，帶著蒼白的臉色後退。

捲髮女子對背後的那些互動渾然不覺，還大步朝著八尋他們走近。

「啊～～找到了找到了。你就是傳聞中的不死者對不對～～啊哈哈，真的是日本人呢。大名叫什麼來著？啊，叫八彥吧。不對，是八仁嗎……還是八尋？」

「……妳是什麼人？」

八尋困惑地回望她。

即使看起來再稚氣，恐怕還是比八尋年長。

脂粉未施的容貌並不醒目，細看卻也是個大美女。然而無視距離感的態度與其稱作親切，更是讓八尋大感猜疑。

她和氣地笑著，打算回答八尋戒心畢露的質疑。但是，在她實際開口前，穿黑色連帽衣的青年就闖到了八尋面前。

「你最好注意自己說話的口氣，小子。找死嗎？」

「什麼……？」

青年的態度全然不掩飾敵意，八尋也跟著用攻擊性的視線回應。

青年的身高幾乎與八尋相同，年紀應該也差不了多少。儘管看了令人火大，單眼皮的清秀臉孔足稱美形。正因為如此，他那種具攻擊性的言行才更刺激八尋的神經。

「欸……八尋！」

彩葉察覺到兩人之間氣氛險惡，連忙想阻止八尋。

幾乎同一時間，捲髮女子朝青年喚道：

「喂，不可以喔，久樹小弟。不可以跟人吵架！」

「可是，這傢伙……」

「壞壞！留在原地！」

「……是我失禮了。」

被女子斥責以後，青年黯然垂首，態度就像被飼主責罵的大型犬。

青年爽快地讓步，使得八尋也沒有理由再多抱怨。

另一方面，斥責青年的女子驀地將視線停在雅格麗娜手裡拿著的塑膠容器。

「哇，那是可樂餅嗎？是可樂餅吧。我可不可以拿？可以嗎？」

「請、請用……」

雅格麗娜拗不過女子興沖沖的氣勢，因而點了頭。女子一確認她同意，就迅速伸手拿起最大塊的可樂餅。

「好耶～～我開動嘍～～嗯～～好好吃～～真棒真棒。我就是喜歡這種還吃得到薯塊的口感呢～～……用來提味的是味噌……還有魚醬嗎～～？」

「咦，好厲害。妳答對了。」

彩葉嚇一跳似的眨了眨眼睛。她應該沒想過居然有人能說中她用來提味的祕方。

依然大口吃著可樂餅的女子定睛回望彩葉，臉上固然還是笑吟吟的，視線卻銳利得不可思議，簡直像生物學者在觀察標本的眼神。

「是嗎？這是妳做的啊，『火龍（Avaritia）』儘奈彩葉？」

女子吞下口中的可樂餅，然後靜靜地開了口。

「……咦？」

「妳是什麼人物？」

彩葉頓時肩膀發顫，而八尋當場備戰。

女子越顯愉快地瞇細眼睛，還用銀鈴般的嗓音格格笑了笑。

「啊哈哈，你問我啊～～？我是她的同類喔～～」

「同……伴？」

八尋與彩葉同時反問。是的～～——女子悠哉地點了頭。

「我是沼龍『盧克斯利亞』的巫女，姬川丹奈。二十二歲，目前單身。」

她用雙手比出V字，並報上姓名。看來她似乎是在強調自己二十二歲，而且——

「往後請你多多指教嘍，八尋。」

她探頭望向茫然杵著的八尋的眼睛，和氣地露出微笑。

4

比利士藝廊當成根據地的場所是位於橫濱港碼頭的兩棟倉庫。

據說在百年以前就已落成的磚造古老建築。

倉庫裡擺放著戰鬥員們撿回來的藝品，還混雜了從海外進口的武器彈藥一類。

將殘留於日本國內的無主藝品銷給海外的附庸風雅之徒，用那些收入買進兵器後，再轉賣給在境內活動的民營軍事企業。這就是比利士藝廊做生意的方式。這算什麼藝廊啊？八尋也不是沒有這麼想過，但他自己也用了類似的方式掙錢，所以怨不得人。反倒是八尋從二十三區帶出來的一部分藝品，大有可能已經成了比利士藝廊的資金來源。八尋想到這裡就有些無法釋懷。

而且，他無法釋懷的還有另一點。

「喂。」

「怎樣？」

「你為什麼會在這個房間？」

八尋詢問站在眼前的黑色連帽衣青年——湊久樹。

分配給八尋的寢室是設置於倉庫內居住區的雙人房。大概是考量到他具備不死者的特殊體質，這算待遇等同於軍官的雅致房間。

然而房裡已經有人先住進來了，那就是久樹。

「滯留於橫濱的期間，我被交代要用這個房間。是珞瑟塔．比利士給的指示。」

「那女的到底在想什麼啊……！」

八尋咬響牙關並且咂嘴。

應該不是因為他們同為倖存的日本人，珞瑟才為他們著想而讓兩人同房。假如珞瑟會如此體貼細膩，那還比較讓人訝異。

倘若正如姬川丹奈本人所言，她真是龍之巫女，追隨在旁的這名青年很有可能跟八尋一樣是不死者。

把如此棘手的存在集中於一處管理——從珞瑟身為理性主義者的性格來想，會這樣判斷還比較自然。

「你打算去哪裡，鳴澤八尋？」

八尋旋踵要從房間離去，久樹便冷冷地叫住他。

「去叫她們給我換房間。你應該也排斥跟我同房吧。」

「你想逃嗎？」

「啥？」

八尋聽了久樹意想不到的話語，太陽穴就在回頭後開始抽搐。

久樹面色不改地繼續說道：

「跟你同房確實令人不愉快，但我沒有怨言。畢竟這有助我執行任務。」

「你說的是什麼任務啦？」

「監視。以免你對丹奈懷有禍心。」

「禍心？」

「就是叫你別動歪腦筋對她造成危害的意思。」

久樹用嚴肅的語氣說明。蠢斃了——如此心想的八尋嘆息。

「目前我沒有那種想法，除非你們主動過來找碴。」

「……但我聽說你是被比利士藝廊僱來弒龍的？」

久樹露出納悶的臉色。八尋態度馬虎地搖頭說道：

「我非殺不可的只有珠依，那個叫姬川的人跟我無關吧。」

「鳴澤珠依……『地龍』的巫女啊。」

「你認識？」

八尋不自覺地逼近久樹。自從上次與珠依在萊馬特企業的基地失之交臂，她的下落就一直杳無音訊。假如能取得線索，再小的蛛絲馬跡他都想要。

然而，久樹冷淡地搖頭撇清關係。

「只知道名字。目前，她應該是以負傷療養的名義交由統合體看管。」

「又是統合體……那些傢伙到底是什麼來路？」

「聽說是國際性的祕密結社。詳情我也不清楚。」

「祕密結社？」

久樹提到離奇的字眼，讓八尋目瞪口呆。八尋原以為他在胡鬧，他卻始終一副正經八百的表情。

「他們自稱是為了保護人類不受龍之威脅的組織，但目的恐怕是權柄。」

「權柄……你說的是象徵寶器吧。」

「沒錯。」

原來你聽過啊——久樹佩服似的挑眉，八尋則默默地點了頭。

弒龍英雄會藉由達成的偉業獲得財寶，那便是弒龍英雄的信物——「象徵寶器」。聽說比利士藝廊之所以僱用八尋，也是為了得到寶器。倘若如此，那個自稱統合體的祕密結社會因為相同目的採取行動應該也不足為奇。

「你們跟統合體的關係是？」

八尋正色後繼續發問。

名為湊久樹的青年會如此老實回答問題出乎八尋的意料。或許他只是有欠親切與禮貌外加不長眼，所以在溝通方面有障礙，其實為人還挺不錯的——八尋在內心對他的評價略有改觀。

「龍之巫女背後各有企業或團體當後盾。畢竟就算有不死者保護她們，憑個人之力還是無從對抗大規模的軍事組織。」

「是啊。」

八尋對久樹的說明表示贊同。不死者固然擁有宛如不死之軀的傲人再生能力，但是絕非萬能亦非無敵。他們最大的弱點，就是會突然來臨的「死眠」。

彷彿要彌補因負傷而喪失的生命力，八尋的肉體會突然陷入睡眠，而且是接近假死狀態的深度沉眠。視情況而定，那種睡眠也會長達好幾天。

在那種狀態下肉體當然無法再生，被殺也不保證可以再度復活。八尋的不死之軀並非無懈可擊。

假如要隻身迎戰大規模的軍事組織，遲早會力竭落敗。跟萊馬特企業交手時亦然，若沒有茱麗等人的後援，八尋應該無法存活。

「丹奈的後盾是ＣＥＲＧ——歐洲重力子研究機構。因為她本來是隸屬於ＣＥＲＧ的研究員。」

「表示對彩葉來說，比利士藝廊就是她的後盾嗎……」

八尋低頭看了自己穿著的藝廊制服，露出複雜的神情。

雖說是在不知情之下所為，彩葉會投靠比利士藝廊仍有一部分要歸因於八尋。當時他別無選擇固然是事實，但如果被問到是否真該為此慶幸，那就不好說了。畢竟八尋連比利士藝廊想要象徵寶器的理由都一無所知。

「ＣＥＲＧ是統合體的一分子，比利士藝廊恐怕也一樣。」

久樹提起讓人更加不容忽視的情報。

「你說藝廊屬於統合體的一分子，代表他們是一夥的？」

八尋用變得粗魯的口氣問道。不——久樹搖頭否認。

「說是一夥的會有點語病。統合體是眾多企業的集群，那並不算團結一致的組織。當然，內部應該也會因為利害關係而對立。」

「……照你的意思，是統合體當中有人在爭奪寶器？」

「這樣想的話，統合體保護地龍巫女的理由也就能理解了吧？」

被久樹一問，八尋不情願地認同了。

珠依的立場也一樣。正如同藝廊在保護彩葉，統合體的內部有一派人馬在保護珠依，而且他們與茱麗等人敵對。因為要取得象徵寶器，就非得弒龍才行。而且有能力弒龍的人，唯獨同樣具備龍之力的弒龍英雄——不死者。

「……既然如此，你們的目的是什麼，湊久樹？你們來見彩葉是為了什麼？」

八尋再次提起戒心瞪向久樹。

如果那所謂的歐洲重力子研究機構的目的是要取得象徵寶器，受其庇護的久樹等人會來到橫濱，不就是為了殺害彩葉嗎——面對八尋如此的疑心，久樹回答得很簡單。

「不曉得。」

「啥？」

「我的職責是護衛丹奈。因為丹奈說想見你，我才會跟來。就這樣。」

「……見我？她不是來見彩葉的嗎？」

八尋聽了久樹的意外發言，便困惑地歪頭表示不解。

就在隨後，宿舍內某處傳來了彩葉的慘叫聲。

5

「我使用『毒沼』，將效果範圍內的所有單位摧毀～～」

姬川丹奈用悠哉的口氣說道，並向彩葉遞出了卡片。

「咦！那是什麼，等一下！」

彩葉睜大眼睛尖叫。她們的所在地是宿舍大廳，戰鬥員們沒輪班時可以利用的共同生活空間。

隔著桌子面對面的彩葉與丹奈之間擺了繪有怪獸的成排卡片。她們正在玩對戰的卡牌遊戲，遊戲名稱為怪獸夢魘，是八尋讀小學時曾經大為風行的一款作品。

「我讓『不死騎士』反擊來應對彩葉的『火炎』，再加上『紫色賢龍』的酸液洪流，造成總計二十四點的傷害。這樣子，比賽就分出輸贏了呢。」

「不、不會吧……」

丹奈毫不留情的攻擊讓彩葉茫然地聲音發抖。以圍棋或將棋來講就是雙方棋力懸殊，彩葉根本無法還手就被蹂躪得體無完膚。

「好厲害。丹奈姊姊超強的……」

「嚇我一跳……儘奈姊居然會被單方面修理。」

「毒卡套牌有這種用法才嚇到我呢。」

在旁觀戰的彩葉的弟弟們興奮地大談感想。

「啊哈哈，我很厲害吧。很厲害對不對？請多多稱讚我。」

「等、等等，再比一場！這次我絕對會贏。」

「嗯～～那是不是有困難呢～～火屬性的單色套牌打起來意外地花腦筋，或許不適合彩葉喔。」

「唔唔唔……」

被小朋友們奉承的丹奈耀武揚威，彩葉則屈辱得發抖。

八尋聽見慘叫趕過來以後，就帶著困惑的表情杵著不動。不知道為什麼，有能力毀滅世界的龍之巫女正在用卡牌遊戲相爭。狀況讓八尋一頭霧水。

「她們那是在幹嘛？」

「啊……八尋哥。呃，那個，宿舍因為要分房間起了一點爭執，就決定用卡牌遊戲來做個了斷……之前所有家人當中最強的一直是彩葉姊姊。」

彩葉有個妹妹碰巧在附近，便回答八尋的問題。那是個穿著夏季水手服，感覺乖巧文靜的少女。她被搭話會突然臉紅，應該是怕生的關係吧——八尋心想。

「妳是叫絢穗，對吧？妳給我的印象好像變了耶。」

「咦……！有、有嗎……？」

絢穗被八尋探頭一看，就慌慌張張害羞似的垂下臉。

凜花看到姊姊變成那樣，若有深意地嘻嘻笑著說：

「絢穗跟丹奈姊姊學了化妝啊，髮型也請她幫忙修改過。」

「我、我說過不用的，是凜花她們說難得有機會，所以才……」

「不過多虧如此，妳變可愛了啊。八尋也這麼覺得吧。」

「這個嘛，我想是滿合適的啦。」

「咦……咦咦……！」

絢穗聽了八尋隨口說的感想，舉止一口氣變得鬼鬼祟祟。

在這段期間，彩葉其他弟妹都圍到了收拾完卡片的丹奈身邊說：

「丹奈姊姊，教我這一題要怎麼解。」

「我們有自己思考過，可是想不出答案。」

「再說聽彩葉講解反而更不懂。」

「好的，我明白了～～全都讓我來照料～～」

丹奈一面分發不知道從哪裡掏出來的糖果，一面陪小朋友們念書。溫馨景象感覺實在不像民營軍事企業的宿舍裡會出現的畫面。

「說真的，那女的到底是來做什麼的啊？」

「你別把丹奈叫成『那女的』。」

八尋不自覺地冒出疑問，擅自跟過來的久樹便對他抱怨。由於八尋並不感興趣，就沒有特別問久樹的意思，然而他對丹奈會如此忠心的理由也是個謎。

「嗚嗚……八尋～～……你聽我說啦。」

彩葉變得沒有小朋友要理，只好微微含著眼淚跑來八尋這邊。她伸手指了丹奈，用像在告發罪人的態度說：

「那個人從剛才就好過分！我是說丹奈啦！為了攏絡我們家的小朋友，她用盡手段想要陷害我！」

「……妳說被陷害，具體來講她是做了什麼？」

八尋用提不起勁的語氣反問。於是，彩葉就尷尬似的視線亂飄。

「就那個嘛，她打獸夢卡把我電得很慘，還在我教京太他們念書時糾正我計算弄錯的地方。」

「那不能叫陷害吧……何況計算弄錯是妳自己出的糗。」

「嗚嗚……我不想聽你講那些道理啦！」

彩葉不依地搖頭，還抱著腦袋縮成一團。

把鵺丸抱在胸前的瑠奈走過來，並且摸了摸彩葉的背哄著她。

被七歲兒童安慰的保護者像什麼話啊——如此心想的八尋忍不住捂起眼睛。然而在下個瞬間，身旁暴漲的殺氣讓八尋臉色僵凝。

「湊！」

八尋回頭後，久樹拔出揹著的劍的身影就映入了眼簾。

刃長近一公尺的雙刃大劍。鋒利度朝前端逐步提高的模樣，讓人不由得聯想到長槍槍尖。劍刃並沒有多鋒利，屬於靠武器重量劈開對手的兵刃。

久樹在拔劍後直接順勢由上段揮下。

他的目標是瑠奈。八尋察覺到這一點就立刻繞過去瑠奈前面，用雙手擋住久樹的劍。

「八尋……！」

目睹鮮血飛濺，彩葉發出了尖叫。

八尋痛苦地皺起臉，久樹也困惑地繃緊臉頰。

久樹的劍在途中停住了。近似龍鱗的硬質結晶像鎧甲一樣包覆八尋的雙臂，進而擋下久樹的攻擊。環繞著火焰的深紅裝甲，血鎧（Gore Clad）——碎裂的鮮血色結晶散落到八尋腳邊。

然而，久樹看見八尋化為異形的雙臂，臉色也沒有改變。

「你這是……什麼意思，湊！」

「那是我要說的台詞，鳴澤八尋。為什麼魍獸會在這種地方？」

久樹用燃燒般的眼神瞪向瑠奈抱著的白色毛球。

「……你說的魍獸，該不會是指鵺丸？」

彩葉從驚嚇中振作以後，疑惑似的將視線轉向久樹。被劍指著的當事人瑠奈並不顯得害怕，還安撫想要反擊的鵺丸。

她們那樣的反應讓久樹露出了些許遲疑。

「鵺丸？」

「那顆毛球跟彩葉養的寵物差不多，沒有危險啦。」

「把魍獸當寵物？哪有那種蠢事！不可能！」

「哎……一般都會那麼想啦。」

八尋一邊嘆息一邊推開久樹的劍。

雖然八尋在這幾天已經完全習慣了，但鵺丸無疑是魍獸，久樹會視為有危險的心理也能夠理解。倒不如說，他的反應才算正常吧。

「呃，真的耶。嚇人一跳呢～～啊哈哈。」

丹奈察覺了騷動，便愉快似的笑著朝八尋等人走過來。

「丹奈……！」

久樹急忙想阻止她，那是要提防鵺丸對丹奈造成危害。丹奈卻不以為意地朝瑠奈走近，而且還對久樹一陣白眼。

「不行喔，久樹小弟。我說過不可以吵架吧？」

「可、可是，那隻個體……！」

「確實令人難以置信，但這隻魍獸似乎跟這裡的小朋友很好。莫非這就是『火龍』的能力嗎～～？」

「咦，我不曉得。因為鵺丸從剛開始相遇時就保護了我。」

丹奈突然將話題丟過來，彩葉便使勁搖頭。

這件事之前八尋也聽過。彩葉能在大殺戮剛爆發以後的混亂活下來，似乎要歸功於有鵺丸保護她。那是在彩葉認清自己是龍之巫女前發生的事。

「啊哈哈，真耐人尋味呢～～不知道是效果永續的調教或者常駐發動的魅惑……嗯，耐人尋味。總之不用你多事出手，久樹小弟，畢竟我們的目的不是跟彩葉戰鬥。」

「失禮了……」

被丹奈說教以後，久樹垂下肩膀收起劍。看來他並不是打從心裡服氣，但至少沒有寧可違抗丹奈也要處分鵺丸的意思。

「也給八尋小弟添了困擾呢。讓我來治療傷勢吧。」

丹奈滿意地點了頭，帶著微笑牽起八尋的手。

八尋的雙臂留有深達骨頭，約三公分的傷口。光靠血鎧沒能完全防禦久樹揮下的劍。

然而，八尋卻不領情地拒絕了丹奈的提議。

「不必。這立刻就會好。」

「啊哈哈，別這麼說嘛，請你體諒我想致歉的心情～～」

八尋想甩開丹奈的手，她就硬是把身體湊過來。她巴著八尋的胳臂不放，柔軟觸感便貼在上面。丹奈的胸脯以她的身高來想似乎很大，跟彩葉同等級或者更勝一籌。

「喂，等等，都說過不用妳治了。」

「好嘛好嘛。請放心，我會優待你啦～～」

儘管並不是因為被丹奈用胸部貼著，八尋卻無法抵抗，還逐漸被她往房間外面拖走。意外的是久樹無意制止。與其說那是出於對丹奈的信任，久樹大概也習慣她隨興而至的言行了吧。

另一方面，彩葉臉上就浮現了不平靜的神情。

「這樣好嗎？」

瑠奈細聲詢問目送八尋被帶走的彩葉。

「唔～～……！」

彩葉像鬧脾氣的小孩一樣鼓起腮幫子，始終瞪著丹奈的背影。

6

丹奈離開藝廊宿舍後，就帶著八尋到了海邊。宿舍房屋原本就建造在碼頭前端，因此他們倆走不到一百步便抵達岸壁。

「景色真不錯呢～～水質好乾淨。」

以盛夏的藍天為背景，丹奈大大地伸了懶腰。

在日本瓦解後的四年間，東京灣水質有了戲劇性改善。如同丹奈所說，澄澈的海面反射陽光燦然奪目，浪花散發出虹色光輝。

「八尋，你知道嗎？其實在這座碼頭前面，原本有橫濱海灣大橋喔～～那是一座與夜景相稱的優美大橋。哎，雖然已經因為先前的大殺戮而統統毀掉了。」

「那也是珠依做的好事……對吧。」

八尋帶著諷刺的語氣說道。

鳴澤珠依所召喚的龍在東京的中央地帶鑿出了通往異界的大洞，從中湧現的眾多魍獸將關東近郊的都市澈底摧毀了。海灣大橋會垮，原因應該就是出在當時的動亂。

「未必是她一個人做的啊～～別看我這樣，我也是龍之巫女耶。說不定我也無自覺地在她做的壞事裡出了一份力。」

丹奈微笑著搖頭。

在大殺戮前後證實存在的龍據說有八頭。每頭龍各自因循象徵天地自然的八卦取了名稱，亦即天地、山澤、水火以及風雷。

當中八尋親眼看過的只有珠依召喚出的地龍。可是，既然丹奈被稱為沼龍巫女，就算大殺戮的共犯有她也不奇怪。縱然如此，也不代表珠依的罪會變輕就是了——

「所以呢，結果妳來這裡目的是什麼？」

「當然是為了見你啊，八尋小弟。我對你非常有興趣。」

「為了見我？妳要找的不是彩葉嗎？」

「說到彩葉啊～～她是個好女生呢。」

丹奈像在瞻仰耀眼之物一樣瞇細了眼睛。

「她既為家人著想又溫柔率直，外加長得可愛，胸部也大。那樣就連魍獸也都會被她馴服嘛，你說對不對？」

「呃，我沒在管那些啦……」

別向我尋求共鳴——八尋委婉地別開目光。丹奈「噗」地低聲笑了。

「不過，也就如此而已。她身為龍之巫女的力量與其稱作平庸，應該說仍不完整。她欠缺了關鍵的某個部分。」

「妳說的欠缺，是指什麼？」

「啊哈哈～～你拿那個來問我嗎～～？那我怎麼可能曉得呢～～」

不知道丹奈是覺得哪裡有趣，她一邊大笑一邊拍了八尋的背。

「才怪～～……哎，我隱約想像得到。她大概也有自覺吧，對於本身內在是空虛的這一點。」

「唔……！」

丹奈說的話讓八尋微微屏息。

彩葉身為龍之巫女有缺陷。這是彩葉自己說過的事。

她沒有小時候的記憶，不認得自己的親生父母與家人。其內心的空隙，是被大殺戮期間遇見的現在這些弟妹們填滿的。

所以彩葉才會執著於保護家人，她極端害怕失去他們。反過來講，除此之外她別無所求。彩葉沒有屬於自己的欲望。儘管擁有足以隨心所欲重塑世界的力量，她卻沒有那種意願。假如把那形容成空虛，彩葉確實算空虛吧。但──

「難道妳想說自己不同？」

「當然嘍～～某方面來說呢，或許再沒有比我更罪孽深重的龍之巫女了。畢竟我想要的可是解開全世界的祕密。」

丹奈對八尋的反問做出答覆，並且公然斷言：

「人的欲望是有限的，再怎麼奢侈也遲早要膩。不過對於知識的渴望就沒有極限。為了滿足自身好奇心，人可以付出任何犧牲，哪怕明知道後頭必然有破滅等著──」

丹奈連珠炮似的一口氣把話說到這裡以後，就看似幸福地呵呵笑了笑。她的眼裡帶有凶險的光芒。

「所以嘍，八尋小弟，我對你有興趣。畢竟你可是受兩名龍之巫女寵愛，在世上極其稀有的雙重屬性不死者。」

「雙重屬性……？」

八尋納悶地回望丹奈。他第一次聽到這個詞。

「什麼嘛。原來你沒有注意到嗎～～？」

丹奈意外似的偏過頭。

「『地龍』與『火龍』——促使你成為不死者的龍血詛咒，是由那兩頭龍的巫女平等賦予你的喔。這是非常稀奇的事，因為至今以來與龍成對搭配的不死者一向都只有一個人。」

「……可是，珠依之前帶著她自己的不死者耶。」

八尋對丹奈提出反駁。

八尋在萊馬特企業的基地遇見珠依，當時有運用地龍力量的不死者保護她。假如與龍成對搭配的不死者只能有一人，丹奈聲稱八尋受到珠依庇護的說詞就會有矛盾。

「你指的是奧古斯托．尼森對不對？我也好奇這一點～～當中恐怕有什麼我不曉得的玄機。嗯～～不錯呢～～實在耐人尋思。」

丹奈一邊撥弄沾在額前的瀏海，一邊欣喜似的連連點頭。

「這樣你能了解我對你感興趣的理由了嗎～～？因為如此，我暫時要跟你們一起行動。啊哈哈，請多指教嘍～～」

「話都給妳說就好啦。」

八尋生厭地擺出臭臉。他沒道理奉陪丹奈為了滿足好奇心而做的研究。對八尋來說，光是跟比利士藝廊訂的契約就已經成為重擔，再被更多人際關係搞得心煩的話，他可受不了。

但是，丹奈彷彿看透了八尋這樣的心思，使壞似的笑了笑。

「我當然不會叫你白白配合啊～～敬請期待價值相當的回報～～比如說，我想想喔～～讓我們協助你殺鳴澤珠依如何～～？」

「……妳說這話是認真的嗎？」

八尋瞬間倒抽一口氣，然後帶著嚴肅的臉色瞪向丹奈。

如果能取得身為龍之巫女的丹奈協助，跟珠依交手就會輕鬆得多。想跟據傳將珠依藏起來的統合體談判也會變得有利才對。

「呵呵，看來你總算對我感興趣了呢～～」

丹奈看到八尋簡單好懂的反應，便露出從容的笑意。

「請放心，我會遵守約定喔～～別看我這樣，我意外地幫得上忙。我會好好讓你知道成熟女性的魅力～～」

話說完，她就朝八尋猛貼過來。她的臉近得令人懷疑是不是兩人的嘴唇要相觸了。

在八尋嚇得往後仰的同時，從附近堆積的貨櫃死角傳出了慌張的吵鬧聲。他回頭看去，便發現那裡有久樹、瑠奈，還有趴在地上的彩葉。她似乎豎耳聽著八尋跟丹奈的談話，因而不小心失去了平衡。

「啊哈哈～～妳在偷聽嗎？不錯呢～～畢竟好奇心是人賴以維生的糧食。」

丹奈開朗地朝滿臉通紅爬起來的彩葉喚道。

恐怕在談話途中，丹奈就察覺到觀眾的存在了吧。彩葉等人突然出現，她也沒顯露出驚訝的動靜。

「那所有人一起去喝茶吧。麻煩多想些有趣的藉口，讓我知道你們為什麼要躲起來偷聽喔～～……咦，奇怪？」

丹奈調侃似的對彩葉說到一半，就驀地察覺了什麼而抹去笑容。

吼嚕——被瑠奈抱在懷裡的鵺丸發出低吼。

純白魍獸把視線轉向與藝廊基地鄰接的碼頭。眾多倉庫比鄰而建的港口主要設施就在那個方向。

「欸，鵺丸？你怎麼了？」

彩葉感到困惑，並且安撫失去鎮定的魍獸。

「那隻魍獸，果然是危險的存在啊。」

「慢著。鵺丸感覺不對勁——」

久樹咂了嘴把手伸向劍柄，八尋連忙想制止他。然而，用不著八尋制止，久樹也沒有拔劍。

因為在那之前，碼頭的方向就迸出了巨大閃光。

「什……！」

遲來的巨響湧上，使得八尋等人的皮膚都隨之震顫。衝擊與爆壓讓海面劇烈生波。碼頭發生了爆炸。

滿載貨櫃的貨船撞上了原本應要停靠的碼頭。

從爆炸的規模來想，感覺不會是單純的操舵失誤。那肯定是以接近最高船速的勁頭朝港口衝進去的。

「不會吧……怎麼在這種地方……」

八尋茫然望著起火燃燒的貨船，彩葉微弱的細語傳進了他耳裡。

間隔片刻，八尋也明白她驚訝的理由了。

有奇怪的身影混在延燒的火勢與黑煙當中蠢動。不適用既有的進化體系，理應不存在這個世界的異形怪物們。

「魍獸……！」

八尋無意識地說到那些怪物的名稱。

那彷彿成了訊號，有無數魍獸從衝撞港口的貨船內部湧現而出。

7

「報告受損的狀況！向連合會總部請求支援！趕快救出傷患！」

雅格麗娜．傑洛瓦正在管理山下碼頭的橫濱要塞辦事處疾聲呼喊。

接獲魍獸出現的報告時，雅格麗娜會位在現場並非偶然。管理橫濱港屬於連合會的主要業務，而雅格麗娜也兼任碼頭的保全負責人。

不過面對毫不減速就朝岸壁撞來的貨船，就算是連合會也束手無策。何況有魍獸從船裡湧出，更是沒人能料想到。

「混帳，這是怎麼回事！那些傢伙究竟是從哪裡來的！」

雅格麗娜從管理大樓的頂層俯望碼頭，緊咬牙關。

為防備敵對的民營軍事企業以及犯罪組織來擾亂，碼頭內部布署有連合會的傭兵。然而他們設想的敵方終究是人類士兵，非得靠裝甲車輛才能打倒的高級別魍獸會出現在這裡，就完全超出估計了。

「──能不能告訴我狀況，雅格麗娜？」

焦躁的雅格麗娜背後傳來機械般毫無感情的聲音。

回頭看去，站在那裡的是穿著中式上衣的藍髮少女。

「珞瑟塔．比利士？妳怎麼會在這裡？」

「那艘運輸船載來的貨物，收貨方就是我們比利士藝廊。為了領貨，我之前派部下到了碼頭待命──」

「是嗎？那他們似乎會白跑一趟。」

雅格麗娜望向珞瑟所指的貨船，挖苦似的撇嘴。

撞擊碼頭的貨船在衝上岸壁後引起爆炸，至今仍持續起火燃燒，就算載的貨沒事，應該也要間隔許久才能搬運出來。

然而珞瑟都沒有顯露沮喪的態度，還面色不改地問道：

「究竟發生了什麼事？」

「……魍獸。」

「魍獸？」

「貨船上有魍獸，光是經證實的就有七頭以上屬於級別II。乘員恐怕已經被魍獸吞下肚而全滅，好像只有船靠著自動操舵（Autopilot）抵達了港口。」

雅格麗娜語氣凝重地繼續說道。

珞瑟微微挑眉。她似乎姑且算是驚訝。

「所以說貨船在海上遇到了魍獸？但那看起來不像飛行型魍獸啊。」

「對此我也感到有疑問。畢竟魍獸只會在日本國內出現，據說也無法渡海。但是，事實卻是那艘船載來了大群魍獸。」

「表示是航海途中在某處跟魍獸有了接觸嗎……」

珞瑟把手湊在嘴邊陷入沉思。本就絕俗的美麗臉孔完全失去表情，更加深了人偶般的印象。不過她的沉默沒有持續太久。

抬起臉的珞瑟眼裡蘊藏著人在打壞主意時特有的詭異光芒。

「雅格麗娜，要不要跟我做個交易？」

「交易？」

「對。由我們比利士藝廊承包驅除魍獸的工作，相對地，騷動平息後請讓我方的人對現場進行勘驗，趕在連合會調查之前。」

「妳是打算調查那些魍獸從哪裡來嗎？憑妳帶的人就能收拾那些魍獸？」

「是的。」

雅格麗娜看珞瑟點頭，內心就開始搖擺。

她並沒有全面信任珞瑟的意思，但連合會面臨困境卻是毋庸置疑的事實。跟藝廊做這筆交易說來並不壞。何況珞瑟好歹是個商人，既然牽涉到信用問題，可想而知她不會做出單方面違約的行為。

「好吧。但是，我不認同只由妳帶人調查。連合會的調查隊也要同行。」

「我明白了。就用妳說的條件訂契約吧——聽見了嗎，茱麗？」

『一清二楚喔，小珞。』

從珞瑟的中式上衣領口突然冒出其他人說話的聲音。雅格麗娜聽見便咂了嘴。她跟珞瑟在這裡的對話，全洩露到藝廊的別動隊耳中了。

這對雙胞胎就是這樣才讓人信不過——行事一板一眼的雅格麗娜感到憤慨。

不知道珞瑟是否明白雅格麗娜這樣的心境，她用如同往常的平淡語氣繼續說道：

「請讓連合會的傭兵撤離，雅格麗娜，假如妳不希望部下們受到不死者與魍獸的戰鬥波及——」

8

八尋等人抵達碼頭，是在貨船衝撞後剛好經過三十分鐘的時候。

貨物斷斷續續產生的爆炸勉強平息了，但是船內的火災仍持續著。碼頭周圍飄散異味，瀰漫的煙妨礙了視野。

「——所以嘍，開心打魍獸的時間到了。」

在碼頭待命的茱麗才跟八尋等人會合便高聲宣言，態度彷彿眾人接下來要去遠足，毫無緊張感。

「小魏，狀況怎樣？」

「肉眼可以觀測到的魍獸有七頭，以往不曾目擊的新種。八尋及彩葉小姐有看過嗎？」

戰鬥員魏洋將平板電腦遞給八尋，並且問道。

無人機鏡頭拍到的魍獸有兩種，皆為覆有淡綠色甲殼的八腳怪物。

全長約三到四公尺。速度看起來並沒有多快，但它們會運用從口中吐的絲展開立體移動。全身的甲殼硬得驚人，憑步槍彈奈何不了它們。

以結果而言，連合會的傭兵們已經被迫單方面逃跑。它們外表莫名帶有幾分喜感，但似乎屬於相當棘手的魍獸。

「沒有，我也是第一次看見。它們……不是蜘蛛吧，要算螃蟹的同類？」

八尋苦著一張臉搖頭。

從貨船出現的魍獸跟八尋過去在二十三區看過的任何種族都不同。這也就表示，它們的能力完全是未知數，作為魍獸的威脅度恐怕相當於級別Ⅱ。但是，它們的威脅度將會視特殊能力的內容一舉攀升。

「唔～～……那幾隻小東西是怎樣啊，聲音好怪，聽了不舒服……」

用望遠鏡觀察那些魍獸的彩葉捂住雙耳，閉上了眼睛。她似乎因目眩而站不穩，八尋便立刻伸手攙扶。

「啊哈哈～～……原因好像是那片霧。有意思～～」

丹奈從彩葉手裡接下了望遠鏡，還莫名開心地笑著說道。

「霧？」

妳怎麼也跟來了——八尋克制住想如此質疑的情緒，然後發問。

「對。從貨船冒出的霧發揮了類似結界的功效。它們不容易受到龍之巫女的影響，八成就是因此所致～～會不會是魍獸的能力呢？」

「雖然我聽不太懂，妳的意思是彩葉的支配力對那些傢伙不管用？」

「支配力……所謂的櫛名田之力嗎～～……我不清楚詳情，不過大概就是那麼回事。我本來還想見識彩葉馴服魍獸的畫面，真可惜。」

丹奈噘起嘴脣，失望似的垂下肩膀。

八尋無奈地嘆氣。簡單來說，丹奈的目的只有觀察彩葉，似乎沒有要協助打退魍獸的意思。

「船裡面也還有螃蟹的同伴嗎？」

「有喔。從船艙到船底爬得到處都是，看了不會想細數有幾隻。」

魏洋一邊操作無人機一邊苦笑。

八尋懷著生厭的心境搖頭，重新轉向擔任指揮官的茱麗。

「要將那些傢伙全收拾掉嗎？作戰計畫是？」

「咦？會想辦法的不是你嗎？」

茱麗俏皮地微微歪頭看了八尋。一瞬間，八尋愣住了。

八尋遭遇魍獸的經驗固然多，戰法卻是自創的，幾乎沒有參與過團體戰鬥。基本上碰見魍獸時的鐵則就是頭也不回地逃，並無主動挑起戰鬥的討論空間。關於這部分，就算是不死者也與常人無異。

「我跟妳們訂的契約只有殺珠依，我可不記得自己有承包驅逐魍獸。」

「為了履行那份契約，我希望你能幫幫忙。」

茱麗壓低音量在八尋的耳邊說道。

「什麼意思？」

「魍獸在日本國外出現的案例，以往從來沒有接獲報告啊。」

「好像是。飛行型魍獸也不會追到日本領海之外，對吧？」

「沒錯沒錯，就是那樣。那麼，現在問題來了。」

茱麗對八尋說的話點了頭，然後像貓一樣瞇細眼睛。

「理應航行於外海的那艘貨船，會是在哪裡遭遇魍獸的呢？」

「……難道有人在海上召喚魍獸，再讓它們襲擊那艘船？該不會……是珠依？」

八尋聲音沙啞地嘀咕。他有種怒氣從背脊陣陣竄上來的感覺。

鳴澤珠依身為龍之巫女，有召喚魍獸的能力。只要她有那個意思，應該也能讓魍獸襲擊海上的貨船；更可以看準八尋抵達橫濱的時間點，讓那艘貨船撞進港口——

「小珞是打算調查那艘船來確認喔，看看牽涉到那艘船的龍之巫女是誰。另外呢，順便也要確認對方的目的。」

茱麗事不關己般笑著聳了聳肩。

八尋握刀的左手使力。

珠依之前一直被萊馬特企業囚禁，難以想像她會有時間到海上玩弄小手段。話雖如此，八尋總不能放任不理。無論可能性多麼些微，或許這就是能讓他循跡找出珠依的寶貴線索。

「我們走吧，八尋。」

抱著鵺丸的彩葉一個挪身，撞到了八尋的肩膀。

「彩葉？」

「放著那些螃蟹不管是不行的，況且我們家的小朋友們就在附近。」

彩葉毅然豎起眉毛，望向藝廊基地的方位。從碼頭到基地僅僅一公里不到，要是那些魍獸湧到碼頭外面，即使頭一個遇襲也不奇怪。

彩葉身為小孩們的保護者，應該會希望無論怎樣都要排除讓他們幾個遭受危險的可能性才對。

「我知道了……將那些傢伙燒得一隻不剩吧。行嗎？」

八尋帶著嘆息搖頭，然後用認命似的口氣說道。

「用燒的啊～～……嗯嗯。」

在彩葉背後點頭的丹奈令人介意，但是八尋沒空理她。

既然事關小孩們的安全，就算八尋不出力協助，彩葉應該也會一個人衝去戰場。若是那樣，由八尋站上前線還比較像話。

然而對手是一兩隻也就罷了，多到數不清的話，八尋一個人也應付不來，必須仰賴彩葉的神蝕能（Regalia）。

問題是彩葉不在身邊，八尋就無法使用她的神蝕能。

基於先前的經驗，可以知道的是八尋要發動神蝕能就必須在彩葉看得見的距離。而且兩個人越靠近，越能提高神蝕能的發動率。可以要求的話，最好是在互相緊貼的狀態。

然而，那也代表彩葉會被迫捲入戰鬥。狀況對並非不死者又未受過戰鬥訓練的她來說很是嚴酷。

「不曉得行不行，但是應該沒問題。交給我。」

不知道彩葉是否明白八尋的擔憂，她還一臉得意地擠出上臂肌肉給八尋看。她那種毫無根據的過度自信讓八尋感到有些頭痛。

果然還是該將彩葉留下嗎？一瞬間，八尋有了這樣的遲疑。

不過以結論而言，他糾結這些是無謂的。因為眾多魍獸突破圍繞碼頭的鐵柵，衝到外頭來了。

當中有一頭毫不猶豫地朝八尋等人過來應該並非單純的偶然。大概是對八尋身為不死者的氣息起了反應，或者受到龍之巫女們牽引——不管是前者還是後者，八尋該做的都只有一件事。

「走，彩葉。抓緊我！」

「咦？呀啊啊啊啊啊啊！」

八尋粗魯地摟住彩葉的腰，抱起她就衝。

儘管彩葉超乎想像的細嫩觸感讓八尋心生動搖，他仍拔出了打刀——「九曜真鋼」。噴出的鮮血形成深紅護甲，從中冒出的火焰包覆住刀身。

四散的熱氣讓八尋皺起臉，彩葉卻好像沒有感受到那種燙。這股火焰並不會傷及彩葉，畢竟是她的神蝕能，理所當然。

「【焰】——」

八尋舉起九曜真鋼橫掃。

迸發而出的是一道猶如夕暉染紅地平線的短瞬閃光。長達十幾公尺的焰刃，一擊便將化身為偽龍的萊馬特伯爵燃燒殆盡，歸彩葉所有的神蝕能。

焰刃輕易熔斷位於集團前頭的魍獸，連它背後的好幾頭魍獸都一併被烈焰劈開。於是下個瞬間——

八尋他們面前發生了驚人的爆炸。

「唔！」

爆壓將八尋連同彩葉一塊掄倒，凌駕神蝕能火焰的猛烈熱流湧來。挺身保護彩葉的八尋被震倒在地上，衝擊令他呼吸困難。

地面頻頻震動，炸上天的瓦礫像散彈一樣灑落。

這並不是八尋所要的結果，爆炸完全出乎他的意料。

「彩葉！妳還好嗎！」

「……痛痛痛……唔～～……耳朵裡還在嗡嗡響……」

在八尋臂彎裡的彩葉一邊甩頭一邊站起身。儘管不到毫髮無傷的地步，彩葉似乎並沒有多大的傷勢。

『不好意思，八尋。方便說句話嗎？』

「魏洋哥？」

從制服領口內藏的播音器傳來魏洋的聲音。八尋曾經覺得領口莫名硬挺，看來裡面附了通訊器。這套制服有滿多功能他都不曉得。

『我忘了告訴你，運來這座碼頭的貨物大多是民營保全公司違法取得的砲彈以及彈藥。其實衝撞岸壁的貨船裡載的貨也一樣。』

「彈藥……欸，那要是有火源將那些引爆……」

八尋朝碼頭到處隨意堆放的貨櫃看了一圈，臉色因而發青。剛才會發生爆炸，真相似乎就是彈藥一類受八尋的攻擊波及而跟著引爆了。

『連合會也因為那樣，在重武器的使用上有所節制。那是他們陷入苦戰的原因之一。』

「真的假的……太不利於我們了吧……」

八尋一邊虛弱地呻吟一邊起身。彩葉身為火龍巫女的屬性是焔，假如隨便施展她的權能，可能會引起比剛才更猛烈的爆炸。

「總覺得，是我不好。」

「妳沒什麼好道歉的吧。」

八尋嘆息，還胡亂摸了摸彩葉喪氣垂下的頭。

受爆炸波及而消滅的魍獸有四頭左右。不過，大概是同伴的死起了號召效應，新的一批魍獸從火勢正旺的貨船魚貫出現，是在禁用神蝕能的狀態下難以對付的數量。

「妳離遠點，彩葉。那些傢伙由我一個人搞定。」

「八尋……！」

八尋從背後推開訝異的彩葉，然後再度舉刀備戰。既然用不了神蝕能，他就沒理由讓彩葉留在身邊。彩葉待在附近也只會礙事。

「來啊，你們這些臭螃蟹……烤螃蟹不行的話，我就將你們全做成生蟹片……！」

八尋像在自我振奮一樣嘀咕，並且衝向成群魍獸。他劃傷左臂，讓九曜真鋼的刀身沾上鮮血。

八尋身為不死者的血液對魍獸們來說是劇毒。他只要讓血流進對手體內，就可致其於死。雖然這是一把會同時削弱八尋體力的雙刃劍，但他不靠神蝕能就沒有別的手段能打倒魍獸。然而——

「什麼！」

八尋劈下的打刀被魍獸的厚實甲殼輕易彈開了。甲殼的表面淋到鮮血，便像遭到酸蝕一樣潰爛，但也就如此罷了，遠遠不及致命傷。

「這傢伙……好硬！」

意外失算讓八尋心慌。閃躲魍獸的反擊使八尋亂了陣腳，但他仍對準魍獸的關節再度砍去。這次勉強把魍獸的腿砍飛。

然而對八腳魍獸來說，就算失去一條腿也不會造成多大傷害。反而是八尋挨中巨螯攻擊，側腹的肉因而被挖掉一大塊。

「八尋！」

「白痴！妳來做什麼！」

八尋察覺彩葉趕來，便一邊痛苦地呻吟一邊扯開嗓門。彩葉挺身擋在八尋前面，眾多魍獸朝她殺過來。

彩葉當場屈身，碰觸與她一塊跑來的白色魍獸的背。

「鵺丸！拜託你！」

鵺丸的身體理應已經縮成中型犬尺寸，卻在一瞬間變回原本大小。隨咆吼撒落的雷擊降臨現場，將大群魍獸震飛。

「噢噢噢噢噢噢噢噢噢！」

被甲殼包覆的魍獸們翻倒在地，露出毫無防備的腹部。八尋抓準時機衝了上去，用渾身力氣將染血的打刀捅進敵方腹部。

漆黑瘴氣濺散，一頭魍獸隨之爆體斃命。

總算解決掉一頭——不過，這樣就證明了不死者之血能殺死它們。

「來吧，復仇的時候到了……！」

八尋吐出嘴裡積的鮮血，凶狠地揚起嘴角。

全身會熱得像在燃燒，是因為彩葉來到身旁，使得神蝕能再次發動了。八尋認得這種感覺，跟他打倒強化法夫納兵——費爾曼·拉·伊路時的感覺一樣。

八尋的視野變窄，眼裡染上火焰的深紅。

趁現在就能將那些魍獸燒光。如此篤定的八尋舉起刀，然而——

突然間，八尋的肩膀被用力拽了一把。

語帶傻眼的冷淡嗓音傳來。

「簡直是胡搞一通的戰鬥方式，我看不下去。」

「你……！」

「久樹！」

八尋與彩葉回頭露出了困惑的表情。因為八尋準備要動用權能，就被理應待在後方旁觀的久樹攔住。

「我本來想多觀察一下你們的神蝕能～但我稍微改變主意了。這裡交給我們收拾。要上嘍，久樹小弟。」

用悠哉語氣說話的則是久樹身旁的丹奈。

嬌小的她踮腳伸長了身體，然後親吻久樹的臉。

霎時間，圍繞著久樹的氣息改變了。

有種方向感錯亂，腳邊地面正逐漸下沉的無助感覺。彷彿迷路來到陌生土地的強烈異樣感朝八尋他們襲來。

「明白了，丹奈——」

久樹身懷造成異樣感的凶煞氣息，悄然無聲地疾奔而去。他衝向已從鵺丸那陣雷擊振作起來的大群魍獸，並且毫不遲疑地揮劍。

「——什麼！」

魍獸的厚實甲殼曾彈開八尋的刀，卻被久樹的劍輕易斬斷。

八尋看了掉在地面的魍獸肉片，才察覺那並不是用砍的，而是「融掉的」。魍獸挨中久樹的斬擊之後，就像遭到強酸侵蝕一樣融得軟爛。

液體化，操控個體與液體界線的能力。那就是姬川丹奈——沼龍巫女的神蝕能。

「沉陷吧——」

久樹揮動巨劍。一陣波動像潮濕的風那樣吹過，下個瞬間，原本多達幾十頭的甲殼魍獸都融化得不留原形，消滅殆盡。

八尋與彩葉望見那副異樣的光景，只能茫然杵在原地。

「——有人來礙事呢。」

遭貨船衝撞的岸壁後頭。無人倉庫的屋頂上，她靜靜地站著嘀咕了一句。

體態修長，穿西裝背心配長褲的年輕女子。黑色長髮綁成了馬尾，腰際佩掛著裝飾金亮的太刀。

她混進籠罩碼頭的濃霧，是在觀看鳴澤八尋與那些魍獸交手。憾就憾在有了意料外的阻

礙，導致她沒能目睹真正想看的東西——

「沼龍巫女，姬川丹奈。她察覺到我方的意圖了嗎？難纏的對手。」

「對不……起，天羽。都是因為我沒能好好操控那些魍獸……」

在黑髮女子旁邊的少女用幾乎聽不見的細細聲音說道。

輕柔飄逸的栗色秀髮，以及被長睫毛點綴的大眼睛。應該人人都會認同她是個美麗的女孩。纖纖玉肩之所以會頻頻顫抖，大概是因為她沒能回應黑髮女子的期待，害怕受到責怪所致。

然而，名叫天羽的女子溫柔地摸了摸那個少女的頭。

「知流花不必道歉。我大致掌握那個不死者少年的性格了，目的已經算充分達成。這樣一來，我們的計畫總算可以實現。」

天羽安慰畏懼的少女，並且緩緩轉向背後。

在她的視線前方出現了覆有淡綠色甲殼的魍獸。

魍獸中似乎有個體逃過了湊久樹的攻擊，就在發現天羽她們之後接近而來。

天羽卻面色未改，還以拔出的飾刀捅向魍獸。

沉沉一聲，魍獸當場頹唐倒下。

天羽連確認都不確認就將太刀收回鞘裡。

接著她朝身旁的少女喚道：

「但願他們會中意『日方』。」

名叫知流花的嬌小少女抬頭看了天羽，然後羞赧似的微笑。

純白霧氣遮蔽兩人的身影，等那片霧散去時，她們的身影都消失了。

被留下來的，只有一頭魍獸——

受瘴氣包圍的身影好似被無數利劍貫穿過，已經千瘡百孔而斷魂絕命。

第二幕 磋商

THE HOLLOW REGALIA

CHAPTER.2

1

魍獸騷動過後隔了兩天——在珞瑟的帶領下，八尋再次來到前山下碼頭。

為了調查衝撞岸壁的貨船內部。

然而費盡千辛萬苦在燒焦的船內繞完一圈，比利士藝廊得到的結論是：魍獸冒出的原因不明。

「……結果這艘船並沒有在外海跟可疑船隻接觸過的形跡，對吧？」

港灣事務所的接待室。代表連合會偕同調查的雅格麗娜聽完珞瑟做的報告，便露出難以形容的臉色。

想「證明沒有形跡」，會比反過來證明有要難。雅格麗娜應該也在猶豫對於藝廊做的報告究竟要聽信到什麼程度。

「從船隻的航行數據來看，至少在行經浦賀水道時仍看不出異狀。這代表如果船內發生過異象，會是在進入東京灣以後。」

珞瑟坐在雅格麗娜的面前，繼續用公事公辦的語氣報告。

調查魍獸為何出現是比利士藝廊主動要做的事。連合會信或不信，對八尋及珞瑟都沒有影響。然而，個性一板一眼的雅格麗娜似乎很不想承認這一點，仍要跟他們追究。

「表示查到最後，依舊搞不懂魍獸從哪裡來嗎？」

「是的。換句話說，我們無法否認同樣的事故有可能再次發生。」

「但我聽說船內有人倖存？」

「約有十名坐守船艙與機房的乘員平安無事。遺憾的是，他們似乎也不清楚魍獸出現的原因。」

「這、這樣啊……」

「所幸貨物大多沒事，船本身也只要經過應急修理就能自力航行。看是要運往近海自沉銷毀，或者調人修理都請隨意。」

「我知道了……那就讓連合會這邊來安排吧。」

雅格麗娜沉重地點了頭，然後俯望依舊繫留在岸壁的貨船。

她清秀的眼睛流露出濃濃倦色。魍獸騷動的善後工作應該讓她忙得無法獲得充分休息。

被船衝撞的岸壁至今仍遭到封鎖，不過碼頭本身已經重啟辦公。受到那麼多魍獸襲擊，設施的損傷倒是奇蹟性地少。這要歸功於久樹與丹奈在短時間內壓制住魍獸。

「可是，竟然真的光靠你們就能收拾魍獸，不死者之力可真驚人。」

雅格麗娜把視線轉向八尋，感觸深刻地說道。

「打倒魍獸的是湊跟姬川，我們什麼也沒做。」

八尋尷尬地別開目光。

他以為自己被人挖苦了，但雅格麗娜並沒有那種意思。嗯——雅格麗娜點了頭，然後露出沉思般的表情。

「來見你們的日本人是嗎……那女的身為龍之巫女是真有其事？」

「好像。哎，雖然她本人從一開始就那麼說過……」

八尋用撇清關係的語氣說完，忽然回望了雅格麗娜一眼。她理所當然地說出龍之巫女這種超脫常識的詞，讓八尋覺得意外。

「原來你們也知道龍的存在？那些情報是傳得多廣啊？」

「我是不知道流傳到什麼樣的地步，但只要在連合會當到幹部等級，應該都對內情有一定程度的了解。不過我在親眼目睹以前，也沒有相信過所謂神蝕能的存在——」

雅格麗娜話說到一半，就畏懼般肩膀發抖。或許是因為目睹不死者的戰鬥力，使她認清那足以對連合會構成威脅。

「讓物質液體化啊。我有聽過傳聞，不過還真是棘手的能力。畢竟那表示再牢靠的防禦，在他們面前都會變得完全無力。」

珞瑟自言自語般嘀咕。她跟雅格麗娜一樣在提防神蝕能，但她似乎已經明確地設想到跟丹奈他們交手的狀況了。從她委託八尋弒盡所有龍的立場來看，或許那倒算是理所當然的想法。

「不過多虧他們，船上載的貨物得救也是事實吧？畢竟我們可沒辦法像他們那樣只打倒魍獸，又不傷及周圍。」

八尋委婉地替丹奈他們說話。

這不代表八尋信任對方，但至少他現在沒有理由跟丹奈或久樹交手，況且就算要打，想必也無法輕鬆獲勝。沼龍的權能可將物質融成爛泥，對八尋而言也頗具威脅性。畢竟肉體被融化的話，感覺不死者的治癒能力便無用武之地。

「是啊，非得感謝丹奈他們才行。多虧這樣，我們才省得自揭底牌。」

珞瑟對八尋說的話表示肯定。然而，她提到的感謝理由卻與八尋料想的不同。

「底牌？妳是指彩葉的神蝕能嗎？」

「在我方返抵橫濱的當天，載著我方貨物的運輸船就受到魍獸襲擊。以偶然來說，你不認為巧得過分了嗎，八尋？」

「這我也有感覺到，應該說時機太剛好……」

「運輸船衝撞的碼頭離我方基地只有咫尺之隔。魍獸若在那裡作亂，比利士藝廊大有可能投入戰力。投入對付魍獸最有效的戰力──」

「慢著，難道妳想說那場魍獸的襲擊是為了誘出鳴澤八尋的陷阱……？」

雅格麗娜彷彿不能把那些話當耳邊風，急著探身過來。

珞瑟靜靜地搖頭。

「這當然只是假設。如果船內有留下什麼證據就好了。」

「那、那倒也是……呃，可是，有那麼便宜的手段能利用魍獸嗎？」

「我們已經知道有人辦得到那種事。」

「龍之巫女嗎……！」

雅格麗娜恍然大悟地瞠目。

身為地龍巫女的鳴澤珠依召喚了魍獸讓萊馬特企業垮台，這是眾所皆知的事實。要算準時機喚出魍獸，令其襲擊貨船，這點事情除她以外的龍之巫女應該也辦得到。

「妳們對於是誰想要彩葉的命心裡有數嗎？」

八尋瞪著珞瑟問道。

對方打算調查彩葉的神蝕能，就表示襲擊貨船的主謀並非珠依。因為雙方在萊馬特基地相遇，已讓珠依見識過彩葉的神蝕能了。

「對方想確認彩葉的神蝕能，理由是刺探她的弱點……八尋，你是這麼想的，對吧？」

珞瑟莫名愉悅地揚起嘴角，讓八尋有些受到驚嚇。

「難道我想錯了嗎？刺探彩葉的弱點，不就是打算殺她？」

「你忘了重要的事情喔，八尋。」

「重要的事情？」

「就是龍之巫女之間沒有互相廝殺的理由。」

「啊……」

珞瑟說的話讓八尋目瞪口呆，感覺完全被戳中了盲點。

由於最初遇見的龍之巫女是珠依，使他不小心有了誤解。

彩葉與丹奈並不希求互相廝殺。沒必要光是因為龍之巫女的身分就殺害對方，想毀滅世界的珠依反而才是特例。

「目前查明的龍之巫女，全都是倖存的日本人。她們見面以後，最初會有的想法不會是互相廝殺，而是彼此合作才對吧？」

珞瑟又繼續仔細說明。

「妳說合作，是為了什麼？」

始終感到困惑的八尋問道。

珞瑟淺露笑意。

她的笑彷彿是要告訴八尋：明明同為日本人，你怎麼沒有先想到呢——

「當然是為了復興日本啊。」

2

幾乎同一時刻，茱麗駕駛的裝備裝甲車正奔馳於前橫濱市內的國道。

副駕駛座上的是護衛帕歐菈，後座則有丹奈，還有將鵺丸抱在懷裡的彩葉。只有四名女性搭車移動固然稀奇，但是這樣的組合有其理由。

這是為了解決彩葉緊急且嚴重的課題。

「謝謝，茱麗，多虧有妳才找到了可愛的款式。」

彩葉捧著裡面塞了新品胸罩的托特包，道出感謝之語。

沒錯，緊急的課題就是內衣（胸罩）。彩葉沒另外帶衣物就跟藝廊會合，所以沒有內衣可供替換。

雖然跟連帽衣款式的防彈制服一樣，宿舍裡也有配給用的內衣庫存，不巧彩葉的胸圍難以說是一般尺寸。即使借茱麗的內衣也只能湊合，結果她就被迫十萬火急地出發找內衣了。

「專程跑這麼遠算值得了吧。那棟車站大樓可沒有什麼人知道喔。」

握方向盤的茱麗用略顯得意的語氣說道。

為了找內衣，茱麗帶著彩葉去了橫濱要塞的護牆之外，過去作為民營鐵路轉運站的車站大樓曾經繁榮一時的百貨公司舊址。

百貨公司裡的貴重品幾乎都已被傭兵洗劫一空，但是連女用內衣都要的人實在不多。彩葉從幾乎毫髮無傷保留下來的大樓裡拿了大量自己要找的內衣，當然也包括妹妹們的份。

「能看彩葉試穿內衣，我也大飽眼福呢～～……美少女的乳溝……柳腰……呵呵呵。」

「丹……丹奈小姐，妳這樣有點噁心……」

彩葉瞪著在旁邊賊笑的丹奈，繃緊了臉孔。

「更重要的是，妳擱下湊先生好嗎？他是妳的護衛吧？」

「沒問題啦～～反正很少會有強盜特地找印了民營軍事企業商標的裝甲車下手，何況我也有一兩樣自保的手段～～」

丹奈低頭看了縮在彩葉腳邊的鵺丸，露出若有深意的微笑。原來是這樣——彩葉略感意外地心想，又問了：

「呃……丹奈小姐，請問妳跟湊先生是什麼樣的關係？」

「妳說久樹小弟嗎～～？我們是共犯喔～～」

「共犯？」

「就像八尋小弟想殺珠依那樣，久樹小弟也有他想實現的願望～～在那個願望實現之前，他絕對不會背叛我喔～～」

「妳說在願望實現之前……指的是……」

丹奈若有所指的用詞讓彩葉困惑地反問。

然而，丹奈什麼也沒有回答就搖頭微微笑了笑。

「彩葉，妳又是怎麼樣呢～～？」

「咦？我嗎？」

「是的。妳對八尋小弟是怎麼想的呢～～？」

彩葉沒想到丹奈會這麼回話，便不自覺地正色沉思。

彩葉並沒有深入思考過，但被對方一問，她發現自己跟八尋之間的關係確實相當曖昧。

從彩葉遇見他算起，其實還不到一個星期。然而對彩葉來說，八尋已經在各方面都成為別具意義的人了。

正因如此，彩葉對目前的八尋有所不滿。

彩葉有種強烈的焦躁感，認為自己非得替他想想辦法。

「我呢，是希望八尋可以當哥哥……」

思緒在腦袋裡打轉過後，彩葉直接說出自己率先想到的字眼。

「哥哥……？」

丹奈納悶地眨了眨眼。

略顯吃驚的表情彷彿在說：難不成這個女生喜歡哥哥（是個兄控）？

「啊，不是的。我的意思是希望他能當我們家那些弟妹的哥哥，不是我的。」

彩葉發現自己受到誤解，連忙補充。

即使如此，丹奈似乎還是不太能理解，就維持頭歪一邊的姿勢問：

「為什麼妳會那麼想呢～～？」

「咦？因為我們家小朋友都很可愛不是嗎？跟他們幾個一起相處的話，我想八尋也是可以洗心革面的。」

彩葉用似乎不感疑問的語氣提出主張。

她從之前就隱約有這種念頭，實際說出口以後內心更有體會。

彩葉對八尋懷有不滿，那就是他不珍惜家人。他想親手殺害自己唯一的妹妹。彩葉惱火的正是這一點。

「洗心革面？八尋小弟有犯什麼錯嗎～～？」

「八尋現在的目的是殺他妹妹，那絕對是錯的。畢竟那樣的話，八尋跟珠依未免都太可憐了啊！」

彩葉「磅」地敲了裝甲車的門並且斷言。

「親人間互相殘殺，我倒覺得沒什麼稀奇耶～～……」

丹奈用與柔和笑容並不相稱的無情語氣說道。

彩葉鬧脾氣似的「唔～～」地噘嘴。原本應該是她在問丹奈跟久樹的關係，不知不覺卻落得都在聊自己的下場。彩葉對此還沒有察覺。

「八尋他……是幫我改變了世界的人……」

「改變世界？」

聽來耐人尋味——丹奈亮起眼睛。

「之前我都跟鵪丸還有那些小朋友一起在二十三區過日子，光是要活下去就費盡了心力，明明知道不可能一直留在那裡，卻也沒辦法離開……」

「這麼說來，你一直在影片裡對倖存的日本人講話呢～～」

丹奈用不經意的口氣答腔。

一瞬間，彩葉似乎想起當時的心境，就露出泫然欲泣的表情。

「是的。八尋就在那時候帶著藝廊的夥伴們出現了，還帶我們到了外頭的世界。」

彩葉回想他帶著茱麗等人出現的那個瞬間；回想他們兩個在法夫納兵的追殺之下，一路從廢墟之城逃離的夜晚。

大殺戮過後，首次遇見的同齡少年。而且，對於當直播主的彩葉來說，他也是唯一一個給了回應的寶貴對象。

所以──大概是這樣吧，彩葉覺得自己從很久以前就認識八尋，有種彼此總算見面的感覺。

「多虧有八尋，我對小朋友們的將來也有了希望，還認識了丹奈小姐你們。明明如此，最關鍵的八尋卻依然困在為舊事復仇的情緒裡是不行的！」

「彩葉……妳是想賦予八尋活下去的理由？」

帕歐菈之前都默默聽著對話，卻在這時候自言自語般嘀咕了一句。

彩葉感到有些吃驚，並認同或許就是這樣。

「呃……是的。我覺得是這樣沒錯。」

「既然如此，彩葉，妳來當理由不就好了？而不是利用小孩們。」

茱麗仍舊握著方向盤，還劃清界線似的斷然告訴彩葉。

彩葉被攻其不備，因而全身僵住。

「……咦？」

「說得對呢～～只要彩葉跟八尋小弟結婚，八尋就會自動變成那些小朋友的哥哥啊。這樣一切都解決了不是嗎～～」

丹奈也滿意地做出結論。茱麗則透著照後鏡豎起拇指說：

「好耶，彩葉。」

「恭喜……」

「不不不，妳們等一下。沒什麼好恭喜啦！」

沒想到連帕歐菈都開口祝福，彩葉不禁大叫。丹奈看了彩葉那種青澀的反應，就賊賊地奸笑。

「你們想要幾個小孩呢～～？」

「小、小孩……？」

「對了，八尋跟彩葉之間生得出小孩嗎？」

「我叫妳們別說了……！」

「原來如此……關於不死者是否能交配的問題嗎～～耐人尋思呢～～一般在自然界都是幼體生存率越高，生產數就越少，所以不死者就算沒有生殖能力也不奇怪呢～～……」

茱麗隨口提到的疑問意外地讓丹奈感興趣。

彩葉滿臉通紅，說不出話。對在小孩子們圍繞下成長的彩葉來說，這一類話題的刺激性太強。

「嗯～～來稍微測試看看好了～～……」

「測、測試……？」

「是的。今晚我立刻就去引誘八尋小弟試試看～～」

「為、為什麼丹奈小姐要引誘八尋啊！」

彩葉用高八度的聲音抗議。丹奈則一臉不可思議地回望彩葉說：

「彩葉，不然妳要試嗎～～？」

「才不要！倒不如說，丹奈小姐妳有湊先生了不是嗎！」

「久樹小弟？我跟久樹小弟不是那樣的關係喔。」

「我跟八尋也不是！」

「那麼，我們折衷一下，拜託小珞去試怎麼樣？」

茱麗若無其事地天外飛來一筆。

「為什麼珞瑟的名字會在這時候冒出來啊！」

藍髮少女那人偶般的美麗臉孔浮現在腦海中，讓彩葉倉皇得連自己都嚇到了。反觀茱麗則是一臉平靜地說：

「畢竟，小路好像滿中意八尋的啊。」

「咦，是嗎……？她那樣叫中意？」

彩葉訝異地向帕歐菈確認。因為珞瑟跟八尋對話總是只講公務上最基本的事，感覺實在不像對他有好感。

帕歐菈卻默默地表示認同，那種態度莫名有說服力。

「雖然我也能理解彩葉的心情～但考慮到目前日本人的總人口，盡量多生小孩會比較好喔～」

丹奈無視彩葉的處境，自顧自地提出期望。

彩葉反射性地想回嘴，然後露出了納悶的神情。丹奈說的話有讓人掛懷之處。

「妳說總人口……難道除了我們以外，還有其他日本人倖存嗎？」

日本人據說在四年前的大殺戮就滅絕了。假如活下來的只有彩葉的弟妹們以及龍之巫女和不死者，那就用不著以總人口這個詞來表達。

然而聽丹奈的口氣，感覺好像仍有為數可觀的日本人在某處活了下來。對彩葉來說，那是震撼的情報。

「有……」

帕歐菈簡短回答了彩葉的疑問。

丹奈不予否定，卻又帶著有些憐憫的表情搖頭。

「彩葉，跟她們見面對你們來說未必是幸福的事呢～～……」

「妳這麼說，又是什麼意思……？」

彩葉望著丹奈問道。然而，丹奈還沒說出答案，彩葉的連帽衣口袋就傳出了細微震動聲。是手機收到郵件的通知。

「彩葉有郵件？誰寄的？」

茱麗納悶地回頭。

即使目前日本國內的通訊基礎建設已經分崩離析，使用低軌道衛星訊號的手機依然能順利通訊。所以，收到郵件這件事本身並沒有什麼不可思議。

問題在於，彩葉並沒有親暱得會用郵件互動的熟人。

「呃，不知道是誰……我想……是和音的影片觀眾寄來的吧……」

彩葉拿出手機打開收件匣一覽表。比利士藝廊內部的通訊會用專屬的密碼迴路，因此不可能是八尋或珞瑟的聯絡。除此之外，能想到的寄件人只有彩葉在網站上發表的影片的觀眾而已。

如彩葉所料，收到的郵件是寄到伊呂波和音名義的電子信箱。

然而，彩葉在看見郵件主旨的那一瞬間，就驚愕地睜大眼睛。接著——

「咦咦咦咦咦……！」

她慘叫般的大叫聲響徹裝甲車內。

3

八尋回到宿舍以後，等著他的是懷裡的包包莫名其妙裝滿內衣的彩葉。她一注意到八尋，就連衝帶撞似的跑了過來。

「我、我接到……我接到了……！」

「彩葉？妳接到什麼了？」

「企、企業委託！我接到工作了〜〜！」

彩葉尖叫到聲音變調，並將握著的手機拿給八尋看。上面顯示著以英文寫的商業文案，好像是某項企畫的簡報資料。

文案收件者為伊呂波和音小姐。換句話說，這似乎代表從事直播活動的彩葉接到了來自業主的工作邀約。

「妳說企業委託……是哪裡寄來的？」

「基貝亞！基貝亞環保企業……！」

「所以說，那是哪裡的公司？」

八尋聽了彩葉不得要領的說明，便困惑地反問。由於她興奮得提著包包亂甩，差點掉出來的內衣也令人在意。

「基貝亞環保企業——簡稱ＧＥ，是從事水資源開發的歐洲企業，作為化妝水與礦泉水廠商也是舉世知名。」

在八尋身旁的珞瑟似乎看不下去，因而做了說明。

多虧如此，八尋才回想起來。簡報資料一角出現的商標跟以往陳列於超商等門市的礦泉水品牌一樣。

「那種大企業怎麼會想發業配給屬於實況界底層的和音啊？」

妳絕對是被騙了吧——八尋用狐疑的眼神看向彩葉。

伊呂波和音的影片播放數最多也就三位數，平均差不多幾十次。

用日文直播也是一種障礙，更重要的原因在於內容無聊。

除了外表稍微好看點，彩葉既沒有多了不起的專長，口才也不算好，所以這是理所當然。以非名人經營的業餘影片來說，反而算是拚得不錯。

無論怎樣，和音都不是國際企業會認真理睬的對象，應該懷疑是詐欺或者惡作劇——八尋如此心想。

然而，沖昏頭的彩葉似乎沒有八尋那種正常的思路。

「這表示肯看的人都有用心在看啊。」

哼哼——彩葉自豪地挺胸。那種毫無根據的自信究竟是從哪裡來的啊？如此心想的八尋無力地搖頭。

「妳不否認自己屬於直播界底層呢。」

珞瑟若無其事地吐槽，聲音卻沒有傳進彩葉的耳裡。

「總之這樣也沒辦法靜下來講話，我們找地方坐著談吧？」

由於彩葉在宿舍的玄關前嚷嚷，藝廊的戰鬥員及員工被勾起興趣，就開始聚集過來了。

雖然被人聽見也不至於造成困擾，但因為這種沒營養的事情受注目可讓人受不了，所以八尋開口提議。

「也對。那麼，我們到大廳吧。我口都渴了。」

「哎，用那麼大的聲音吵個不停，當然會渴……」

八尋一邊偷偷嘀咕一邊走向位於宿舍一樓的大廳。

大廳裡有已經先到的茱麗、帕歐菈以及丹奈的身影。

她們理應是跟彩葉一起行動，不知怎地卻都露出疲憊的神情。恐怕是在八尋等人回來以前一直被迫聽情緒激動的彩葉講那些事吧。想像到那一幕，就連八尋也不禁同情起她們。

途中八尋等人各自弄了自助式的飲料，然後才就座。

潤了喉嚨的彩葉似乎情緒鎮定了點，便操作起手機，再度把簡報資料遞到八尋眼前。

「發業配給我的是這個人，直播主知流花。據說她隸屬於麥里厄斯．基貝亞的事務所。這個人也是日本人喔。」

「除了和音，原來還有其他直播主是日本人……？」

「嚇你一跳對不對？我完全不曉得呢。因為知流花在影片裡幾乎都不講話，字幕也都是英文或法文。她的影片很有名，我也常常看。」

「知流花……這個人嗎……」

八尋用自己的手機搜尋知流花的影片。

顯示出來的影片縮圖是個彷彿可以在印象派繪畫中擔任模特兒，氣質有如妖精的美少女。年紀應該與八尋他們相同，或者再小一點。

影片內容主要是關於化妝與美髮造型，使用GE品牌化妝品教觀眾怎麼化妝的影片播放數尤其多。所謂的美妝系直播主，對八尋來說完全在興趣範圍外，不曉得她的名字也是合情合理。

「這位叫麥里厄斯的人是GE會長的兒子。原來他的本職是影像製作人。」

「沒錯，非常有錢的名人。據說他目前在著手替直播主進行製作。」

彩葉對珞瑟的解說使勁點頭。

「那個人來委託和音跟知流花連動，然後，ＧＥ就是連動影片的贊助商。」

「我倒越來越搞不懂和音被選上的理由了。」

八尋眉頭深鎖，啜飲了由燙變溫的咖啡。

彩葉看似不可思議地回望八尋說：

「那當然是表示我的實力獲得了肯定啊。」

「說真的，妳那種謎樣的自信是怎麼來的？」

「哎，自己主推的直播主突然成名，八尋你會覺得心情很複雜吧。我懂。」

彩葉露出藏不住的賊賊笑意，一邊猛拍八尋的肩膀。這女的好煩——滿腹苦水的八尋臉都垮了。

「妳有什麼想法呢，姬川丹奈？」

珞瑟面色不改地詢問在附近另一桌的丹奈。

真不希望被捲進這件事——大動作聳肩的丹奈彷彿是這個意思，並且回過頭說：

「這個嘛～～……至少在統合體成員當中，應該是沒有ＧＥ的名字～～」

「統合體？難道妳想說這件事跟龍之巫女有關？」

八尋正色看向丹奈。

倘若麥里厄斯．基貝亞是統合體的相關人員，這次企畫則是想藉故找身為龍之巫女的彩葉過去——那麼，沒沒無聞的直播主和音會接到聯絡就能獲得解釋。

「要是那樣，事情倒算單純呢～」

丹奈用曖昧不清的語氣說道。她似乎是懷疑事情可能跟龍之巫女有關，但也沒有把握。

「欸欸欸，他們找和音拍連動影片，具體來說內容是什麼？」

累得趴在桌上的茱麗只抬起臉問道。

彩葉滑動寄來的簡報資料，對商業文件特有的陌生詞彙板起了臉。即使如此，她仍努力加以解讀，然後回答：

「我猜的啦，他們好像想請我擔任ＧＥ新企畫的宣傳人員。」

「宣傳嗎……」

八尋頭上冒出了問號並且嘀咕。找和音這樣的無名實況主宣傳有效果嗎——除了彩葉之外，現場所有人都懷著如此的疑心。

「信裡說詳情會在直接見面後說明。」

「直接見面？對方是要求跟伊呂波和音的真身對話嗎？」

八尋驚訝地眨了眼睛。茱麗與珞瑟也對彼此點頭說：

「很可疑呢。」

「這是詐欺吧。」

「咦咦！為什麼！」

彩葉對一口咬定的雙胞胎感到強烈困惑。不知道該說是善良還是正直，她屬於容易被缺德商人取巧拐騙的類型。如此心想的八尋對彩葉的將來感到擔憂。

然而八尋等人對彩葉的勸阻在這時突然中斷。

因為在藝廊基地的上空出現了飛行機接近而來的動靜。

渦輪軸承引擎排氣發出的轟然響聲撼動了大廳的窗戶玻璃。旋翼機特有的斷續性節奏，直升機的飛行聲。

『公主、小姐，抱歉在妳們談話時打擾，但我這裡收到了通訊。有架直升機請求在這座基地的用地內降落，來訊者是先前的客戶。』

八尋等人領口的無線電傳來喬許的說話聲。他似乎是今天輪值基地保全工作的人員。

「哎呀，客人嗎？已經這麼晚了？」

彷彿表示自己忘了的茱麗看向珞瑟，珞瑟默默地點了頭。雙胞胎姊姊嫌麻煩似的聳肩，妹妹便一如往常面無表情地站起身。

「妳們說的客人是誰？」

八尋提起些許戒心並問道。儘管比利士藝廊自稱藝品商，實質上做的卻是軍火生意。八尋隱約能想到對方應該不是正派的客人。

「是日前貨船運來的那批貨的買家。」

八成會被她們敷衍吧——一反八尋的預料，珞瑟坦然說明來客的身分。

「妳說運貨，是被魍獸襲擊的那艘船嗎？」

「是的。內容是機砲的彈藥與飛彈。」

「飛彈！到底誰會買那種東西？」

八尋驚訝地倒抽一口氣。

買機砲的彈藥還能理解。在高級別的魍獸當中，有不少非得用大口徑機砲對付，否則便無可奈何的個體。只要是在日本國內活動的民營軍事企業，應該有不少部隊都需要用到。

然而飛彈對魍獸不管用。因為一般飛彈無法追蹤魍獸，而造價更高昂的飛彈也沒理由用來對付魍獸。換句話說，想買飛彈的客戶就是算好要用在人類之間的紛爭。

「實際上是由誰出錢，之後又會用在什麼地方——我們接下來才要透過交涉進行確認。倒沒聽說對方會搭直升機過來就是了。」

茱麗回答了八尋的疑問。看來在目前的時間點，茱麗她們也尚未得知來客的目的。做生意這麼馬虎行嗎？八尋也不是沒有如此想過，但仔細思考就會明白這是非法軍火商人在跟客戶打交道，雙方交易自然不會循正常途徑。

『直升機的識別碼確認過了，姑且屬於非武裝民航機。所有權人為ＧＥ——基貝亞環保企業。我會引導他們到二號停機坪。』

喬許單方面講完便切斷通訊。

直升機排氣聲已經嘈雜到令人難以忍受的地步了。

離地高度不到一百公尺，即使從大廳窗戶也能確認機影。機體側面繪有感覺眼熟的商標，是小型的泛用直升機。

「基貝亞……？」

彩葉瞪圓眼睛，然後看了好幾次直升機與手機裡的資料做比較。

「原來如此……當中有這樣的玄機啊。」

珞瑟面無表情地吐了氣。八尋納悶地看向她。

「妳說的玄機是指？」

「我是指麥里厄斯・基貝亞看上彩葉的理由，比想像中還要單純。看來他似乎有事要找倖存的日本人。無關乎是不是龍之巫女，他想找的是外表較為出眾的日本女性——」

「為什麼妳能這樣斷言？」

「噢，原來如此～～……是這麼一回事啊～～……」

八尋反問路瑟的聲音跟丹奈的嘀咕聲重疊了。看來丹奈也想通麥里厄斯有何目的了。到現在還掌握不了狀況的好像只有彩葉跟八尋。

「彩葉，妳也許趁現在先去換衣服比較好喔。」

茱麗對茫然看著窗外直升機的彩葉提出建議。

「咦？妳說換衣服，是為什麼……？」

彩葉原本還準備反問，霎時間，有所察覺的她表情僵住了。

眼珠子睜得快要掉出來的她眼裡映著坐在直升機客席上的人影。

「咦，不會吧！」

彩葉的嘴脣連連顫抖，好不容易才擠出聲音。

而直升機的乘客笑容可掬地對彩葉揮著手。

身穿窄版華麗西裝的高個男子，染成虹彩色澤的極短髮搭配大耳環，跟ＧＥ寄來的簡報資料裡附的照片同一張臉。

「為、為什麼麥里厄斯．基貝亞先生會在這裡……！」

ＧＥ的直升機在恍神杵在原地的彩葉面前緩緩著陸。

現場沒有人特意回答她那幾近於尖叫的問題。

4

「您、您好，我是伊呂波和音！」

表情生硬緊張的彩葉發出變調的聲音，並且深深地行禮。

她換了衣服，目前穿的是讓人聯想到巫女裝束，暴露度高的直播服裝。頭上戴了銀色假髮，還有仿獸耳的髮箍。

而向這樣的彩葉伸出右手的人，據說是基貝亞環保企業會長家的少東，一位年輕的影像製作人。

「我是麥里厄斯·基貝亞，幸會。哎呀，妳換了服裝？」

「啊，是的。因為之前的服裝在槍戰中變得破破爛爛了……」

「槍戰……？」

麥里厄斯聽見彩葉的說明，清秀的臉就嘻嘻笑了出來。看來槍戰的說法似乎被他當玩笑話了。正常來想，被捲進足以讓服裝破破爛爛的激烈槍戰，彩葉本身就不可能平安無事，因此他會那麼想也無可厚非。

至於地點，是在藝廊基地內的諮商室。

茱麗與珞瑟都坐在寬廣會議桌的下座，八尋則露出不悅得嚇人的臉色站在雙胞胎背後。彩葉跟麥里厄斯握了手以後就逃也似的回到八尋旁邊，怯生生地在為她準備的位子坐下。

隔著會議桌，麥里厄斯在彩葉面前用優雅的動作入座。

聽聞麥里厄斯·基貝亞的性別姑且是男性，但他的服裝及舉止都傾向於中性，給人十分洗鍊的印象。儘管體格高大結實，卻不是適合動粗的那種人，所以八尋對麥里厄斯並沒有抱持多大的戒心。

八尋之所以會一臉不悅，原因出在這間諮商室裡的另一名人物——與麥里厄斯同行的嬌小老人身上。

「……你為什麼會在這裡，艾德？」

八尋瞪著坐在珞瑟她們面前的老人，不爽地壓低了聲音。

老人名叫艾德華·瓦倫傑勒，是在松戶車站舊址附近開業經銷來路不明的進口雜貨，可疑古怪的店老闆。

「咯咯，看來你過得挺好，八尋。連句問候都沒有就消聲匿跡，薄情的小子。」

「擅自把我的情報賣給比利士藝廊的傢伙有資格講這種話嗎……！」

八尋沒好氣地向對方搭話。

這個墨西哥老人在生意上有跟藝廊聯繫的管道。八尋身為不死者的情報，也是艾德轉達給茱麗她們的。

「所以呢，你是來做什麼的？」

「當然是為了談生意。」

「談生意？」

「有客戶想收取向比利士藝廊訂的商品，我是雙方的仲介。」

艾德一臉泰然地說。八尋的眼神變得更加嚴肅了。

所有環節都令八尋不爽。無論是這個可疑老人在藝廊做的生意當仲介，或者他交易的對象是跟彩葉扯上關係的人物。

「但我聽說ＧＥ是搞水資源開發的公司，他們為什麼會來找藝廊談生意？會跟這些傢伙訂的商品都是武器還有彈藥一類吧？」

八尋用嚴厲的口氣詰問麥里厄斯。

然而，高大的影像製作人只是略顯困擾地聳了聳肩。他那彷彿事不關己的態度讓八尋感到強烈憤怒。彩葉也疑惑地望向麥里厄斯。

「八尋、八尋，這你就錯嘍。」

意外的是，茱麗在這個時候插嘴了。她那一如往常的親暱態度，讓八尋氣勢大減地吁了一聲。

「妳說我錯，是錯在哪裡？」

「GE跟比利士藝廊之間並沒有直接的交易關係。我們做生意的對象是日本獨立評議會，艾德華．瓦倫傑勒則是他們的代理人。」

珞瑟替雙胞胎姊姊接話說明。

八尋蹙起眉頭。日本獨立評議會，沒聽過的組織名稱。妳認識嗎——八尋用眼神詢問彩葉，但她也只是搖頭。至少在四年前——大殺戮前，八尋等人所用的教科書裡沒有記載這樣的名稱。

「要說到獨立評議會，八尋你們不曉得也沒什麼不可思議。畢竟他們成立是在大殺戮終結之後。」

「太好嘍，考試不會考到呢。」

茱麗用無邪的口氣說道。八尋無視並反問她們倆：

「妳們說的日本獨立評議會是怎麼樣的一幫人？」

「那是在大殺戮中活下來的日本人所組成的流亡政府。不過，目前倒沒有國家肯認同獨立評議會是正統的政府組織。」

「原來，倖存的日本人多到能自稱流亡政府嗎？」

八尋訝異地與彩葉面面相覷。

除了自己以外還有其他活過大殺戮的日本人，這應該是值得坦然慶幸的情報。然而他們想取得彈藥的事實卻讓八尋不知道該如何接納。

「那些人都在哪裡呢？」

彩葉戰戰兢兢地問，珞瑟對此冷冷地呼了氣。

「在海上。」

「海上？」

「你們曉得日本獨立評議會因為大殺戮而喪失所有土地與財產之後，是怎麼活下來並且取得糧食及生活物資的嗎？」

被珞瑟用冷冷的語氣反問，彩葉說不出話了。那並不是因為她不知道問題的答案，恰恰相反，她是因為想通了答案才只能保持沉默。

「……靠掠奪，對嗎？」

八尋替彩葉答道。噢噢——茱麗誇張地表示驚訝並鼓掌。

「大致猜中了。說得更精確一點，他們是靠海賊勾當。」

「海賊？原來流亡政府的人在海上？」

「之前他們都靠襲擊貨船來取得必要的物資啊。雖然到現在也還是一樣。」

茱麗大剌剌地回答，八尋因而一臉苦澀。

在海上就不會有魍獸出現，況且日本近海有許多無人島，擁有船隻的人若要潛伏，可說是絕佳的環境。日本獨立評議會能夠持續當海賊長達四年，應該也是拜這樣的地利所賜。

然而，八尋無意給予讚賞。

從同為罪犯的層面而言，或許靠偷竊藝品糊口的八尋沒有資格責怪他們。然而，八尋做的是回收留在廢墟裡的無主藝品。即使會受到魍獸襲擊，他也沒想過要向人類打劫。

雖然說都是為了求生存，對於日本獨立評議會襲擊無罪貨船掠奪物資的行為，八尋並沒有辦法贊同，感覺他們明顯跨越了界線。

「藝廊居然打算跟海賊做交易？」

「因為我們是商人。只要肯付出對價，藝廊是不會挑客戶的喔。」

珞瑟面無表情地回望責怪的八尋，並且坦然答話。

「不過我們曾有疑問。要支應添購彈藥與船隻的維持費用，光靠海賊勾當是不可能的。假如沒有贊助者從某處支援他們，那事情就怪了。」

珞瑟說著就把視線轉向麥里厄斯。

茱麗接著妹妹的話說下去。

「所以他們的贊助者就是ＧＥ嘍。」

「正是如此。」

麥里厄斯使壞地挑了眉微笑。八尋大感混亂地看向他。

「這是怎麼一回事？像ＧＥ這樣的大企業去支援海賊有什麼好處？」

「你對ＧＥ的主要業務了解多少？」

儘管八尋一副不懂規矩的態度，麥里厄斯卻沒有改變表情。身段豔麗優雅的他托起腮幫子，然後語氣和緩地反問。

「開發水資源啊——我是這麼聽說的。」

「是的，沒有錯。我們會研發過濾海水及工廠處理廢水所需的裝置，也會承包管理淨水廠。不過，我們在確保水源方面同樣投注了相等的勞力。」

「確保……水源？」

「或許身為日本人的你聽了也無法開竅，地表上可供人類利用的淡水可是非常寶貴的資源喔。作為飲用水自不用說，無論是對農作物或生產工業製品而言，優質的水都不可或缺，某方面來看堪稱匹敵石油的戰略物資呢。」

麥里厄斯用帶有跌宕起伏的動聽嗓音說明。不愧是知名的影像製作人，本身演講技術亦屬一流。

「而日本這塊土地坐擁的水資源之豐厚，放眼全世界也算屈指可數。我們之所以會支援日本獨立評議會，這就是理由。等他們有朝一日取回日本統治權，ＧＥ就可以獨占並利用日本七成的水源，我們雙方已經如此訂了契約。」

「敢要求國家的七成水源，還真是獅子大開口。」

「哎呀？考量到日本現在的人口，我認為七成仍算節制呢。」

八尋傾全力挖苦，也被麥里厄斯用從容的笑意打發掉。

他的話讓八尋無從否定。

八尋所知的日本人倖存者，就只有身為龍之巫女的丹奈與不死者湊久樹，以及彩葉那些弟妹。雖然不知道日本獨立評議會擁有多少人員，但是要靠海賊勾當來維生的話，最多也就幾百人吧。縱使讓出日本的七成水源，想必也難以對生活或經濟活動造成妨礙。

「……我明白你們支援日本人流亡政府的理由了。」

八尋稍微降低了對麥里厄斯的戒心。

原本八尋就不是這次談判的當事者，他沒有立場對這次的商談插嘴。既然找彩葉參加連動企畫的人並非海賊勾當的當事人，八尋便沒有理由繼續抱怨。

即使如此，還有一件非確認不可的事。

「哎，艾德要當妳們跟日本獨立評議會交易的中間人，事到如今也無所謂了啦。但是麥里厄斯先生，你會找彩葉談合作是為什麼？」

八尋用認真的眼神對麥里厄斯質疑。

麥里厄斯望向八尋，然後莫名陶醉地瞇起眼睛。

「真有愛呢。」

「……啥？」

牛頭不對馬嘴的回答讓八尋感到迷惑。麥里厄斯覺得有趣似的交互看了八尋與彩葉的表情，然後說道：

「你在擔心和音，怕她會被邪惡的大人拐騙。」

「不對，我在問你……」

「咦！真是的，原來是這樣嗎，八尋！」

八尋還來不及反駁，彩葉就叫了出來。先前緊張的模樣都不知道去了哪裡，她亮起眼睛，嘴角還盈現滿足的笑意。

「咯咯咯……八尋，你這小子情竇初開啦？想當年，你還在二十三區的舊書店物色性感偶像寫真集……」

「吵死了，艾德！那本書是你委託我回收的吧……！」

八尋粗魯地吼了露出下流笑容的老人。

「哎呀，不好意思。八尋真是的，因為他從以前就是我的熱情粉絲。呵呵呵……」

「妳喔……！事情可是跟妳自己有關，多提防一點啦！假如被找去幫那些人的海賊勾當出一份力，妳打算怎麼辦！」

「好痛！」

八尋隨手朝得意忘形的彩葉頭頂劈下手刀。淚眼汪汪的彩葉似乎不懂自己為什麼會被修理，還幽怨地瞪向八尋。

「不要緊，我們不會做那種事。」

各位敬請放心——麥里厄斯以如此的態度斷言。

八尋仍存有疑心地瞪著他說：

「這樣的話，為什麼要找彩葉？這女的跟你的目的毫無關聯吧？」

「哎呀，沒那種事喔。既然和音是日本人，她與日本再次獨立就脫不了關係。而你也一樣，鳴澤八尋。」

「……難道你要叫我們也參加流亡政府？」

「你們肯的話就省事了，但我不會立刻要求。」

麥里厄斯用含笑的語氣說完，對彩葉拋了媚眼。

「我對和音的期許，就只有請她協助日本獨立評議會的宣傳活動。具體而言，就是希望她擔任評議會的形象人物。」

「啊……那麼，ＧＥ企畫簡報裡提到的宣傳……」

彩葉收斂原本笑容洋溢的臉。沒錯——麥里厄斯附和道：

「那是要叫妳成為日本再獨立計畫的宣傳大使。身為倖存的日本人，一直孤零零地向日本人發表影片，既堅強又可愛的直播主。妳不覺得這份工作正適合妳嗎？」

「哎呀……聽你這麼一說，或許是耶。」

彩葉害羞地撥弄頭上的獸耳。總是充滿謎樣自信的她似乎在這種時候也還是不會謙虛。

「為什麼要找和音？你那邊還有更受歡迎的直播主吧？」

八尋替彩葉問道。

「莫非你指的是知流花？」

麥里厄斯的表情蒙上了些許陰影。

「很遺憾，她有個問題存在，所以沒辦法成為這個計畫的形象人物。」

「怎麼說？」

「因為知流花是日本獨立評議會的一分子。」

「「……咦！」」

八尋與彩葉同時發出了聲音。

然而，冷靜想想就會知道那是可預料的事。

麥里厄斯是日本獨立評議會的贊助者，知流花則是麥里厄斯製作的直播主。兩人間毫無關聯才比較不自然吧。

「她在評議會的船上。雖然為了活下去也是不得已，評議會至今確實一直在進行掠奪行為。為了讓日本再次獨立，必須抹去那樣的負面形象。要不然，他們應該就不會被認同是正統的流亡政府。」

「——原來如此。直播主知流花就是三崎知流花嗎？」

珞瑟之前一直保持沉默，現在才總算釋懷般嘀咕了一句。

彩葉訝異地看向珞瑟。

「三崎知流花？為什麼珞瑟會知道她的本名呢？」

「她是統合體目前掌握的六名龍之巫女之一。」

「知流花是……龍之……巫女？」

毫無預警就談到的重大情報讓彩葉當場愣住。

珞瑟沒有理會，又繼續淡然說道：

「據推測，三崎知流花是山龍『瓦納格洛利亞』的巫女。之前聽說她逃出了統合體的監控網，看來是日本獨立評議會將她藏起來了。」

「山龍巫女嗎……」

八尋茫然嘀咕。他首先體會到的是強烈的不快感。

雖說有得到ＧＥ的支援，在世界各國軍隊聚集的日本近海，日本獨立評議會能夠持續掠奪近四年之久，冷靜想想就會覺得是件怪事。

可是，假如他們當中有龍之巫女，疑問便能輕易獲得解決。

龍之巫女的神蝕能被日本獨立評議會利用於海賊勾當了。

「我要去。」

彩葉帶著彷彿一不做二不休的開朗表情說道。

不知怎地，她還對板起臉的八尋比出Ｖ字手勢笑了笑。

「在這裡煩惱也沒用啊。我們去跟流亡政府那些人見面談談看。既然真的有倖存的日本人，我也想跟對方見面，況且志在讓日本再次獨立又不是壞事。」

「哎，或許是啦。」

八尋認同彩葉的意見也有道理。

無論日本獨立評議會或ＧＥ有何盤算，向彩葉提出連動企畫的人是知流花，姑且能想成山龍巫女對彩葉是友善的吧。雙方應該不會突然演變成互相廝殺的局面。

「不管怎樣，我們為了將商品送到都非得跟日本獨立評議會接觸，到時候彩葉跟著一起去就行了啊。不中意對方的話，大可直接在那裡說掰掰。」

「你不介意這麼辦吧，麥里厄斯．基貝亞？」

藝廊的雙胞胎向麥里厄斯確認。

「好啊，當然可以。」

麥里厄斯優雅地微笑。他看來有幾分滿足，大概是談判順利的緣故吧。表示彩葉與日本獨立評議會接觸是符合他期望的發展。

「我先一步搭直升機回去，各位與評議會會合將由瓦倫傑勒先生負責引路。」

「就這麼回事。要讓你多關照啦，八尋。」

艾德啜飲給來客的咖啡，並且開朗地露齒笑了笑。

被視為海賊的日本獨立評議會目前所在地，連與其交易的比利士藝廊都不得而知。為了將商品運往他們那裡，必須有中間人引路才能到會合的地點。

這次似乎是由艾德承包了這項任務，對八尋來說心境很是複雜。

「信任你不會出問題吧，艾德？」

「那當然。」

艾德不以為意地將八尋瞪過來的視線應付過去，然後愉悅地眯起眼。接著他又轉向坐在八尋旁邊的彩葉。

「對了，小妞，有時間的話，要不要聽聽八尋以前的故事？我想想，就從這小子第一次來我店裡的時候說起——」

「咦，我想聽！」

「喂，你們別鬧了！」

彩葉亮起翠綠色的眼睛，表示對艾德的提議感興趣。八尋窘態畢露地猛咳。彩葉看八尋慌成那樣，就更好奇地催促艾德繼續說下去。

老頭，你往生吧——八尋這麼咒罵。嬌小的老人見狀就賊笑個不停。

5

跟日本獨立評議會講好的時刻預定是在早晨，於凌晨五點進行會合。對方應該是看準軍方的監視會在黎明前放緩些許。

為了及時抵達，八尋等人在大半夜從基地出發。

特地早起來送行的人是彩葉那些揉著惺忪睡眼的弟妹。另外，還有至今仍繼續在藝廊當食客的丹奈與久樹。

「請你們路上小心喔～～」

穿著睡衣的丹奈一邊揮手一邊朝八尋他們喚道。

素顏加上麻花辮；寬鬆T恤底下只穿了內衣褲的鬆懈打扮。大概是剛離開床鋪的關係，她仍散發著半睡半醒的氣息。

不過久樹在丹奈旁邊好好陪著，扶穩身形蹣跚的她，儼然一副夠格稱為忠犬的架勢。

「是指日本獨立評議會對不對？丹奈小姐之前提過的其他倖存的日本人。」

彩葉準備好出發以後，就湊向丹奈提出了問題。看來彩葉早就從丹奈口中得知有其他日本人倖存了。

丹奈帶著比平時略顯年幼的表情柔柔一笑，然後回答：

「對啊～這樣妳能明白之前我說不要見面比較好的理由了嗎～」

「啊哈哈哈……我沒有想到他們竟然是在當海賊。」

彩葉含糊地笑著打哈哈。

雖說彼此同為倖存的日本人，對方卻是遭到世界各國軍方通緝的海賊。確實可以說是難保不會讓希望破滅，早知道便不深究的真相。

「你們不跟著去會一會對方嗎？」

八尋感到不可思議，看了丹奈他們。只在乎丹奈一個人的久樹也就罷了，八尋總覺得事事都好奇的丹奈也會對日本獨立評議會感興趣。

然而，丹奈慵懶地緩緩搖頭。

「嗯～～我沒興趣耶～～無論是讓日本再次獨立的命題，或者山龍巫女。」

「真意外。」

「不盡然喔～～畢竟他們的願望太無聊了，不是嗎～～反正復興國家之類的，感覺都無關緊要嘛～～」

「先不談是否無關緊要，我也覺得妳對那些確實不會有興趣。」

丹奈辛辣地置評，讓八尋露出一絲苦笑。久樹聽見他那麼嘀咕，便凶悍地挑起眉毛。

「閉嘴。你這傢伙對丹奈懂什麼？」

「你氣的居然是這個嗎……？」

真搞不懂讓這傢伙生氣的雷點在哪──八尋嫌煩地嘆了氣。

好了啦好了啦──丹奈打圓場似的笑著說：

「這次我們留在橫濱看家～～請讓我負責幫彩葉顧小孩。」

「呃，他們並不是我的小孩，而是弟妹喔。」

丹奈似乎真的有誤解，彩葉便認真地糾正她所說的話。

隨後，彩葉帶著像在忍耐不哭的悲愴表情轉向那些弟妹。

「那我走嘍。你們要乖乖等待。」

「儘奈姊，妳才別給知名直播主添麻煩呢～～」

「可不能因為我們不在，就放縱過度喔。」

「八尋哥，彩葉姊姊就拜託你了。」

彩葉散發的氣息嚴肅到像是今生不能再聚，反觀京太、穗香與希理這三個九歲兒童就幾乎與平時無異。硬要說的話，他們的態度像是家長要送幼童出門跑腿。彩葉難免對此露出不服氣的表情回嘴：

「等一下，我是不是根本不受信任啊？這是什麼情形？」

「哪有什麼情形，我倒覺得他們給妳的建議很中肯。」

「為什麼！」

我不服——彩葉鼓起腮幫子。這樣真的搞不懂哪一邊才是小孩了。

不過多虧這種搞笑的互動，彩葉原本對別離的不安似乎跟著淡化了。凜花與蓮及其他小孩的臉上也都看不出擔心受怕的情緒。

這一週以來，他們已經習慣比利士藝廊的習氣，跟戰鬥員們也算混熟了。就算與彩葉分離一兩天，恐怕也不用操心。

況且只要小孩們留在基地，彩葉就絕對逃不過藝廊。這恐怕也在茱麗她們的算計當中。

當八尋思索這些現實（無情）的事情時，突然間，連帽衣的下襬被人拽了拽。

猛一看，抱著鵺丸的瑠奈就站在八尋與彩葉身邊。

「嗯……」

她默默地凝視彩葉，然後將手上抱的白色魍獸用力塞了過來。

彩葉困惑地接到手裡。

「怎麼了嗎，瑠奈？妳的意思是要我帶鵺丸去？」

之前便有過久樹受到驚嚇而突然拔劍相向。帶著魍獸去見其他龍之巫女很危險，因此他們決定將鵺丸留在基地。

跟鵺丸親密程度僅次於彩葉的瑠奈預定會在這段期間負責照料它。

然而，瑠奈卻叫彩葉把鵺丸帶去。

話少的瑠奈拋來視線，當中有股難以抗拒的莫名壓力。

「八尋。」

瑠奈把鵺丸交給彩葉以後，就用空著的雙手朝八尋緊緊抱了過來。

與其說那是在撒嬌，感覺更像在替八尋打氣，希望他加油的態度。

八尋不好將年幼的她甩開，只能跟彩葉面面相覷。

結果，瑠奈就這麼黏著八尋，直到出發前一刻。

絢穗則是從稍遠處略顯羨慕地望著那一幕。

†

有三輛用帆布蓋住貨台的大型卡車在護衛的裝甲車包圍下行駛。卡車上載了裝滿彈藥的貨櫃，以及裝載於專用容器(Canister)的巡弋飛彈。那是日本獨立評議會向比利士藝廊下訂的貨物。

「好窄……為什麼對方盡是需要這麼多彈藥啊？」

八尋跟貨物一起搭乘於貨台，還踹了占空間的彈藥貨櫃抱怨。

『二十毫米機砲彈藥約三千發，垂直發射式的巡弋飛彈共八枚，另外還有攪亂飛彈用的偽裝物與機槍彈。說來算是與標準驅逐艦同規格的補給物資。』

珞瑟從舒適寬敞的卡車副駕駛座用無線電答道。問題不在那裡啦──八尋撇了嘴。

「區區海賊用不到這種武裝吧。難道他們想攻打核能航空母艦？」

『有可能呢。』

「居然有可能嗎……！」

『不成問題。因為他們已經付清費用了。』

珞瑟不以為意地斷言。坦蕩蕩的拜金主義。

實際上，從國際性大企業ＧＥ匯給自稱藝品商的比利士藝廊的款項，在昨晚就乾淨俐落地處理完畢了。這年頭就算走私軍火，似乎也不會搞出在行李箱裡裝滿金條再帶到交易現場收受的把戲。

順帶一提，事先付款也是軍火交易的基本規矩。否則，就會有客人把剛到手的子彈當成武器的費用拿來轟軍火商。

『──請停車。前面就是會合地點。』

無線電再次傳出珞瑟的聲音，卡車隊伍同時開始減速。

目前地點是在三浦半島底部附近，前逗子市與前葉山町邊界一帶的海岸。從設有美軍基地的前橫須賀市來看，剛好隔著鷹取山位於另一側。

鄰近藝廊根據地所在的橫濱，警備又不如美軍睜亮眼時時盯著的東京灣內側森嚴，是想得相當縝密的會合地點。

「哇……好美……！」

彩葉跟八尋一起從卡車下來後，望著拓展於眼前的大海發出歡呼。

群青色的天空中仍留有星辰閃爍，另一方面，黎明前的光芒已將海平線附近染白。那片由光芒形成的漸層色確實是在二十三區看不見的景象。

「這裡就是跟獨立評議會講好的會合地點？看起來只像普通沙灘啊……」

八尋環顧周圍的景色說道。

要運送日本獨立評議會下訂的大量彈藥一類，需要相當尺寸的大型船隻。可是，指定的會合地點卻只有荒廢的海水浴場舊址，到處都找不到能夠讓船靠岸的設施。

「不對喔，就是這個地方沒錯，按照八尋那個老爺爺朋友給的情報來看的話。」

「艾德跟我才不是什麼朋友。我可一次都沒說過那個傢伙能信任，是妳們擅自要跟那傢伙交易的吧。」

八尋認真對茱麗的說明提出反駁。

艾德身為交易的中間人，在收了仲介費用轉告會合地點的座標以後，老早就跟藝廊分道揚鑣了。照他的說詞，中間人的工作是居中提供情報，帶路並不在管轄範圍內。

話雖如此，儘管八尋信不過艾德這個男人，他帶來的情報卻一向正確。至少艾德連面對身為日本人的八尋，也從未說過謊。想必艾德不會欺騙身為軍火商的比利士藝廊，給自己招怨。

無視八尋這些困惑的念頭，彩葉備感稀奇地望著大海。她湊向岸邊，戰戰兢兢地用手碰觸了海水。

「能下水游泳的話會很舒服呢。早知道就帶泳裝來了。」

「是啊。」

八尋受到無邪笑著的彩葉牽引，露出了苦笑。這不是在軍火交易現場該思考的事，但他輕易想像出彩葉穿泳裝戲水的模樣了。

不知怎地，珞瑟卻對八尋的笑容投以白眼。

「下流。」

「為什麼啦！」

「啊哈哈。雖然沒有泳裝，你要跟彩葉在岸邊青春一下也是可以。比如兩個人互相潑水，或者追來追去。」

茱麗笑著調侃八尋。的確——珞瑟也點頭附和：

「說得對呢。只要你跟彩葉變得親密，龍的權能理應就會跟著增加力量。」

「我可是初次聽說。那麼假的情報，誰會信啊。」

「但我應該告訴過你，龍願意出借神蝕能的對象就只有龍之巫女愛上的人啊。」

「原來那些話不是開玩笑的嗎？」

八尋傻眼地反問。圍繞神蝕能的傳言全是些讓人無法相信的內容，這在那當中又屬於格外有疑竇的情報。就算不是八尋，應該也會認為自己被戲弄了。

「啊，慢著，鵺丸！給我站住！哇噗……！」

彩葉莫名其妙沾得渾身都是沙，還自顧自地尖叫。

硬是被彩葉帶到水邊的鵺丸排斥海浪，只好鑽出她的懷裡，結果她就跌倒了。妳玩得開心實在太好了——八尋不禁莞爾。珞瑟則面無表情地看著八尋。

隨後——

「來了喔。」

茱麗望著海平線隨口說道。

八尋吃驚地循著她的視線看過去。

黎明前的昏黑海面，有個像芥子一樣的黑色物體橫越而過。

彷彿在海面上蹦跳前進的那道形影，並非想像中船隻會有的動作。乘風傳來的反而是近似直升機的轟鳴聲。

「氣墊船？」

「ＬＣＡＣ……氣囊型登陸艇。靠那個的話，確實沒有港灣設備也能靠岸。」

珞瑟向不具軍用船舶知識的八尋說明。

旨在將部隊運至敵地而研發的氣囊型登陸艇，就算在沒有港灣設備的海岸也一樣能直接上岸。對這次必須躲避軍方監視運出物資的任務再適合不過。

另一方面，ＬＣＡＣ的缺點是噪音。令人聯想到暴風雨的螺旋槳聲勢驚人，讓彩葉抱在懷裡的鵺丸擺出應戰態勢。

「鵺丸，安靜。不要緊，那不是敵人。」

乖喔乖喔——彩葉一邊拚命安撫一邊摸了摸魍獸的背。

鵺丸卻不肯放鬆戒心，純白體毛豎起，周圍迸散出青白色火花。

「鵺丸！」

白色魍獸掙脫彩葉的手臂跳下，並且隨咆吼發出了強烈雷擊。

青白色雷光照亮黎明前的天空，帶電的空氣釋出臭氧的氣味。

鵺丸發動攻擊的對象並不是朝海岸靠過來的ＬＣＡＣ，而是滿載彈藥的軍用卡車。潛伏於車後的人影被雷擊火花照亮現形。

「某處派來的諜報員嗎！茱麗！」

「交給我！」

橘髮少女宛如一頭發現獵物的肉食野獸，朝對方疾奔而去。

藍髮少女掌中已經握起了手槍。那大概是從外衣底下的槍套拔出來的，連八尋也沒有目睹拔槍的瞬間。如魔法一般的神速槍法（Quickdraw）。

被鵺丸逼出的人影像一道黑影，全身都穿著黑色系裝備。緊而貼身的漆黑連身衣，外加同樣漆黑的頭盔。

另一方面，那個人並沒有穿戴會發出多餘聲響的護具之類。服裝追求隱密性到了極致。

當中只有左手握的武器不是黑的。

裝飾金亮的太刀。

茱麗察覺到這一點，臉龐頓時閃過緊張之色。

「──小珞，不妙！那是神蝕能！」

銀光從橘髮少女眼前飛馳而過。

龜裂的柏油路面被穿破，從中生出了讓人聯想到巨大利刃的金屬結晶。

由金屬結晶形成的那道利刃斬斷了茱麗放出的鋼絲，並且打落珞瑟的槍彈。

「茱麗！」

「唔！」

當著大叫的八尋眼前，茱麗陸續躲過了從腳邊生出的利刃。

眼睛看見才反應是來不及的，她幾乎是靠野生的直覺識破金屬結晶的發動時機。換成常人應該早就淪為肉串。

藝廊的戰鬥員們總算察覺事態有異，便紛紛朝黑衣人開火。可是，他們發射的槍彈都被地面陸續生出的金屬結晶利刃擋下。何止如此，反彈的子彈還朝開火的戰鬥員們飛了回來。

金屬結晶利刃與跳彈構成的雙重反擊，讓戰鬥員們無法繼續攻擊。

「停止開火，全體人員退下。對方是不死者。」

珞瑟用冷靜的聲音向部下們發出指示。

八尋聽了她說的話，總算才掌握到狀況。

鵺丸發現的黑衣人並非單純的諜報員，對方跟八尋一樣是不死者。

「目的是阻擾交易嗎？」

八尋從背後的盒子取出了九曜真鋼。

想得到好幾種不死者來襲的理由，其中之一就是以阻擾藝廊跟日本獨立評議會交易為目的的思路。

肯定有日本人與否定獨立評議會的丹奈一樣，對他們的海賊勾當難以苟同。從那些人的立場來想，就會希望阻止日本獨立評議會取得彈藥才對。

而且，還有另一個可以想見的襲擊理由，那就是——

「——【劍山刀樹】。」

黑衣人從頭盔底下靜靜地宣告。

強烈的殺氣從人影釋放而出，不祥的寒意竄過八尋的背脊。

八尋腳邊的沙灘隨之隆起，無數利刃如劍山般探出。

從人類死角發出的那波攻勢被八尋驚險閃過。

「居然是針對我這邊！」

八尋粗魯地撂話。

沒錯。來者未必是想對日本獨立評議會不利。

山下碼頭出現魍獸作亂，也被點出有可能是針對八尋等人而來。即使有勢力想除掉新來到橫濱要塞居留的不死者也沒什麼好奇怪的。

「死吧，不死者——」

黑衣人將飾刀的利刃插入地面。

八尋腳邊的地面好似要炸開一樣急遽膨脹，那不是八尋能夠逃掉的攻擊範圍。無數利刃從地面探出，爆發般占滿了周圍一整片沙灘。

每道利刃的長度各有兩公尺以上，全身遭到捅穿的話，就算有不死者的治癒能力也沒有意義。從地面長出無數劍山的權能——那正是這個黑衣人所用的神蝕能。

然而——

「八尋，你還活著嗎——！」

被劍山遮蔽的視野中，彩葉的聲音響遍另一端。

在青白色光芒籠罩之下，覆有純白毛皮的魍獸出現了。

原本應已縮成中型犬尺寸的鵺丸取回了原本面貌——全長近七八公尺的巨大雷獸，彷彿以狼、狐還有老虎混合而成，既凶猛又美麗的怪物。

那道巨大身軀背上有長髮飄逸的彩葉。而鵺丸嘴裡則可以看見穿著連帽衣的八尋背影。

當八尋即將被無數利刃吞沒的前一刻，疾奔趕到的鵺丸救走了他。

「──勉強還活著！被你救了一命，毛球！」

鵺丸用不悅似的低吼聲回應八尋的感謝之語，或許是被叫成毛球讓它不滿意，它扔也似的將嘴裡叼著的八尋放開。

「不死者竟與魍獸並肩作戰……！」

有短短一瞬，黑衣人動搖般停下了動作。

八尋藉著被鵺丸扔出的力道，一舉拉近跟對手的距離。

黑衣人咂嘴，再次發動神蝕能，並非用於攻擊，而是為了防禦。

金屬結晶利刃像牆壁一樣由地面長出，從八尋的視野裡藏起黑衣人。

連槍彈都能彈回來的利刃屏障。那不是八尋用日本刀能斬斷的玩意兒。

不過，既然是神蝕能的產物，應該可以靠神蝕能加以淨化。用彩葉的炎之神蝕能──

「燒光這一切，【焰】──！」

八尋釋出的灼熱炎刃輕易熔斷了金屬結晶屏障。

熔燬的屏障另一端，可以看見黑衣人愣著不動。

黑衣人想再次發動神蝕能，但八尋的攻擊比較快。他將橫掃而過的刀直接上挑，並再次由上段劈落。

樹脂材質的頭盔被劈開，鎖骨與幾根肋骨斷了。其衝擊讓黑衣人飛到後方。骨與肉被切斷的不快觸感直接傳到八尋握著刀的手。

然而，反作用力比想像中還要小，因為黑衣人的身體輕盈。

對方身高比八尋矮一點，肩寬也較窄。

體重應該有近二十公斤的差距。

被黑色連身衣包覆的體態偏單薄，異常細的腰圍很是醒目，明顯並非男性體型。在斬開對方軀體以後，八尋總算才察覺這項事實。

「女人……？」

八尋低頭看向倒地的黑衣人，茫然嘀咕。

對手若是不死者，受到刀傷是死不了的。非得趁對方再生完畢前將其拘拿才行。

然而八尋卻動不了。碎裂的頭盔脫落，露出底下的真面目。

氣質凜然的年輕女子，年紀大概二十過半。儘管負傷的劇痛讓她皺著臉，長相仍足以讓人評為秀麗。

「……搞什麼……原來你沒發現嗎……？」

女子擦掉從口裡吐出的血，並且忍俊不禁。

「剛才那刀可見效了。希望你多少手下留情。」

「慢著，妳先別動……！」

她想撐起上半身，八尋便連忙制止。八尋的態度像在關心直到前一刻仍彼此廝殺的對手，讓她忍著痛楚噗哧笑了出來。

「你在介意什麼？對你來說，擁有不死之軀的人並不算稀奇吧？」

「話是這麼說……沒錯……」

「我要為單方面發動攻擊的無禮向你道歉，不死者少年。我測試了你的實力，因為我們有非這麼做不可的理由。」

她的肉體正受到蜃景般的蒸氣包圍，漸漸再生。八尋首次目睹自己之外的不死者再生是何情狀。

應已潰爛的傷口逐步癒合，變回原本白皙的肌膚。那一幕理當讓人感到詭異，此刻卻顯得唯美。八尋以及彩葉，還有毫未鬆懈地拿著武器的茱麗與珞瑟都被她奪去了目光。

「天羽——！」

有聲音從堤防死角傳來，原本躲在那裡的陌生少女探出頭來。

那是恐怕與八尋等人屬於同年齡層的嬌小少女，彷彿從印象派畫作裡走出來，令人驚豔的美少女。

「知流花！」

彩葉在目睹少女臉孔的瞬間便訝異地叫了出來。

嬌小少女被叫到名字，就驚恐似的肩膀隨之一顫。

儘管臉上的神情依舊十分恐懼，她仍下定決心朝倒地的女子靠過來。

「知流花？那麼，妳們就是山龍的巫女與不死者嗎……？」

「我是日本獨立評議會議長，神喜多天羽，還請比利士藝廊的各位多多指教。」

名叫天羽的女子對八尋的疑問點了頭，並且起身。

她的傷勢幾乎已經痊癒了。天羽似乎想跟站在眼前的八尋握手，便朝他伸出手——

「不、不可以……天羽……！」

知流花——三崎知流花帶著有些拚命的神色，想攔住天羽。天羽似乎對她的反應感到意外，納悶地歪過頭。

而天羽這麼做讓胸口發出了意料外的衣物窸窣聲。

八尋的攻擊幾乎將天羽的上身斬斷了一半。

天羽的傷勢靠不死者的再生能力痊癒了，然而那並不代表連她穿的衣服都能復原。結果她那件被斬成兩截的衣服就像果實成熟後迸開一樣，朝左右裂損解體。

「哎呀？」

天羽露出在夜裡也一樣鮮明的白皙肌膚，發出有些裝傻的聲音。

「啊啊……」知流花則露出絕望的表情凝視天羽。

所以才叫妳別動嘛——八尋有點進退兩難。

「八、八尋你不准看——！」

八尋不知所措地杵在原地，眼睛就被彩葉用雙手摀住了。

第三幕　流亡政府

THE HOLLOW REGALIA

CHAPTER.3

1

ＬＣＡＣ的狹窄駕駛艙裡籠罩著一股如坐針氈的尷尬氣氛。

當中的元凶是彩葉。

她跟八尋一起擠在駕駛座後方的狹窄空間，從剛才就一直擺著芳心不悅的表情。再次縮回中型犬尺寸的鵺丸因為尾巴持續被她洩憤似的拿來把玩，甚至忍不住跑去茱麗她們那邊避風頭。照彩葉的說詞，她是在不爽八尋盯著天羽的裸體看得入迷。

不過，八尋對於彩葉散發出來的尖銳氣息並沒有多介意。

無論誰來想，那都是迴避不了的意外，何況被他看見裸體的天羽本人也完全沒有心生動搖的跡象。

實際上，連身為天羽朋友的知流花都沒有格外敵視八尋。

明明如此，與此無關的彩葉卻壞了心情，坦白講實在莫名其妙。基本上，彩葉本身好像也不太懂自己為何會鬧脾氣。像彩葉這種年紀的女生有精神潔癖算是常有的事吧——八尋這麼想過以後就沒有放在心上。

「起霧了耶。」

八尋望著映於駕駛座窗口的景色嘀咕。

LCAC載著物資從逗子海岸離開後，已經過了近一個小時。照理說，早就過了日出時分，海面卻籠罩著濃霧導致視野十分惡劣，令人擔心萬一前方有障礙物，是否會不知不覺就撞上去。

「這是山龍的能力【深山幽谷】。只要發動這項能力，任誰都沒辦法接近這片海域，就算借助再優秀的雷達或監視衛星的力量也一樣。」

坐在前列座席的天羽回答了八尋的嘀咕。她將黑色馬尾一甩回過頭，露出秀麗的臉龐對八尋微笑。

在那之後她立刻換了服裝，目前穿的是附西裝背心的褲裝。

黑底施以金色裝飾的豪華衣飾。她穿上那套服裝，看起來簡直像有才幹的政治家或貴族，或者也像軍方指導者以及獨裁的國家元首。

「這些霧氣，全都是龍之巫女的神蝕能？」

「何需驚訝呢。龍的權能就是如此。我可聽說過地龍巫女在東京中心地帶鑿出了通往異界，直徑廣達數公里的豎坑。」

「啊，是沒錯……龍的權能嗎……」

八尋點頭附和天羽說的話。

對於在東京都心鑿穿的大洞——也就是冥界門的存在，八尋比誰都清楚。畢竟八尋可是目睹了她鑿穿的瞬間。

至於知流花的權能【深山幽谷】，其效果範圍又大幅超出珠依的【虛】。

儘管沒有直接的攻擊力，實用性卻遠勝於彼。長期從事海賊勾當的日本獨立評議會能一直逃過軍方追蹤，也是拜知流花的神蝕能所賜。

倘若如此，同為龍之巫女的丹奈及彩葉會不會也擁有足以匹敵那些的權能呢——當八尋這麼想著，將視線轉向彩葉，就正好與看著他的彩葉對上眼。

彩葉彷彿洞穿了八尋的心思，因而急忙搖頭說：

「咦？沒辦法沒辦法，我辦不到啦，叫我用權能之類的。應該說，人各有所長，我想想，這種情況要怎麼表達好呢……就那個嘛！人家是人家，我們是我們！」

「這樣啊……我看也是。」

彩葉的回答正符合她的作風，讓八尋莫名安心地點了頭。

於是不知怎地，彩葉不服氣地噘嘴說：

「你認同得那麼乾脆，會讓我覺得自己完全不受到期待，很令人傷心耶……！嗯，我覺得用那種態度對別人是不好的。說不定，我也還有潛藏的才能啊！」

「妳很麻煩耶。到底行還是不行啦？」

八尋傻眼地嘆息。

然而八尋大致也聽懂她的心聲了。以彩葉的狀況來講，她沒有要追求強大的權能，而是不滿被八尋當成飯桶吧。

或者說，是的——也許她是覺得不安。

「呵呵。你們還真奇特呢。同樣身為不死者，不胡亂揭露本身的底牌是理所當然的判斷，用不著勉強自己謙虛。」

天羽聽著八尋與彩葉的互動，就愉悅地從喉嚨發出咯咯聲。

「呃，我們並沒有在謙虛就是了。」

「是啊，我懂。別擔心，我無意小看你們的實力。」

八尋打算糾正而說出來的話似乎被天羽用不同的方式解讀了。她按著被八尋砍過的肩膀，滿意地徑自點頭說：

「方才的比試讓我很有體會，我想都沒想到你們居然能夠用那種形式使役魍獸。漂亮，鳴澤八尋。你在貨船前隱藏實力，是因為察覺到有我們監視嗎？」

「貨船……？我懂了，原來當時的魍獸是妳們喚出來的嗎……！」

八尋想起碼頭那場造成多人受傷的騷動，便對天羽投以怪罪的視線。

然而天羽不以為意地承受他的視線。

「對於受連累的連合會相關人員，我自己也知道給他們添了困擾。但是，你身為不死者是否真能信任，我們有必要確認。不過當時遭到了沼龍巫女的干擾。」

「妳認得丹奈小姐他們？」

「當然認得，他們是投靠統合體的通敵賣國之輩。我也曾邀請那兩人加入評議會，他們卻二話不說地拒絕了。他們表示對復興日本根本沒興趣。」

天羽不耐似的搖頭。

「跟那兩人一比，儘奈彩葉，聽說妳收留了被留在隔離地帶的孤兒們，還情同家人地扶養他們？實在是志節高尚，同屬日本人的我以妳為榮。」

「哎呀，那是當然的嘛。誰教我們家的小朋友是世界第一可愛啊。」

聽得糊里糊塗的彩葉受到稱讚，就做出有些脫節的答覆。

這樣啊——天羽卻溫柔地點頭認同。

「那麼，下次務必也要讓我見見妳的孩子們。畢竟他們都是所剩無幾的同胞。」

「同胞……對喔。說得沒錯。」

天羽用日文說出的話讓彩葉訝異地瞠目。

彩葉等人接下來要前往的地方，是原本以為已經滅絕的日本人社群（Community）。她重新想起了這一點。

「妳說自己是日本獨立評議會的議長對吧？把妳當成他們的領袖可以嗎？」

八尋質問天羽。

據說當大殺戮開始時，天羽才二十歲。目前她二十四歲，比八尋他們年長許多，但要稱為年輕人也無妨。

八尋在想，她要自稱亡命政府的首腦會不會太過年輕了？

「家父曾是國會議員，我算是靠那層關係被拱上位的名義議長。從不可能戰死的層面來說，或許很適合暫且充當掌旗手。」

天羽似乎察覺了八尋的疑心，因而露出苦笑。

八尋對她的話感到信服。

天羽家世出眾，又具備凜然秀麗的面貌，確實是最適合捧為流亡政府門面的人才。何況她是不死者。為了掠奪物資，日本獨立評議會的領袖免不了要站上戰場，不會有人比她更能勝任。

「評議會有多少日本人活了下來？」

「六百七十九人，包含我與知流花在內。」

天羽立刻回答了八尋的疑問。比預料中還多，八尋有這種感覺。

「數量那麼多的人，全都在海上生活嗎？」

「概括來講，這樣理解並沒有錯。雖然也有人為了收集情報與籌措物資，潛伏在陸地上，但只是極少數。」

「呃……妳把那麼重要的事情告訴我們，不會有問題嗎？」

彩葉戰戰兢兢地舉手發問。

告知總人口數，幾乎等於揭露獨立評議會目前的戰力。況且這個駕駛室還有茱麗與珞瑟在。

「為了贏得對方信任，自己就得先信任對方啊。」

天羽用認真的語氣回答，磊落的態度與流亡政府領袖身分相稱。

「再說我自認還是有看人的眼光。至少，你們應該沒有理由與評議會為敵吧？」

「我倒不覺得有眼光的人會跟艾德那個老頭或藝廊做交易。」

八尋語帶諷刺地回嘴。天羽笑著搖了頭。

「我並沒有信賴他們喔。但他們維持那樣就好，至少在我方能帶來利益的期間內，他們不會背叛。能信任到這種程度已經足夠。」

「怎樣怎樣？你們在聊什麼好玩的嗎？」

茱麗發覺自己成了話題，就主動加入對話。

天羽絲毫不顯排斥地把臉轉向茱麗說：

「沒有，抱歉讓你們久等，目的地快到了。」

「妳能分辨位置？」

「是啊。」

「哦～～真虧駕駛在這片霧裡不會迷路。」

「因為有受到山龍庇佑的我在啊。差不多了。」

幾乎在天羽說完的同一時間，視野就像拿掉矇眼布一樣忽然變明朗。

太平洋上，放眼望去盡是汪洋。受陽光照耀的浪濤間浮著一艘船。

毫無生氣地漆成清一色灰的巨大艦影。設置有全通式甲板的船艦外觀，乍看感覺也像航空母艦。樣貌優美歸優美，卻也有著幾分威迫感。

「那就是……日本獨立評議會的船……」

彩葉像受到那艘船艦吸引，凝視著船並嘀咕。

她注視著掛在艦首的一面旗幟——太陽旗。

「沒錯，隸屬於前海上自衛隊的護衛艦『日方』——我方實質支配下的唯一領土。」

天羽仰望接近而來的船艦，驕傲似的告訴他們。

知流花則帶著凝重的臉色，靜靜望著天羽的臉龐。

2

ＬＣＡＣ載著八尋等人，開進了「日方」艦體後面的井圍甲板，然後直接被收容到艦內機庫。即使如此，設計成兩棲突擊艦的「日方」機庫裡空間仍綽綽有餘。

那塊空間原本是用來積載裝甲車等配備，如今不僅變成了儲藏生活物資的設施，還做了各種可供人們舒適生活的改造。否則近七百人要在船上持續生活四年之久應該不可能。

八尋等人登艦以後，先被領到那塊經過改造的居住區。

房間布置得像是電視台的攝影棚，高大的影像製作人就等在裡面。

「妳來了啊，和音。等你們很久嘍。」

「麥里厄斯先生！」

麥里厄斯已經搭直升機早一步回到艦內，笑臉可掬地迎接彩葉。這間豪華的艦內攝影棚似乎是讓麥里厄斯任意用來拍攝知流花的影片。

「也歡迎妳回來，知流花。怎麼樣？跟和音變熟了嗎？」

「啊……我回來了……目前……要跟她……變熟……還有困難。」

知流花被麥里厄斯問到，就頻頻偷瞄彩葉並且搖了頭。彩葉突然被她拒絕親近，受到旁人也能看出來的打擊而愣住了。

「不好意思，知流花有些怕生。」

彩葉深受刺激，杵著不動，天羽就低調地幫忙打了圓場。

的確，知流花不僅沒有搭理彩葉，跟茱麗等人也幾乎毫無交談。八尋原本以為她是有戒心，結果好像只是單純內向。意外的事實讓人覺得她並不像擁有強大權能的龍之巫女。儘管事不關己，八尋仍擔憂知流花這樣當直播主是否撐得住。

「原來是這樣啊。對不起，我都不曉得。我跟知流花搭話時好像太大刺刺了……因為我平時都有看她的影片，就覺得彼此不像初次見面。」

消沉地垂下頭的彩葉道出反省之語。

為了替這樣的彩葉打氣，天羽點頭附和：

「那無妨。知流花很久沒有跟外來的人接觸，她只是緊張罷了。」

「感謝妳安慰我。」

呵呵——彩葉心虛地微笑以後，將視線轉向無聊地站在牆際的知流花。

「唉～～……不過，知流花本人比我在影片裡看到的可愛多了。好厲害。」

「哎呀，要講天生麗質，妳也沒有輸喔。要不要試一試？」

麥里厄斯說著便探頭看了彩葉的臉。彩葉愣愣地眨起眼。

「試什麼呢？」

「試衣服或試妝啊，看看搭配起來怎麼樣。畢竟實際收錄連動影片時也可以用來參考。妳對知流花用的設備有沒有興趣？」

「有有有！啊……不過……」

彩葉跟比利士家的雙胞胎目光相接。

這次拜訪「日方」終究是以藝廊的交易為主，跟知流花碰面則是順便。彩葉應該是在設想自己擅自行動會不會打亂茱麗她們的規畫。

「不要緊。再說我對知流花也有點興趣。」

茱麗自信地微笑說道。

這句話應該不盡然是謊言。只是茱麗感興趣的並非身為直播主的知流花，而是身為龍之巫女的三崎知流花吧。

「這裡交給妳，茱麗。提交商品有我跟八尋在場。」

你不介意吧——珞瑟用眼神如此問道，八尋便默默點了頭。

與其看彩葉她們換衣服或化妝，確認獨立評議會的武裝現況還比較輕鬆。有茱麗和鴇丸陪著，彩葉身邊的護衛應該夠多了。

「我帶你們到ＶＬＳ。」

天羽站到八尋等人前頭，並且邁出腳步。他們要去的是「日方」的飛行甲板。

「日方」全長約為兩百公尺，其艦首及艦尾都設有近距離防禦用的二十毫米機砲，可供四架直升機同時起降的廣闊飛行甲板後端則內藏十六門飛彈垂直發射裝置(VLS)。

這次比利士藝廊籌措來的就是對應那些機砲的子彈以及對應ＶＬＳ的飛彈。

「二十毫米機砲用的鎢製穿甲彈，正是我方訂的貨。你們幫了大忙。」

天羽確認過放到彈藥用電梯運來的機砲子彈，滿意地說道。

「妳知道藝廊能張羅到這些，才決定跟我們交易的吧？」

珞瑟毫無放鬆表情地淡然說道。

日本獨立評議會要求的貨是貫穿力比普通穿甲彈更強的特殊彈頭。裝這種砲彈的目的在於擊落反艦飛彈。要打劫貨船的話，用這種軍火顯然效力過猛。

從中可以想像到一項假設，日本獨立評議會預設的交戰對象儼然是他國的軍隊。然而珞瑟並沒有點破，天羽也不打算說明。

「搭乘這艘船艦的都是些什麼樣的人？」

八尋望著開始裝填飛彈的乘員，並且問道。

聽說這原本是自衛隊的船艦，「日方」艦上的人們感覺卻不太像自衛官。當然，要找「甚具風範」的乘員固然是有，但並非如此的人遠多於彼，女性以及老人尤其多。參與裝填飛彈的大半都是那些看似民眾的人。

「四年前，在大殺戮開始時，『日方』為了進行改裝工程而進塢歲修。那也使它碰巧倖免於地龍引發的天變地動，奇蹟似的以無傷狀態留存下來。」

天羽當場蹲了下來，伸手觸碰腳邊的甲板。她緬懷當時似的瞇起眼。

「閣員與高級官僚得知這一點，就決定利用這艘船艦作為自己的逃命手段。畢竟他們也接到了多國籍艦隊正朝日本逼近的情資。」

天羽抬起臉，挖苦似的在八尋面前揚起嘴脣。或許她是在嘲笑想率先逃亡的閣員之中就有自己的父親。

「不過，從結論來說，他們沒能搭上這艘船艦就是了。」

「……因為魍獸嗎？」

「沒錯。政府相關人員遭受地龍喚出的大群魍獸襲擊，輕易就潰滅了。剩下來的只有聽命準備出港的些許自衛隊員與當地避難的民眾，還有早一步登艦的政府人員家眷。說這些話的我也是其中之一。」

天羽對八尋接的話點頭，並且繼續說道：

「我們幸運的地方在於當地的避難民眾中有知流花。當時沒拋棄那些民眾而讓她登艦，以結果來說救了我們所有人的命，還包含我碰巧得到她的庇佑，因而獲得不死者之力。」

「這樣啊……所以女性與老人在這艘船艦的乘員裡占比特別高，是因為他們本來是避難的民眾。」

「對。實際上，只著眼於自衛官人數的話，要讓『日方』運作根本不夠。我們從民眾當中募集到了義工，才勉強讓船艦處於能運作的狀態。」

天羽自嘲似的搖搖頭。

「即使如此，持續四年以後就算再排斥也會適應。這艘船艦的乘員在熟練度方面，哪怕要跟在職軍人比也不會遜色才對。」

「所以你們就決定襲擊無關的貨船？」

「你聽麥里厄斯說了嗎？」

天羽回望表情嚴肅的八尋，並且淺淺地嘆息。

「我沒有打算對海賊勾當找藉口。我方要活下去就不得不這麼做。」

「真的是那樣嗎？」

「是啊，然後麻煩讓我修正。我方襲擊過的只有替當下占領日本的軍隊運送物資的那些船。他們根本不算無辜民眾，那些人都屬於不折不扣的侵略者之一。」

「大殺戮已經結束了。」

八尋用生厭的語氣說道。

或許世界各國的軍隊在大殺戮時侵略日本，確實都當過侵略者。然而，結果是名為日本的國家毀滅，到最後針對日本人的狩獵便結束了。

全世界的人們像從惡夢中醒來一樣，失去了對日本人的殺意。但——

「正如你所說，大殺戮『非結束不可』。喪失的生命不會回來，名為日本的國家卻可以取回統治權。因此我們成立了日本獨立評議會。」

天羽用毫無迷惘的語氣斷言。

即使大殺戮結束，遭受殺戮的那一方也不會忘記當時的恐懼及絕望。取回被剝奪的東西之前，惡夢對她來說仍不算結束。天羽是這麼表示的。

「你認為我的想法有錯嗎，鳴澤八尋？」

「誰曉得。」

「說得是。我也沒有要你立刻給出答案。」

天羽用溫柔的眼神看向無力地搖頭的八尋。

「不過，麻煩你別忘記，我方並不求戰，目的只有取回喪失的國土。儘管我是沒有受到麥里厄斯慫恿，但在這層意義上我對儘奈彩葉懷有期待。」

「期待彩葉……？」

八尋對天羽的意外發言感到困惑。他沒想到除了麥里厄斯，連天羽都在指望彩葉。

「因為她跟我與知流花不同，雙手並沒有被血玷汙。由她號召日本再次獨立，各國就無法指責，以新日本的象徵而言是最恰當的人才。」

天羽以排除情緒的冷靜語氣說道。她那種近似政客的勢利想法讓八尋感到一絲排斥。

「妳打算利用彩葉？」

「她是明白其中道理才來到這裡的吧？」

「那女的怎麼可能去思考那些困難的事啊。」

「說得真過分。她不是你的女友嗎？」

天羽著實訝異地反問。

八尋想都沒想過她會這樣反問，心裡與其說困惑，更覺得意外。自己跟彩葉要從什麼角度看才像那樣的關係？八尋陷入想確認清楚的欲求當中。話雖如此——

「我不記得自己有跟她變成那種麻煩的關係。」

八尋認為招惹誤解也嫌麻煩，應付一句就打住了。

天羽看似被勾起了興趣而挑眉。

「猜錯了嗎？不過，對我來說是好消息。」

「這消息好在哪裡啊？」

「彼此都不得異性緣啊。說成同病相憐，不知道會不會對你失禮？」

「妳沒有異性緣？開玩笑的吧？」

八尋一臉傻眼地駁斥天羽的自嘲。天羽有些訝異地眨了眨眼。

「……為什麼你會那麼想？」

「呃，畢竟妳這麼漂亮，個性又乾脆，還胸懷氣魄……」

「看、看不出來你這麼會奉承呢。」

天羽出乎意料地顯露出動搖。感覺現在的她並沒有在演戲，而是真的在害羞。不過冷靜想想，或許這也不算令人意外的事。

至少在這艘船艦上，應該沒人敢把身為不死者的天羽當普通女性對待吧。從二十歲就被迫擔任獨立評議會議長的她，當然會比實際年齡還要青澀純真。

「……原來如此。八尋在意的果然是女性的胸部嗎？」

珞瑟之前都默默聽著八尋他們的對話，這時突然帶著一臉受傷的表情開口。

「我講的不是『胸部』，而是『胸懷』吧！」

八尋急忙反駁。儘管天羽和八尋是以日文對話，但珞瑟也一樣精通日文，感覺她才不會鬧這種不自然的誤會，明顯是故意的。

「能不能也讓我向妳請教？」

珞瑟無視八尋的辯解，如此問道。當然可以——天羽表示同意。

「妳想知道什麼？」

「假設日本再次獨立得到認同，光靠這艘船艦的人員要維持國家營運應該不可能。何止如此，很可能連維繫民族存續的最低人數都不足。明明如此，還有必要刻意堅持獨立嗎？」

「會希望取回遭不當方式奪走的東西，以人來說不是很自然的事嗎？」

珞瑟的問題讓天羽板起臉。

或許對日本獨立評議會來說，她指出的問題是不希望被觸及的部分。即使如此，天羽仍露出強悍的笑容搖頭。

「不用擔心。珞瑟小姐指出的問題固然有道理，但我們已經安排好解決的對策了。只要麥里厄斯的計畫進行順利，在國外的日本人也會回來一些才對。」

天羽用充滿把握的語氣斷言，又將視線轉向八尋。

帶著某種熱情的眼神正朝八尋的眼睛凝望而來。

「還有，我對你有所期待，鳴澤八尋。我猜評議會的救世主並不是儘奈彩葉，而是你才對。」

「抱歉，我沒有要幫你們的意思。我有另外要做的事。」

這次八尋回話也沒有猶豫。

正如同天羽想取回被奪走的東西，八尋也有非報仇不可的對象。目前他並沒有餘力擔負其他事。

天羽聽了八尋的答覆，也沒打算多說什麼。

「我們差不多可以回去了。知流花她們應該也準備完畢嘍。」

飛彈發射槽裝填完成。天羽見證後便朗聲說道。

3

『我是知流花！大家好～～！今天人家想介紹平時蒙受關照的基貝亞公司的新商品，也就是這款限定彩妝盒。彩妝盒的法文「coffret」，據說原本是珠寶盒的意思呢。所以嘍，請看！這款三色脣彩與腮紅，大家覺得可不可愛呢～～？』

設置在護衛艦內的攝影棚裡，被燈光照亮的三崎知流花正對著鏡頭講話。

妖精般的可愛臉孔依舊不變，卻因為化妝更添亮麗。情緒表達也因而豐富得令人難以置信，連對化妝品不感興趣的八尋都被奪走目光。

「——她不是會怕生嗎？跟剛才的女生真的是同一個人？」

「被鏡頭拍攝時的知流花可是專業的。她本來就屬於談及喜愛的事物會變得饒舌的那一型，可愛吧？」

天羽回答疑惑的八尋。的確——八尋感嘆地吐了氣。

「感覺她能成為人氣直播主確實有料。」

「唔～～……你是不是繞了圈子在虧我？」

從隔板後頭冒出來的彩葉氣鼓鼓地向八尋抱怨。

八尋大概是被彩葉說中了，原本還想隨便敷衍過去，卻在看見她的臉後失去了言語。

現在的彩葉身上穿著一如以往的「伊呂波和音」服裝。

銀髮、翠綠眼睛、頭上戴的獸耳髮箍都無異於往常。

然而她散發的氣質跟平時截然不同。應該是麥里厄斯旗下的工作人員將彩葉那套服裝從頭到尾修改過了，原本還留有人工物質感的假髮變得與她的輪廓渾然一體，頭上獸耳也彷彿真的是從那裡長出來的。

更重要的是彩葉本身的純潔與透明感提升了，有種簡直讓人難以親近的神祕之美。

「彩葉……是妳嗎？」

「我現在是和音。知流花幫我化了妝，可不可愛？可愛對吧？」

「對、對啦……話說這是怎麼弄的？」

八尋說不出自己不禁看得入迷，就假裝被彩葉的獸耳勾起了興趣。彩葉怕好不容易做好的造型被弄亂，便在半空抓住八尋的手說：

「欸，別碰！不准亂摸！」

「你們感情還真好。」

八尋他們倆的動作看起來就像手牽著手，讓天羽傻眼地搭話。

彩葉不覺得有什麼害臊，還認同天羽說的是事實。

「因為八尋是我的熱情粉絲啊。」

「……哎，世上總會有個這麼奇特的人嘛。」

「才、才不只一個……！大概啦……！」

八尋掩飾害羞般告訴對方，彩葉就賭氣地反駁。嬉鬧般的拌嘴。然而，天羽帶著莫名認真的神情觀察他們倆的反應，並且問道：

「所以你們並沒有戀愛關係？」

「戀愛關係？咦——八尋是那麼想的嗎？真愛黨？」

彩葉的眼睛睜大到幾乎快要掉出來，聲音也跟著高了好幾度。

她所說的真愛黨，似乎是認真對偶像或直播主抱有戀愛感情的粉絲統稱。八尋當然不記得自己有著迷成那樣。

「放心吧。我剛才就斷然跟她否認過了。」

八尋淡然告知事實。他的態度太不領情，讓彩葉臉上露骨地浮現了不滿之色。彩葉「唔～～……」地噘嘴鬧脾氣，天羽便深感興趣地望著她。

「天羽……」

大概是顧慮八尋等人正在談笑，拍完影片的知流花不安似的叫了天羽，怯懦的態度跟拍攝時判若兩人。

天羽伸手牽了知流花，極為自然地將她帶到自己身邊。

體態高挑的天羽與嬌小的知流花身高差了近二十公分。玉貌花容的兩人站在一起，有種王子在舞會裡引領公主般的風情。

「嗨，知流花，今天的影片錄完了嗎？」

「……嗯。」

「那麼，跟我去用餐吧。希望你們務必一同列席，艦內有準備簡單的餐飲招待。」

天羽語氣大方地朝八尋等人喚道。

「哇，太感謝妳了。」

其實我肚子已經餓了呢——彩葉坦然表示開心。因為他們大半夜從藝廊基地出發，之後就什麼也沒吃，她會覺得餓也是當然。

「不過，這樣好嗎？你們目前要補給糧食也不容易吧？」

八尋感到有些猶豫而問道。

有別於從廢墟城市蒐集儲糧就能了事的八尋等人，要確保近七百人有食物可吃是件辛苦的事，若在海上就更不用說了。你們有餘裕招待客人嗎——八尋是在擔心這個。

天羽卻露出從容的表情微笑。

「啊，那不成問題。關於糧食方面，我們接受了基貝亞的支援。這並不是掠奪來的物資，別擔心。麻煩妳，帶客人過去用餐。」

「——遵命。各位這邊請。」

看似在天羽身邊擔任隨從的年輕女子站到八尋他們前面，然後邁步而去。

不，當她準備邁步的那一瞬間，「日方」的艦體就隨著轟然巨響激烈搖盪。

女隨從差點被震得撞上牆壁，八尋立刻把她接住。運動神經優秀的彩葉在跌倒之餘仍做了護身動作，而茱麗與珞瑟根本連陣腳都沒亂。失去平衡站不穩的知流花則有天羽扶著。

然而，艦體在這段期間還持續震動。能讓「日方」這等巨大的船艦如此劇烈搖晃，並非尋常之事。

「——出了什麼狀況，艦長？」

天羽用艦內的攜帶通訊機呼叫艦橋。艦長的聲音混雜著艦橋內來來去去的怒喊聲，立刻傳來了答覆。

『是魚雷。已確認有兩枚魚雷朝本艦發射過來。』

「損傷的狀況如何？」

『艦身未受損傷。魚雷狀似撞上山龍的「刺棘」，已經自爆了。』

「是嗎？又被知流花的權能救了一命呢。」

天羽冷靜地嘀咕。儘管身處被魚雷瞄準的緊急狀況，她的表情也沒有變化。因為她篤定八尋等人不知道的另一項權能——山龍的「刺棘」將會守護「日方」。

「偵測到敵艦了吧？」

『聲紋尚未辨識，但我想恐怕是美國海軍的攻擊潛艇。』

「明白了。我與知流花會立刻上去甲板，麻煩你繼續追蹤敵艦。」

天羽切斷跟艦長的通訊。接著她以作戲般的態度轉向八尋等人。

「——如你們聽見的，看來似乎有不速之客到了本艦附近，我得花些時間去應付。不好意思，午餐要請大家再稍候一會。」

「妳說的應付……是要跟美軍互鬥嗎？」

「不用擔心，這是平時就有的狀況。對吧，知流花？」

天羽向知流花尋求附和。知流花表情固然生硬，還是毫不猶豫地點了頭。

「不介意我們也跟著一起去吧？」

突然這麼問的人是珞瑟。

原本還以為當然會遭到拒絕，天羽卻爽快地點頭笑了笑。

「好啊，當然可以。畢竟這艘船艦最安全的地方就是知流花的身邊，你們可以親眼確認日本獨立評議會的實力。」

幾乎在她說完的同一時間，艦身又隨著轟然巨響搖晃了。是來自新魚雷的攻擊。

「未經警告就射魚雷嗎？美軍還真粗暴耶。是不是之前發生過什麼讓他們動氣了？」

茱麗用事不關己般的輕鬆口氣說道。天羽聽見茱麗那彷彿有弦外之音的話，含糊地搖了頭。

「如此行事確實急躁，但美軍一向這樣。由於偵察機與監視衛星都不能用，他們就急了吧。畢竟那些人要找出『日方』，就只能靠潛水艇搜遍太平洋。」

「這表示——山龍權能的效力範圍無法遍及海中？」

珞瑟意外似的反問。

「並不會完全失效，但確實無法期待效果等同於陸地。」

「因為水中不會產生霧氣——對嗎？」

「照我方的理解，知流花的【深山幽谷】似乎是以干擾視覺為主的權能。雖然也能讓雷達回波失靈到一定程度，可是對音波便效果薄弱。」

原來如此——珞瑟露出理解的臉色。

既然潛水艇是靠聲波反射來探測敵艦位置，就能將山龍的干擾壓抑至最小。到最後，「日方」便像這樣受到了攻擊。

「對方會發射魚雷，表示『日方』的位置似乎已經被探測到了。」

「說得是。感覺要甩開敵艦有困難。」

天羽承認珞瑟點出的問題。知流花聽見以後，露出了畏縮的表情。

「對不起，天羽……是我的能力不夠……」

「知流花沒必要道歉。單方面發動攻擊的可是對方。」

爬上階梯的天羽說著便打開通往甲板的門。強勁海風吹來，使她的長髮隨之搖曳。

天羽握起一旁的知流花的手，並且凶狠地揚起嘴角。

「何況一兩艘潛水艇到底不足以與我們為敵，對吧？」

「……嗯。」

知流花下定決心似的抬起了臉。

霎時間，八尋產生了她的身體被淡淡光芒包圍的錯覺。眼睛無法看見，可是有如灼熱熔岩的強大力量正透過知流花流入天羽體內。

「艦長！逼出敵艦。對艦內所有人下達找東西抓穩的指示。」

『收、收到！』

天羽對著無線電發出指示，艦長便以上揚的嗓音回應。

間隔片刻，驚人的震盪朝「日方」來襲。魚雷爆炸無從比較的衝擊讓巨大艦身受其擺弄，差點從艦上甩出去的八尋等人只得趴下，並且設法抓緊甲板。

「這是怎麼搞的……妳做了什麼！」

八尋抬頭朝天羽怒喊。

天羽依然瞪著海面，以沉穩無比的嗓音說道：

「你知道全世界最高的是哪一座山嗎，鳴澤八尋？」

「……聖母峰吧。在喜馬拉雅山脈。」

八尋困惑地回答。就算他的基礎學養不足，這點知識到底還是知道的。

「以海拔高度而言，你講的是正確答案。」

天羽用賣關子的口氣告訴他。

「然而從海底直接隆起的火山當中，存在標高超過一萬公尺的山，比如夏威夷島的茂納凱亞火山。由於山勢有一半以上都沉在海底，導致它的海拔高度僅達四千多公尺。」

「感覺那是挺驚人的……不過妳為什麼要突然秀學識？」

八尋不耐煩地反問，天羽便露出苦笑。

「啊，抱歉，講這些扯遠了。我的意思是山龍力量所及的範圍，並非只有陸地上。就像這樣。」

天羽指向前方的海面。

八尋這才理解在那裡發生了什麼。

地面正在海底蠢動。只見海底的岩盤本身就像一頭巨大生物，而且形狀在蠕動間逐漸改變。剛以為海底隆起上升到了海平面附近，下個瞬間，周圍的海水就被捲入並且沉了下去，宛如看不見真身的巨龍正在地下肆虐造成的景象。

「我們把這稱為【回山倒海】，是知流花的權能之一。」

天羽用冷酷的語氣嘀咕。可讓半徑廣達數公里的地面隨意隆起的神蝕能，那實在是太過強大，簡直如神一般的權能。

知流花用那種權能在海底造出無數「刺棘」，保護了「日方」免於受到魚雷的攻擊。然後，將相同權能改用於攻擊的結果，就是八尋等人面前的景象。

「浮在海面的『日方』受到這點震盪就能了事，但是被深鎖於海中的潛水艇面對急遽的水深變動——是否承受得住水壓的變化呢？」

天羽嘴邊不知不覺已經笑容洋溢。憑壓倒性力量蹂躪弱者的人臉上才會有那種充滿歡喜的刻薄表情。

從海上無法看見航行於海面下數百公尺的潛水艇，然而他們落得了什麼下場卻是可以輕易想像的。

就算潛水艇外殼撐過了急遽變化的水壓，海中產生的內孤立波——海水造成的打擊也不是對方承受得住的。

若要迴避，就非得逃向水壓最低的場所，亦即海面。那對攻擊潛艇來說，意義等同於像隻仰躺投降的狗一樣露出自己毫無防備的樣貌。

可是——

「休想浮上來……！」

潛水艇像受到巨大怪物追趕一樣，在毫無防備的狀態下緊急上浮，天羽便用拔鞘而出的太刀指了過去。彩葉見狀，頓時大驚失色。

「等一下，不可以那樣——！」

就在尖叫的彩葉眼前，從海底伸出的銀劍貫穿了直立的潛水艇。

山龍的另一種權能——【劍山刀樹】。金屬結晶形成巨大利刃，在潛水艇的堅韌外殼鑽出了小而致命的裂縫。

氣泡從已經貼近海面的潛水艇洶湧噴出。

那是雄偉潛艦發出的絕命哀號。彷彿被無情怪物抓到手裡，潛水艇逐漸下沉。沉入那捲起激烈漩渦，駭浪掀湧的怒濤之間——

八尋等人啞然呆望著那一幕。

不久，山龍的權能似乎解除了，海象逐漸取回原本的平靜。然而一度即將上浮的潛艇卻沒有再次於海面現蹤。

「沉沒了嗎……明明對方根本沒有作戰的餘力……」

八尋把手湊到臉色發青的彩葉背後，嘀咕了一句。那句嘀咕彷彿自言自語，卻流露出像在責備天羽的語調。

「這一帶的水深只有三百公尺左右。運氣好的話，應該來得及救助吧。」

天羽把視線轉向八尋，淡然答道。

至於低著頭的知流花臉上是什麼表情，八尋直到最後都不得而知。

4

那天晚上，八尋等人並未回到橫濱，而是受了委託在「日方」過夜。

不過，所謂的委託徒具形式，實際上八尋等人是被迫的。說得更精確點，那是因為他們沒有手段可以回去。

跟潛艇交戰導致「日方」的位置被美軍鎖定，目前他們正以全速遠離日本沿海。山龍的權能【深山幽谷】也已經發動，因此要靠監視衛星等偵察手段預判「日方」航道仍有困難。

然而，那就表示八尋等人不可能與己方會合。

既沒有辦法呼叫比利士藝廊派直升機過來接，也不能使用麥里厄斯的直升機。

要完全甩開美軍的追蹤，然後重新決定會合的地點再叫直升機來接送。在能辦到這一點之前，八尋等人只得繼續滯留於「日方」艦上。

「…………」

用餐過後，閒著發慌的八尋不經意興起而來到「日方」的甲板上。

天羽似乎是發現擊沉潛水艇讓氣氛變得尷尬，就沒有參加晚上的餐會。

取而代之出席的是麥里厄斯。多虧他巧妙的話術，感覺對話還算熱絡。畢竟連理應怕生的知流花都露出了笑容，以餐會而言算是成功才對。

另一方面，八尋對於餐會則感到有些失望。原本他還暗中期待跟日本獨立評議會接觸或許能取得鳴澤珠依的線索。

珠依憎恨全世界——尤其是日本這個國家。

日本獨立評議會志在復興日本，對珠依來說是明確的敵人。

然後消滅獨立評議會最簡單的方法，就是殺害三崎知流花。以珠依的思路，肯定會這麼想。

然而，山龍的權能比八尋想像中還要強大。縱使珠依接受了統合體的支援，想必也無法輕易跟知流花接觸。實際上，知流花對珠依幾乎一無所知。現階段來講，八尋失去了來到「日方」的意義。

「茱麗和珞瑟也是，完全搞不懂她們在想什麼……」

八尋會在「日方」艦內遊蕩，目的是要找尋比利士家那對不見人影的雙胞胎。晚上餐會結束之後，那兩個人就像串通好一樣都消失蹤影了。

當然，她們大概是有什麼理由正在打探獨立評議會的內情，八尋卻不明白那兩個人盤算的是什麼。將武器送抵也收到費用之後，她們跟獨立評議會的契約就結束了。目前「日方」不過是一艘海賊船，感覺也不會留有讓那對雙胞胎感興趣的祕密。

「——彩葉？」

八尋注意到縮在甲板一角的少女，就喚了她的名字。
彩葉原本將鵺丸抱在腿上凝望著大海，這才緩緩抬起臉回頭。
「八尋……」
「妳不用錄影片了嗎？」
「……嗯。畢竟，原本我只是來跟知流花見面的啊。多虧如此，我覺得自己有跟她變熟喔。她好像也很喜歡鵺丸。」
彩葉生硬地微笑說道。
太陽已經西落，但天空仍舊明亮。海風吹亂彩葉的頭髮，餘暉染紅了海平線，將她的臉頰照得朱紅。那張臉唯美得讓八尋一瞬間說不出話，也因此有種跟她平時風格相異的感覺。
看來彩葉好像莫名陷入了沮喪。
「八尋，你覺得會有多少人在潛水艇裡面？」
彩葉望著昏暗的海面問道。
「假如是徘徊於這一帶的攻擊型核能潛艇，珞瑟說過大概會有一百二十人。」
八尋刻意用平淡的語氣回答。
這樣啊——彩葉抱著腿嘆息。
「所以當下就有那麼多的人沉到海底了吧。」

「對。」

「……我懂喔，擅自先發動攻擊的是對方。知流花要是沒有將對手擊沉，會沉沒的就是這艘船艦吧。不過……」

「是啊。」

八尋對彩葉沒有說出口的話表示認同。

她真正想說的話是可以理解的，因為八尋也有同樣的心境。

「假如龍真的擁有足以重塑世界的權能，除了破壞以外幫不上任何的忙，說來也滿奇怪的吧。」

「嗯。」

彩葉用力握起雙手，然後仰望八尋。

「欸……八尋，那真的是知流花想要的嗎？」

「妳是指天羽小姐擊沉潛水艇的做法？」

「對。不過，那並不是天羽小姐獨自辦到的喔。既然那個人的權能是由知流花賦予的，就表示那還是知流花做的事情。」

彩葉肩膀顫抖，彷彿對自己說出來的話感到恐懼。

「……你妹妹會引發大殺戮，我想是因為她憎恨世界，又希望日本毀滅。可是，我不覺得知流花會期待戰鬥。明明如此，要是龍之力會造成破壞，我……」

「彩葉……？」

八尋露出嚴肅的神情，蹲到彩葉旁邊。接著他深深吐氣。

「妳該不會是在擔心那個吧？擔心自己或許會用龍之力傷害到別人？」

「是啊……假如我真的是龍之巫女的一分子，即使變成那樣也不奇怪啊。何況八尋你或許也會受到我的影響，在將來變成像剛才的天羽小姐那樣……」

「不……沒有那種事。妳不會那樣。」

八尋毅然斷言並且搖頭。彩葉露出納悶的表情回望八尋。

「為什麼不會？」

「啊～～……那是因為……」

八尋設法回想自己為何能篤定彩葉不會出問題，腦海裡就浮現了一名女子的身影。臉上掛著讓人無法捉摸的笑意，一頭捲髮的女性。

「姬川丹奈跟我說過。她說妳身為龍之巫女並不完整，還說妳缺了些什麼。」

「丹奈小姐說的？」

彩葉困惑地眨了眨眼。唔——她蹙起眉頭瞪向八尋。

「她說的不完整，並沒有誇獎我的意思對不對？」

「應該吧。雖然我也不懂那個人為什麼會那樣想，不過妳的神蝕能跟珠依或知流花一比會顯得寒酸或許就是因為這個緣故。」

「寒酸嗎！」

這次彩葉大概明顯聽出貶意了，因而露出一副不高興的臉。

然而目睹過知流花強大的神蝕能，彩葉的權能會相形失色是事實。至少，要從軍方的追擊下保護近七百人就是彩葉辦不到的事，縱使是向她借了權能的八尋也一樣。

「不過，既然這樣可以免於傷害他人，對妳來說不是正好嗎？哎，丹奈小姐說的話也不曉得能信任到什麼程度啦。」

「唔～～……那麼，萬一有某種導火線讓我變成危險的龍怎麼辦？變成比你妹妹還要危險的龍。」

彩葉仍帶著不安的表情說道。

八尋輕輕把手放到彩葉頭上。接著他就像對待年幼孩童那樣，胡亂摸起彩葉的頭髮。

「到時候，我會殺了妳。畢竟我跟茱麗她們也這樣說好了。」

「是喔。嗯，既然這樣，感覺你要殺我也是可以。」

「妳居然覺得可以嗎……？」

「畢竟就算我不在，你也會幫忙照顧我們家的小朋友吧？」

彩葉看起來絲毫沒有疑心地這麼說。而且，她還將自己的頭放到旁邊的八尋肩上。

「……不過，到時候希望你能盡可能溫柔一點，太痛的話我可不要喔。」

「我會盡量努力啦……不過……」

我才不會讓妳變成龍——八尋這句嘀咕還沒有化成聲音傳達給彩葉，就被某人出現在背後的動靜打斷了。

回頭望去，便看到了知流花。

由於她是從下風處靠近，八尋他們沒有察覺腳步聲。

反過來說，那也表示八尋與彩葉的對話都順著風傳到了她耳裡。或許是因為這樣，知流花的臉頰紅得像是沐浴在早已西沉的夕陽下。

「知流花？」

「妳從什麼時候就在那裡了？」

彩葉與八尋同時問道。知流花像觸電一樣猛然挺直背脊。

「對不起……呃，不是那樣的。因為浴室已經準備好了，我想邀彩葉還有鵺丸一起洗澡，才過來找你們……然後……」

「就聽見我們講話了嗎？」

「一、一點點而已。我只有聽見彩葉說，感覺八尋要上我也是可以。還有聽見她說，太痛的話我可不要，所以要溫柔一點喔……就這樣而已……所以我在想，要是打擾到你們就不好了……」

「等一下！妳是不是亂聽一通啊……！」

「妳誤會了啦……那是誤會……！」

陣陣後退的知流花似乎要逃，八尋與彩葉連忙想攔住她。明明講出來的內容只差了一個字，但他們明白知流花已經解讀成完全不同的意思了。

「對、對不起……我不會跟任何人說的……請、請兩位慢聊！」

知流花似乎終於到了羞恥的極限，就轉身背對八尋他們跑掉了。

「等一下啦~~~！」

彩葉一邊朝著知流花遠去的背影伸出手一邊尖叫。

鵺丸被她從腿上甩開，便困擾地抬頭仰望如此聒噪的飼主。

5

「挺不錯的房間呢。雖然三個人住嫌窄了一點。」

被領到客房的茱麗環顧準備給她們的寢室，就一頭跳到三層床架的中間那層。

房裡有她、珞瑟與彩葉三個人。

彩葉追上逃跑的知流花以後就拚命反覆解釋，並且勉強成功解開了她的誤會。然後，彩葉順利跟她一塊入浴，享受了船艦上的洗澡時光。緊接著彩葉便跟比利士家的雙胞胎會合，像這樣被領到了客房。

「畢竟原本是護衛艦，雖說準備了給來賓用的船艙，頂多就這樣吧。」

珞瑟毫無感慨地一邊嘀咕一邊確認床鋪的狀況。

「不過，好酒倒算是一應俱全呢。會是麥里厄斯帶來的補給品嗎？」

茱麗陸續打開船艙裡設置的壁櫥與置物櫃，一一確認裡面。

性情隨興的姊姊（茱麗）任憑好奇心行動並不算罕見，但是連妹妹（珞瑟）都做起類似的事情，彩葉難免就說不出話了。

彩葉原本以為珞瑟是個有常識的人，看她意外沒規矩而忍不住想嘮叨幾句時才忽然警覺過來——這對雙胞胎是在搜索房內安裝的竊聽器——

「走廊上……到底有派人顧著。排風管狀況怎樣？」

茱麗找出了好幾副竊聽器並輕易令其失靈，然後若無其事地問珞瑟。

「可以通行。不過，看這個寬度只能將裝備留下呢。」

「那就由我去嘍。小路，麻煩妳當彩葉的護衛。」

「知道了，茱麗。」

「先……先等一下。妳們那麼說，是要去哪裡？不用跟天羽小姐她們知會一聲嗎？」

雙胞胎自顧自地展開對話，彩葉連忙阻止她們。

「沒事的沒事的。我只是要去觀摩一下。」

「茱麗……！」

當著茫然守候的彩葉面前，茱麗俐落地脫掉了當成制服的連帽衣。換成一身便於活動的內衣打扮後，她爬上設置於天花板附近的排風口，直接像貓一樣鑽進排風管當中。

「讓她去好嗎？」

彩葉明知沒有用，仍然向珞瑟問了一聲。

珞瑟面不改色地回望彩葉。

「實際看過這艘船艦的內部，妳不覺得有什麼異樣感嗎，彩葉？」

「……異樣感？即使妳那麼說，畢竟我是第一次搭護衛艦，所以感覺到的是大家都嚴肅地工作著，很了不起啊。」

彩葉疑惑歸疑惑，還是認真思考並回答。嗯——珞瑟微微點頭。

「說得沒錯。我覺得艦內異常緊繃，簡直像正在進行作戰行動的軍艦。」

「作戰……行動？」

「要說異樣感的話，還有另一點。為什麼白天的潛水艇會對『日方』發動攻擊？」

「……不是因為日本獨立評議會一再從事海賊勾當嗎？」

彩葉納悶地反問。即使日本獨立評議會自稱流亡政府，他們目前只能算是一群搶貨船不分對象的海賊，軍方要派兵掃蕩不會有任何疑問。

然而珞瑟正色搖了搖頭。

「假如要認真取締海賊勾當，他們會更早採取行動。畢竟『日方』掠奪是從四年前就持續至今。」

「可是，那是因為受到知流花的權能干擾……」

「山龍的權能固然強大，但軍方只要認真，想偵測『日方』的位置並沒有多難。他們只要徹底搜索監視衛星『拍不到的海域』就行了——」

「啊……」

彩葉被指出盲點而恍然大悟。

現實是美軍的攻擊潛艇照樣找出了「日方」，並且發動攻擊。他們認為受到龍之權能保護的日本獨立評議會雖然難纏，但並非無法打倒的對象。

以往他們沒對「日方」出手，單純是因為麻煩才擱著不管。

然而，狀況出現了變化。就在彩葉等人拜訪「日方」的同一個時間點——

「意思是發生過什麼事情逼美軍認真了嗎？」

「……妳記不記得日本獨立評議會向藝廊訂購的飛彈款式？」

「呃……抱歉，我聽不懂……什麼叫作款式？」

原來飛彈有分種類嗎——彩葉感到訝異，珞瑟便露出複雜的表情看著她。

「裝備集束彈頭的巡弋飛彈，那屬於對地攻擊用的廣域破壞兵器。」

「對地攻擊用？意思是要攻擊陸地上的建築物？為什麼……？」

彩葉畏懼似的聲音發抖。

日本獨立評議會需要能用來保護自己的武器，這一點彩葉也能夠理解。然而只是要保護「日方」的話，並不需要用到巡弋飛彈。

獨立評議會若需要用到對地攻擊的巡弋飛彈，就只有在主動發動攻擊的時候。

發動攻擊。究竟是對誰——？

假如美軍知道自己成了目標，潛艇發動攻擊的理由也就能理解。畢竟不將「日方」擊沉的話，他們便會遭受攻擊——

當彩葉察覺這樣的可能性而僵住時，珞瑟胸口就發出了震動的聲響。

震動聲來自手機尺寸的無線電。彩葉之前也看過與那相同的東西。比利士藝廊用的特殊密碼通訊器。

「你可讓人等得真久，艾德華．瓦倫傑勒。」

珞瑟朝通訊對象冷冷地說道。

間隔低軌道衛星通訊特有的些許延遲，沙啞的老人嗓音做出答覆。

『小姐妳使喚人還是一樣不留情。要我向進行作戰行動的美軍竊取情資，光是有人肯接這種胡來的委託，妳就要感謝了。』

「我應該已經付了相當的對價。結果如何？」

『正如小姐所料啊。美軍的駐留部隊收到了來自日本獨立評議會的交涉函。』

艾德華．瓦倫傑勒——艾德輕描淡寫地說道。

珞瑟眼裡多了一絲嚴厲之色。

「交涉函嗎……他們具體要求的內容是？」

『將美軍實質支配的神奈川縣東部——從三浦半島到前橫濱川崎區的領土權無條件歸還予日本獨立評議會，大致就這個意思。』

「……唔！」

彩葉聽了艾德說的話，發出驚呼。珞瑟短嘆一聲。

「要求歸還領土權，他們還真敢開條件呢。」

『當中的理由，小姐妳已經知道了吧？』

「——神喜多天羽向美軍揭露了龍之巫女的存在，對不對？」

『龍之巫女的神蝕能具有等同於戰略兵器級的威力，這可是由摧毀一國首都的地龍證明過的。美軍得知日本獨立評議會本身擁有龍之巫女，會慌也是當然的吧。』

艾德在無線迴路的另一端低聲發笑，彷彿在歡迎騷動擴大又不負責任的態度。

『美軍的支配區域留有許多主要的港灣設施。對志在復興日本的評議會來說，那是務必要納入手中的一塊地。畢竟有龍的權能，要奪回二十三區也不是夢想。』

「……評議會寄達的交涉函將答覆期限定在何時？」

『日本時間的後天正午。差不多剩三十八小時。』

「所以說，我們是在不知不覺中被拖進騷動的核心地帶了嗎？」

珞瑟罕見地顯露出不快。

向比利士藝廊訂購巡弋飛彈，再利用身為知名直播主的知流花，想辦法把彩葉找來「日方」艦上——

要當成偶然，時間點未免太巧。

雖然說，作為藝廊根據地的前橫濱地區被認同由民營軍事企業進行自治，但在國際上仍歸美軍統治。如果日本獨立評議會攻擊橫須賀地區的美軍基地，橫濱肯定也會受流彈波及。

天羽等人是怕到那個時候會讓彩葉——火龍巫女捲入其中，並且造成雙方對立，才會把彩葉找來「日方」，可以的話就趁便拉攏她加入。所以這一切都照著日本獨立評議會的盤算在進行。

『——該怎麼辦呢，小姐？』

艾德愉悅似的問道。

珞瑟仍板著臉，還用更加平淡的語氣說道：

「我們的目的沒有任何改變。要盡量利用當下的局面。」

『是嗎……我會先祈禱彼此還能平安見面。』

「你也要盡量避免被拖下水，艾德華・瓦倫傑勒。」

珞瑟留下毫無心意的問候，準備終止通訊。

艾德彷彿就等這一刻，發出「噢噢」的聲音。他的口氣像在賣關子，擺了一副像是好不容易才想起來的態度繼續說：

『對了對了，這算是額外附贈的情報。受這次騷動影響，京都那邊似乎也有了動作。據說妙翅院的公主與鹿島接觸了。』

「……與鹿島家接觸？」

『就這樣啦，小姐。順便替我向八尋問好。』

艾德故弄玄虛地說完，便切斷通訊迴路。

珞瑟朝通訊器投以白眼，然後深深地吐了氣。她平時總給人鐵石心腸的印象，這副表情倒顯得有人味。

「珞瑟……你們剛才說的……」

彩葉用沙啞的聲音確認。珞瑟像是調適過心情才點頭說道：

「對，這樣謎團大致都解開了。神喜多天羽有意與三浦半島的美軍一戰。」

「怎麼會……！」

「姬川丹奈會不請自來地到橫濱做客，就是因為預料過這個局面嗎？如果是這樣，他們都留在陸地這一點也就可以理解了。」

「啊……」

獨立評議會跟彩葉等人進行接觸，姬川丹奈就在完全一致的時間點出現了。那恐怕也不是偶然。

既然是好奇心強的丹奈，即使只因為想從特別座觀看騷動就賴在橫濱，也沒什麼好奇怪的。倒不如說，除此之外並無理由能解釋她的行動。

「美軍接受評議會要求的可能性呢……？」

彩葉寄予一絲期望問道。

美軍在日本保有的據點不只三浦半島。彩葉也不清楚詳情，但他們在沖繩及九州西北，還有京都及東北地方應該也擁有大規模的基地。

把其中一處基地交出去也無妨——假如美軍大方地做出這樣的判斷，就能避免武力衝突。彩葉認為天羽應該也在期待如此。

然而，藍髮少女做出的回答卻是殘酷的。

「可能性零。否則，他們就不會先下手為強了。」

「怎麼辦，珞瑟……要怎麼做才能阻止戰鬥？」

彩葉用認真的眼神看向珞瑟。

狀況跟日本人在全世界遭到虐殺的大殺戮那時不同。彩葉位處於騷動的中心地帶，主謀在她伸手可及的距離。

而且戰鬥尚未開始，趁現在還能阻止。不，必須阻止。因為彩葉的弟妹們——她寶貴的家人還留在橫濱。

「妳要問阻止戰鬥的方法嗎？這個嘛——」

珞瑟話才說到一半就忽然打住了。她將彩葉推到安全的遮蔽物後頭，然後行雲流水般拔槍。門外有人的動靜，含蓄的敲門聲叩叩響起。

「哪位？」

珞瑟背靠牆壁，朝門的另一頭喚道。

勉強能聽見的細細說話聲傳了回來。

「呃……我是……知流花……我有事情，想找彩葉討論……」

「知流花……？」

彩葉訝異地發出聲音。將手槍放下的珞瑟開了門。

在「日方」艦內的昏暗走廊，有個嬌小的少女不安地孤零零站著，周圍並沒有其他人的動靜。

「在這種時間找我，怎麼了嗎？妳一個人？」

「彩葉……請問，八尋先生呢？你們沒有在一起嗎？」

知流花注意到親暱呼喚她的彩葉，臉上才總算浮現安心之色。接著她有些坐立不安地環顧了彩葉她們的房間幾遍。

「找八尋的話，他應該是睡在男性軍官用的寢室啊……」

彩葉納悶地說了。怕生的知流花會對八尋感興趣，讓她覺得意外。

然而，知流花聽見八尋跟彩葉分開行動，就莫名絕望地臉色發青。

「怎麼會……」

「知流花？」

「拜託妳，彩葉……幫幫我。」

知流花用綿薄的力氣巴著彩葉不放。她眼裡含淚，望著困惑的彩葉，還用求救似的口氣說道：

「希望妳……能幫我阻止天羽……！」

知流花所說的話太令人意外，彩葉只能茫然點頭。

6

八尋被分到的房間是位於「日方」居住區內的備用軍官室，只擺了床鋪、置物櫃與小小的書桌，說好聽點是著重功能性，說難聽點就是間空蕩的寢室。

雖說舒適度不如飯店，一人獨占雙人房倒是不覺得窄。

相較於長期寄居二十三區內廢墟的那段日子，這間寢室已經夠舒適了。

不過因為是在護衛艦內部，船艙裡沒有窗戶，更沒有任何影音機材類的設備可供娛樂之用，導致房裡無聊得嚇人。

早知如此，至少也該把鵺丸借來排遣無聊——八尋這麼心想，躺上床鋪。沒過多久，軍官室的門被敲響了。

「——是我。我有事想跟你單獨談，能撥點時間陪我嗎？」

「天羽小姐？」

天羽的聲音隔著門傳來，讓八尋困惑地撐起上半身。

時間已經過了晚上十一點，女性沒事跑來男人的房間會嫌晚的時間。應該是有什麼要務吧——八尋毫未提防地把門打開。

「不好意思，突然來找你。看來你還沒睡。」

走進八尋房裡的天羽一身便服，輕便的坦克背心搭配丹寧褲，樸素簡便的裝扮更加突顯她的身材之好。平時束起的頭髮放下，給人頗有女人味的印象。

「別看我這樣，神經可是意外纖細，換了枕頭就睡不好。」

八尋因為翩然飄散的香水味而心慌，故作平靜地說了。

天羽有所共鳴似的微笑。

「畢竟睡眠對不死者的肉體來說並非必要。我也一樣，睡不著的夜晚之長也曾讓我感到痛苦，身為議長的業務因而順暢有效率倒是令人感激。你要喝嗎？」

八尋還來不及回答，天羽已經把手裡拿的鋁瓶扔了過來。

反射性接住鋁瓶的八尋看見標籤上印的字樣，就板起了臉。因為那是以往在日本也有流行過的海外啤酒品牌。

「我姑且還未成年耶。」

「沒有問題。那是水，只是會稍微發泡而已。」

「不對，上面寫了酒精度數吧，就在這裡。」

「在獨立評議會的法律中，不死者飲酒無關年齡皆受到認可。我剛制定的條文。」

「根本是獨裁者嘛……！」

「真守規矩。還聽說你在隔離地帶生活了近四年之久，嗯，不錯。」

天羽滿意似的「呵」地露出微笑，然後轉開自己那瓶啤酒的瓶蓋。她直接痛快暢飲。八尋一邊看著天羽擦去嘴邊的白泡沫，一邊心想：或許自己是遭到測試了。雖然八尋不懂對方這麼做有何用意。

「所以妳在這種時間跑來是怎麼了？要談什麼？」

「我想問白天那件事的後續。」

「……後續？」

「對。」

八尋坐在床上，而天羽理所當然般在他旁邊坐了下來。感覺彼此距離是近了點，卻也沒有別的地方可坐，因此沒有到不自然的地步。

天羽又喝了一口啤酒，微微臉紅地問八尋：

「我想再確認一次，你跟儘奈彩葉並不是男女朋友吧？」

「妳很執著於這件事耶。」

八尋納悶地蹙眉。他感到疑問：總不會是為了聊感情問題，才挑這種大半夜來訪吧？

然而，天羽莫名認真地搖頭回答：

「畢竟再怎麼說，我還是希望避免觸怒龍之巫女。」

「觸怒彩葉？」

「沒錯。既然你跟儘奈彩葉沒有戀愛關係，應該就不必操心吧。」

天羽一邊拿啤酒瓶晃了晃，一邊用略顯朦朧的眼神望向八尋。

「我就直說好了，八尋，麻煩你抱我。」

「……啥？妳說的抱是指……？」

「意思就是我想要生你的孩子。」

「啥？啥啊！」

八尋猛然咳個不停。意料外的話讓他嗓音變調。原本他還以為被戲弄了，天羽卻神情嚴肅，感覺並不是說著玩的。

「事情為什麼會扯到那裡？」

八尋勉強讓呼吸鎮定下來，然後問道。

嗯——天羽把手湊到嘴邊沉思。

「理由嗎？關於這個嘛，你記得珞瑟塔．比利士說過的話嗎？人口不足的問題。」

「……妳是指光靠搭乘於這艘船艦的人，沒有辦法維持國家運作那件事？」

「沒錯。大殺戮導致日本人銳減，照當前的局面，遭遇些許變故就足以讓日本人的社群輕易瓦解。比如『日方』沉沒的話，狀況立刻會發生。」

八尋默默點了頭。目前八尋所知的倖存的日本人，大多都在這艘船艦上。這也表示當中蘊藏著遭遇些許變故就會讓他們全數覆滅的危險性。

「為了推翻這種局面，當務之急就是增加日本人的人口。所幸『日方』的乘員裡頭有兩百名左右的女性，這是勉強能避免種族滅絕並存續的低標數。」

「簡直是當成瀕臨絕種生物看待嘛。」

「遺憾的是，華盛頓公約裡的保護對象不包含我們。」

八尋以辛辣的口吻嘀咕，天羽也語帶諷刺地打趣回應。

「不過，只要她們能懷胎產子將生命傳承到下一代，日本獨立評議會就能——不，日本人就能免於滅絕。為此，大概多少需要強硬地進行『繁殖』。」

「……妳打算強迫彼此沒有戀愛關係的人交配嗎？像家畜那樣。」

「那不代表就要無視當事人意願強制性交，畢竟還有人工授精的方式可用。」

天羽淡然繼續說明。

「但我也明白那在心理層面上會造成莫大的抗拒。所以，我想身為議長的自己要以身作則，率先為增加人口做出貢獻。」

「……唔哇啊！」

八尋發現天羽俐落地脫去丹寧褲，就嚇得倉皇叫出聲音。

在軍官室的陰暗照明下，天羽的白皙大腿烙進眼底。纖瘦又有肌肉，卻完全沒有骨感之處的柔韌長腿。

「慢著……妳在這種地方搞什麼啊！」

「為什麼要生氣？我大概不及知流花或儘奈彩葉，但在外貌上可是自認多少有用心打扮的。還是說，白天你稱讚我漂亮純屬客套？」

「我的問題並不在那裡啦！」

天羽脫節的反應讓八尋反駁的音調隨之拉高。

「或許妳這種自我犧牲的精神是值得欽佩，但為什麼對象是我？」

「說成自我犧牲可就讓人心寒了。我也跟常人一樣，懷有希望跟喜歡的對象結合的念頭喔。」

八尋怪罪般的視線讓天羽不解地眨了眨眼。

「既然如此，我更不配當妳的對象吧？」

「錯了。我認同的對象只有你，鳴澤八尋。」

「因為我是不死者嗎？」

八尋頓時露出醒悟的臉色。天羽靜靜地點了頭。

「沒錯。再粉飾也沒用，我就老實說吧。我想要與身為不死者的你生小孩，因為由不死者雙親生下的小孩，理應有極高機率繼承不死者的特質。」

「一開始相遇的時候，妳之所以會找我交手——」

「是為了確認你的能耐，看你配不配當我孩子的父親。」

「簡直胡搞一通嘛！」

「我認為這是極為合理的思維。如果身為母親，就會希望自己的孩子無論如何都能活下去吧？」

天羽說著就把手伸向坦克背心的下襬，接著毫不害羞地脫掉了。她身上穿的是樸素不花俏的內衣，反而突顯了她的好身材。

「要是你怎麼樣都不想抱我，那也沒辦法。不過，至少請你提供基因讓我進行人工授精，補償我蒙受的羞恥。」

「是妳擅自脫衣服的吧……！」

真的是胡搞一通——如此心想的八尋板起臉，天羽卻有些壞心眼地微笑說：

「確實是如此，不過這艘船艦上的人以及儘奈彩葉會相信你的說詞嗎？」

「妳居然想威脅我……！」

八尋表情緊繃，而天羽朝他湊了過來。想逃的八尋再抵抗也是枉然，就被她直接推倒在床上。八尋不敢隨便碰觸半裸的天羽，因此也沒辦法強行將她推開。

「我本身並不覺得這樣有多為難你。當然，今晚的事我也不會透露給任何人知道，包括儘奈彩葉。你大可無後顧之憂地發洩情慾。」

天羽把臉湊到八尋面前，呢喃似的這麼告訴他。彼此距離只要任何一方稍微向前，嘴唇就會輕鬆相觸。

天羽就這麼停住十秒鐘左右，然後緩緩地挪身離開。而且她意外乾脆地放開八尋。

「哎，突然聽我這麼說，你會慌亂也是可以理解的。我們換點名堂吧。」

「名堂……？」

八尋一邊提防一邊看了天羽。

天羽什麼也沒回答，還把脫掉的衣服重新穿回去。她讓凌亂的頭髮維持現狀，大概是為

了加深房裡曾發生過什麼的印象吧——

彷彿要佐證八尋內心的疑慮，天羽大聲拍響手掌。

那大概是信號。軍官室的門被打開以後，人影魚貫走進房裡。

有四名跟天羽同年齡層的年輕女子。身高與氣質各異，然而，每一個都頗具姿色。身上的服裝是窄裙配女用襯衫，讓人聯想到幹練業務員或祕書的打扮。

雖說來者全都是女性，狹窄的軍官室裡聚集了這麼多人就相當有壓迫感。對於被趕到床鋪邊緣無處可退的八尋來說，更覺得無所適從。

「失禮了。您找我們嗎，議長？」

站在前頭的女子帶著略顯生硬的表情問天羽。天羽冷冷點頭說：

「我要離開一陣子，隔兩個小時之後就會回來，在那之前麻煩妳們款待他。」

「遵命。」

女子們恭敬地低頭行禮。天羽交代完便離開房間。她們幾個嘴邊都掛著類似的笑意。

「我記得，妳是白天那個……」

八尋對其中一名女子有印象。當「日方」遭受魚雷攻擊時，八尋幫助過差點摔倒的她。

「原來你記得我呢。」

她和氣地微笑。雖然只是無關痛癢的對話，不過她對八尋的觀感似乎好了許多。她用帶著一絲親暱的眼神回望八尋說：

「請容我先為議長冒犯致歉，鳴澤大人。」

「呃……不對，妳們沒必要替她道歉啦。」

所以說，麻煩妳們都趕快出去──八尋想這麼繼續說下去。因為剛才跟天羽發生的那一幕，已經讓八尋的精神受到劇烈消耗。

然而，她卻搶先接著說：

「然後，我們有事要拜託鳴澤大人。」

「……拜託？拜託我嗎？」

「是的。今夜，能否讓我們幾個為您侍寢？」

「啥？侍寢？」

陌生字眼讓八尋的理解慢了一拍。不過從她們的表情大概能體會到語感，肯定沒有什麼正經的含意。

「在我們當中，您若有合意的對象，想指定她負責侍寢也沒關係，當然所有人一起同樣無妨。能在今晚共度一夜就好，求求您准許我們上床服侍──」

「慢著！妳們等一下！原來換名堂是這個意思啊……！」

八尋急忙打斷她說的話。

「意思是叫我抱妳們嗎？找妳們代替天羽小姐？」

「……我們不合您的意嗎？」

站在後方的女子有些氣惱地蹙眉。

「不是合不合意的問題，為什麼事情會突然變成這樣？」

八尋神情急迫地質問。退一百步，天羽想為八尋懷胎生子的理由並不是無法理解，因為她跟八尋一樣是不死者。

然而在場的這些女子不一樣，她們應該沒有理由勾引八尋。

女子們什麼也沒回答，只是保持沉默並互相交換眼色。

接著她們便同時脫起衣服。

女用襯衫的釦子解開後，從胸口可以看見撩人的內衣。由於她們的表情還留著幾分羞澀，嬌豔程度更是遠勝於天羽。

「——欸，為什麼要脫衣服！」

「拜託您，鳴澤大人。求您什麼都別說，開恩抱我們就好。要不然……」

女子們帶著有些拚命的眼神懇求八尋。

這時候，八尋才總算察覺她們幾個的處境。

日本獨立評議會小歸小，卻是一個國家。無處可逃的海上之國。

而且，天羽是該國的最高權力者。無論天羽說的話有多不講理，她們幾個都只能服從。

「妳們接到了命令？上級叫妳們勾引我……？」

「這、這個嘛……」

站在前頭的女子尷尬地別開了目光。然後——

「那有什麼重要的呢！」

「算我們求你，陪我們上床嘛！」

「交給我們的話，事情很快就可以結束的！」

另外三人代替語塞的她同時出了聲。

半裸女子們一起湧到八尋所坐的床鋪。八尋又手足無措地被推倒在床上，連抵抗都沒辦法抵抗，還差點被直接扒光。

「欸……妳們幾個夠了吧！都給我放手！」

「哎呀……難道說，你在害羞？」

「呵呵……真可愛……！」

女子們似乎在拉扯間被刺激到施虐癖，行為便越來越激烈。感覺沒讓她們真的把生米煮成熟飯，這起騷動就沒辦法收場。

乾脆把她們全揍昏吧——八尋冒出這種危險的念頭。

理應不在這裡的某個人意外發出聲音，遏止了這場騷動。

「好了，到此為止。」

「唔！」

開朗的說話聲突然傳來，使那些女子反射性地抬起臉。然而她們還來不及回頭，意識就被剝奪了。細得幾乎看不見的鋼絲纏住她們的頸子，阻礙通往腦部的血液循環，讓她們瞬間陷入昏迷。

「雖然遺憾，不過到此為止嘍。別看小珞那樣，她可是很會吃醋的～」

「茱麗……！」

頭髮挑染成橘色的少女低頭望向昏厥的女子們，還吐了吐舌頭說：對不起喔。八尋則茫然仰望她。儘管援軍來得完全出乎預料，唯獨這次她的身影簡直就像賜與救贖的女神。

「我來救你嘍，八尋。還是說，我這樣算多管閒事呢？」

「不會，妳真的幫了大忙。」

八尋虛弱地一邊吐氣一邊撐起上半身。失去意識的那些女子意外地重，八尋光是推開她們，從床上爬出來就費了不少力。

「八尋，其實我是可以放過她們的。畢竟就算跟她們睡過，你也不會吃虧。」

「會吧。這些女的，根本只把我當成繁殖用的道具。」

八尋整理過被扯亂的衣服，才覺得驚魂甫定。接著，他帶著納悶的臉色重新看了昏倒的女子們。

「話說回來，她們怎麼會急成這樣？就算想要增加日本人的人口，有必要做到這種地步嗎……？」

「要不要我告訴你理由？與其用口頭說明，實際看一看感覺比較快。」

茱麗使壞地笑著的眼裡蘊藏有幾分凶險的光芒。

八尋看了便理解她會剛好來到這個房間的理由。茱麗是為了調查某些事情，正偷偷遊走於「日方」內部。

「——所以嘍，我們走吧。去揭穿日本獨立評議會的黑暗面。」

茱麗說完就將某樣東西拋給八尋。

八尋接到手裡，沉甸甸的重量讓他瞇起眼睛。被ＦＲＰ製刀鞘包覆的日本刀，九曜真鋼——理應收在置物櫃的八尋愛刀。

仔細一看，茱麗的雙臂都套著金屬製手甲。

那陣銀色的光澤在在道出了等在前方的祕密有何危險性。

第四幕 戰端開啟

THE HOLLOW REGALIA

CHAPTER.4

1

穿過鋪設墊腳石的小徑以後，擴展於眼前的是一整片庭園。

池泉式優美庭園。

從岸壁流下的湧泉形成小河流過園內，當季的花卉點綴於周圍。

面積有限卻能感受到深度，饒富生趣的庭園。

有個女子站在那座庭園的一角，正望著水面。

約莫十七八歲的年輕女孩。

身上穿的是藏青色和服。

相貌端正，偏短的頭髮卻給人比實際年紀還要小的稚氣印象。即使如此，從挺直的背脊與婀娜身段醞釀出來的，儼然是良家子女的氣息。

那個女孩有些訝異地回頭。

因為除她之外，絕無任何人能踏進的這片庭園裡傳來訪客的腳步聲。

「——秀逸雅致的景觀呢，華那芽。」

意料外的訪客是個穿著平安時期風格的豪華和服的女子。

胸口有深紅寶珠做裝飾，手裡則捧著用紫布包起來的細長包裹。

年紀頂多二十出頭。姣好的面容無可挑剔，然而從神色散發的氣質既溫婉，又像隻喜歡惡作劇的小貓。

「迦樓羅大人？」

名叫華那芽的和服少女以流露出訝異的聲音細語。

有著長長黑髮的訪客愉快地看向她。

「這些全是妳在照顧嗎？額繡球花與夏山茶、木槿……還有這是？」

「那是夾竹桃。」

「啊，夾竹桃……我記得那……」

「是的。雖然是園藝用的品種，但它有毒。」

華那芽以惶恐的語氣答道。她望著迦樓羅的眼神就像信徒崇拜內心憧憬的藝人一樣，蘊藏熱情的光芒。

「即使經過焚燒，夾竹桃的毒素仍不會消失，葉片落在土壤也會留下餘毒。」

「這樣啊。真是可怕的植物，明明開的花朵如此美麗……」

迦樓羅疼惜夾竹桃的嬌憐花朵，並且落寞似的露出微笑。

華那芽陶醉地看著迦樓羅的臉龐入迷了一會，不久便回過神來。她想起自己對訪客沒有做任何招待的準備。

「我立刻去備茶，請在北亭稍候。」

「謝謝妳，華那芽。但是，我不需要茶喔。」

「是因為……禮數有所不周到嗎？」

華那芽畏懼地目光閃爍，一邊問道。

迦樓羅笑著搖頭。

「哪的話。現在真的沒有時間，我遲早會再過來悠哉地作客打擾。」

「域外發生了狀況，對不對？」

華那芽收斂表情。

原本她該更早察覺到的，畢竟迦樓羅造訪這片土地不可能有除此之外的理由。造訪這片用於封禁罪人的禁地——

「山龍『瓦納格洛利亞』採取行動了。」

「山龍？」

迦樓羅說的話讓華那芽眉毛發顫。從她的表情流露出掩飾不盡的厭惡感。

「是的。其庇佑的不死者神喜多天羽似乎自稱流亡政府的議長，還向三浦半島的美軍要求割讓領土權呢。」

迦樓羅淡然繼續說明。

華那芽這次明確展露出憤怒之意。

「神喜多天羽……一再從事無異於海賊掠奪勾當的匪徒，竟斗膽想自詡為日本國元首了嗎？」

氣得臉紅的華那芽聲音顫抖。

日本獨立評議會的存在也有傳到被囚禁於禁地的華那芽耳裡。區區政客的女兒，居然將天帝家視若無物，還自稱國家元首，這對她來說是絕不能容許的事。

「——妙翅院家願寬恕日本獨立評議會的作為。」

與激動的華那芽形成對比，迦樓羅語氣溫吞和緩。她眼裡浮現的是憂慮之色。

「不過，既然發展成龍與美軍即將發生軍事衝突的局面，損害應該是會殃及國土。我就怕這一點。」

話說完，迦樓羅視線落到了胸前捧著的包裹。

她將裹了好幾層的紫布解開，生鏽的金屬光澤隨即從中透出。

那是一柄劍。

金屬製的劍鞘歷經長年磨耗，華麗裝飾幾乎都已散失，明明如此，環繞的靈氣卻足以令人心生畏懼的一柄靈劍。

「別師靈……！」

華那芽道出劍的名稱。她的聲音會顯得沙啞，是因為恐懼與難以盡掩的興奮所致。迦樓羅拿出那柄劍的用意，華那芽比任何人都清楚。

「華那芽，我把這交付予妳。」

迦樓羅用嚴肅的語氣告知。

「您要解開投刀塚的封印？」

華那芽訝異地瞠目。

她身為下臣，就不該做出質疑迦樓羅想法的忤逆之舉。然而迦樓羅並沒有生氣，還溫柔地點頭看了華那芽。

「請妳代替被綁在這片土地而無法動彈的我，去認清日本獨立評議會是否屬於值得信任的一群人。」

「包在我身上，迦樓羅大人。」

華那芽收下靈劍，凶狠地揚起嘴角笑了。

「我身為擁戴天帝家宗族之一的鹿島後人，定將協助您焚盡禍害祖國的一切亂黨。我願向這柄神劍與鹿島之雷立誓——」

手裡握劍的華那芽身旁迸出了劈啪作響的青白色火花。

迦樓羅凝視著她那副模樣，臉上始終帶有溫婉的微笑。

2

「辛苦你嘍。麥里厄斯叫我過來的，他在這邊對吧？」

深夜裡的護衛艦「日方」艦內。茱麗不躲也不藏地大方走在通道上，還露出親暱笑容朝手持步槍站崗的男子問道。

「妳要找基貝亞先生嗎……？我想他恐怕在第一工廠，機庫靠船首的那一側。」

站崗的男子沒有起疑地答道。

謝謝你——茱麗握了男子的手道謝；八尋則默默地向他致意。

茱麗通過色瞇瞇的男子身邊，抬頭對八尋笑了笑。

「看吧。只要擺出一副光明正大的態度，就不會穿幫了啊。」

「……他們的警備這麼散漫，真的行嗎？」

八尋誇張地露出臭臉。

對擅自在船裡遊蕩的八尋他們來說，警備鬆懈值得感激。然而，考慮到他們被美軍追趕的處境，儘管事不關己，這種太沒緊張感的體制仍讓八尋為這些人擔心。

「哎，也只能這樣啦。他們本來就不是軍人或什麼專業人員。基本上，這艘船艦的乘客幾乎都同為日本人，應該也造成了鬆懈的心理。」

替男子說話的茱麗聳了聳肩。

她點出的癥結固然有道理，但是八尋的不安並沒有因此消失。就算「日方」的乘員有所鬆懈，並不代表美軍就會對他們手下留情。

天羽單方面對美軍提出要求果然是魯莽的選擇吧——事到如今，八尋才有這樣的感觸。

「他剛才提到了工廠吧。在這種船艦裡能生產什麼？」

八尋搖頭，硬是換了個話題。

茱麗默默地持續走了一陣子。一向多話的她鮮少有這種反應。她保持沉默走過一個區塊以後，才總算抬起臉。

「八尋，你知道鍊金術追求的是什麼嗎？」

「妳說的鍊金術就那個嘛，從鐵或其他便宜金屬提煉黃金的技術。」

八尋困惑地回答。那只是靠漫畫或電玩學來的皮毛知識，但應該沒有差得太遠。然而，茱麗搖頭像在表示「差一點」。

「你那樣倒也沒說錯啦。從古代橫跨到中世紀，那些鍊金術師的終極目的一直都是長生不老。將不完美的存在轉化成更高階的完美存在——以這層意義來說，讓賤金屬轉變成黃金，在本質上跟把壽命有限的人類變成不死者是相同的。」

「長生不老嗎……」

八尋感到一絲動搖。

對身為不死者的八尋來說，長生不老這樣的概念近在身邊。茱麗為什麼會突然談到鍊金術？這讓他有種心生躁動的負面預感。

茱麗就像在測試這樣的八尋，仰頭直盯著他。

「而且在鍊金術當中，也有研究過如何以無生物為材料創造具備靈魂的生命。用那種方式製作的人偶叫作人造人。現代的基因改造以及複製技術，或許稱得上是那些人造人的末代產物。」

「難道妳說的人造人，跟這艘船艦的工廠有關聯？」

「不瞞你說，比利士家族自古以來就是鍊金術世家，對相關產物的嗅覺特別靈。」

茱麗一邊走下通往機庫的階梯，一邊得意地哼聲挺胸。

「縱使日本獨立評議會拿到了領土得以再次獨立，人口數也不足以維持國家營運。不曉得天羽打算怎麼彌補呢。」

「這個嘛……」

「我想，在這裡的東西大概就是解答。」

茱麗不等語塞的八尋回話，就湊向通往機庫的門。

門板上設有一看就覺得牢固的電子鎖。茱麗從胸口掏了門禁卡，輕鬆地將其解鎖了。八尋困惑地看著茱麗問：

「那張卡，妳是從哪裡拿到的？」

「嗯？我剛才跟站崗人員打招呼時借來的啊。」

「居然當扒手……！」

神不知鬼不覺耶——如此心想的八尋沒話可說，茱麗便無視他，把手伸向門。

厚實的金屬門發出嘎吱聲響，緩緩打開了。

3

著。

通道似乎經過降壓，周圍空氣有一舉流入的跡象。

打開內部的另一道門以後，就換成有強烈的藥物氣味撲鼻而來。

燈光熄滅的幽暗房間。在昏黑中，只有機器螢幕與忽明忽滅的計測器如無數星斗般閃爍著。

工廠內響起的低沉聲音，應該是讓液體進行循環的幫浦聲。看似點滴管的透明細管裡，五顏六色的液體正在流動。

那些液體流向擺在工廠中央的水槽內部。

讓人聯想到巨大的蛋的橢圓形水槽。

有個像胎兒一樣蜷縮身體的赤裸少女浮在其中。

那是約十二三歲的黑髮少女。

她察覺到八尋他們接近，便緩緩回過頭。

「什……」

八尋與水槽中的少女目光交接後，一股強烈的反胃感忽然湧上。

並不是因為她長得醜。正好相反。

水槽中的少女有著一副凜然秀麗的面容。

然而，其眼裡並無知性的光彩。漂浮於培養液裡的少女沒有自我，她只是一個會對外界刺激起反應，而又不具意志的生命體。

更讓八尋感到動搖的，是他覺得那個少女的臉似曾相識。

有一名人物跟她具備相同的特徵，八尋對其很是熟悉。因為八尋剛剛才跟那名人物近距離對話過。

「哎呀？你們怎麼會來到這裡……？」

從水槽後頭傳來的聲音讓八尋回神，把視線轉了過去。

被緊急照明照亮的昏暗通道上，麥里厄斯．基貝亞站在那裡。

麥里厄斯的背後有幾名身披白袍，外表看似技術人員的人。白袍胸前印著基貝亞環保企業的商標。

「麥里厄斯．基貝亞……這間工廠是做什麼的？為什麼你會在這裡？」

八尋瞪向麥里厄斯問道。

「照這樣看來，似乎不是天羽她們帶兩位來到這裡的呢。」

八尋挾帶殺氣的視線被麥里厄斯不以為意地應付過去。

麥里厄斯的臉色並不焦急。對於將少女困在水槽一事，他沒有罪惡感。

「這裡應該算是複製人的量產工廠吧。畢竟基貝亞環保企業設有醫療用品部門，作為糧食廠商也有世界頂級的培植肉廠房在運作。由於有倫理方面的問題，他們沒辦法公然宣傳，但只要有意，這樣的設備應該是可以輕鬆製造出來的。」

茱麗靠在附近機械的控制台上說道。

藉著她提到的複製人一詞，八尋便理解了所有環節。沒錯，茱麗從一開始就只有談及真相。在這間工廠裡，從事的是生產人造人的勾當。

「她的基體，是天羽小姐提供的細胞吧？」

八尋指向水槽中的少女問道。

儘管外表的年齡大有差異，少女的容貌跟神喜多天羽如出一轍。麥里厄斯與那些技術人員利用天羽身為不死者的細胞，造出了水槽中的少女。

「是的。要製造人類體細胞的複製品，在技術方面有許多課題尚待克服。說到尤其重大且單純的問題點，就是製造的成本與實用性不符。」

麥里厄斯講出了偽惡之論來迴避八尋的質疑。

生育複製人需要花費與養育常人同等的費用。這是說來很理所當然，卻往往遭到疏漏的一項事實。

人類的才華不只與基因有關，生長環境也大有影響。這代表要複製某個優秀的人，就非得花費跟養育本尊同樣的工夫才行。

「可是天羽身為不死者，就算只有一顆細胞，也能復活成相同的人。她的記憶、受過的訓練與學會的技術，全都可以繼承——而且，連成長速度都是常人無法比較的。」

「……唔！」

八尋再次仰望水槽中的少女。

理應身為天羽複製人的她外表看起來只有十二三歲。

然而，那原本是不可能的事。畢竟從大殺戮開始算起也才經過了四年。

日本獨立評議會跟基貝亞環保企業接觸，應該頂多是近一兩年的事。即使在之後就立刻著手培養複製人，也不可能成長到這一步。少女的成長速度明顯有異，造成影響的除了身為本尊的天羽，別無他想。

「所以她跟天羽小姐一樣，繼承了不死者的肉體？」

「正是如此。解開她不死的祕密以後，就能讓常人變成不死者。說穿了，長生不老就是極致的抗老化技術，與年邁帶來的衰老無緣，連化妝都不需要的年輕肌膚——身為美妝傳教士的我絕不能錯失這種駐顏之術。」

麥里厄斯帶著像是中了邪的神情告訴八尋。

他的偏執，讓八尋不寒而慄。

據說ＧＥ援助日本獨立評議會所要求的回報，是日本的七成水資源。

那應該不是謊言。然而，麥里厄斯．基貝亞這個男人本身想要的並非那些。他求的是神喜多天羽的細胞，還有不死者再生能力的祕密。

八尋從最初就覺得不對勁。為什麼替美妝直播主製作影片的他會來資助流亡政府，淌這些渾水？

不過搞懂以後就沒有多大的玄機，他從最初就是忠於自身欲求在行動。麥里厄斯只是執著於自己的年輕與美貌罷了。

「你只為那種事就製造了她？造來當成你們的實驗材料？」

八尋的聲音摻雜著露骨的責備之意。

「你絕對不會明白的，不死者少年，年老帶來的衰退是多麼令人絕望。你不會明白，曾經美麗的肉體日漸消亡是何等可怕。」

麥里厄斯並沒有迴避八尋帶攻擊性的視線。他有他不能讓步的堅持，從回望八尋的眼神就能感受到這一點。

「但是細胞組織離開不死者的身體，應該就會變回不具長生特性的單純肉片啊。」

好似要打破現場劍拔弩張的氣氛，茱麗用悠哉的語氣問道。

確實是那樣沒錯——八尋感到疑惑。八尋在戰鬥中受創、飛散的細胞都沒有復活，而是化為塵埃消逝。要不然，從八尋那些肉片復活而成的複製人應該已經將二十三區擠得滿坑滿谷了。

不死者身上恐怕有類似核心的部位成就其不死之身，並且由它來管控肉體的再生。雖然八尋並沒有實際目睹過，但他會這樣想也很自然。

或許人們將那稱為靈魂。

「——說得對。光靠我的能力，沒有辦法實現這個計畫。」

回答茱麗問題的人並不是麥里厄斯，而是從背後傳來的另一道聲音。

轉頭望去，天羽的身影就在那裡。

她穿的服裝並不是剛才那件坦克背心，而是以獨立評議會議長身分活動時穿的西裝。左手握有裝飾金亮的太刀。

「傷腦筋，被你們看見啦。打探淑女的祕密可不值得嘉許呢，八尋。反正遲早也會被你們曉得，我倒是沒有打算瞞到底。」

八尋仰望背後的水槽，天羽便露出帶有苦笑味道的笑容。

她眼中並沒有憤怒之色，反而開朗得像是放下了沉重的負擔。

「山自古以來就被奉為神奈備——眾神隱居的神境。山中他界；幽世與人世的界線。換句話說，便是結界。」

「妳的意思是這座水槽中設有山龍的結界？所以不死者的細胞不會化為塵埃？」

茱麗感興趣似的反問。沒錯——天羽鄭重地表示認同。

「就像我本身一樣，那些複製人也有受到知流花庇佑。那個水槽之中的溶液，是將知流花的靈液稀釋後的產物。」

「靈液？」

陌生的字眼讓八尋瞇起眼睛。

「那是你也很熟悉的東西，八尋。靈液就是龍血。她們的肉體能免於毀壞，是因為那個水槽的液體含有龍血。」

「山龍的權能會不會太方便了啊？」

茱麗傻眼地嘀咕。

八尋也暗自同意。能覆蓋隱藏護衛艦「日方」的行蹤，能改變地形攪拌大海，還能任意操控大地所含的金屬結晶，再加上這種由靈液形成的結界。知流花的權能實在太多彩多姿。只能操控淨化火焰的彩葉自不用說，應該連珠依或丹奈的權能都沒有這麼方便。

「神話之中的龍有為禍人間的一面，也有帶來恩惠的一面。山龍應該是更加強烈地反映了後者的特質。雖然我不曉得那是山龍原本的特質，還是受知流花的性格影響。」

天羽用嚴肅的語氣說道。

「是這樣嗎？」

「呃，這是我沒有根據的推測。畢竟我對其他龍之巫女也沒有多少了解。」

天羽灑脫地對一臉懷疑的茱麗搖了頭。

她看起來不像在說謊。她應該是判斷既然複製不死者這種最大的禁忌都被知道了，如今再對八尋等人隱瞞事情也沒用。

「妳說過有解決人口不足的策略，就是這個？」

八尋壓抑著怒氣問道。

被關在水槽裡的少女目光猶若野獸，烙在八尋眼裡久久無法散去。

天羽不惜製造出像她這種可悲的存在也想增加日本人的做法，八尋無法理解。八尋甚至覺得只把複製體視為實驗材料的麥里厄斯還比較正常。

「這只算權宜性質的最終手段就是了，何況那個個體是失敗品。」

天羽自嘲似的撇嘴。

「妳說……失敗品？」

「很遺憾，那個複製人沒能繼承我的記憶。就算這樣，受不死者細胞影響的她已經急速成長，並沒有時間能施與生而為人的教育。在那裡的只是個人偶，跟傳說中的人造人一樣。只要離開水槽，那孩子就會死。」

天羽用毫不關心的眼神朝水槽中的少女瞥了一眼，然後淺淺地嘆息。

接著，她似乎根本不把旁邊的茱麗跟麥里厄斯放在眼裡，只顧直直地望著八尋並且伸出手。

「所以我想要你的協助，八尋。」

「協助？」

「只要有你的生殖細胞，就算不依靠複製技術也能量產不死者。應該說，我們可以由不死者雙親來量產第二代。」

「……妳要把第二代的不死者當成士兵，然後向他國軍隊發動戰爭嗎？」

八尋用冷笑的口吻問道。天羽加重了語氣。

「保衛國家需要力量。我不會再讓祖國受到蹂躪。」

「……人類從什麼時候成了保衛國家的道具？」

「什麼？」

「妳搞錯順序了，天羽小姐。士兵會為國家而戰，是因為有想要保護的人。要人們為國戰鬥之前，妳要先建立值得保衛的國家。」

八尋無視朝自己伸來的右手，繼續說道：

「別為了令其戰鬥而創造生命。不死者——我們並不是兵器。假如不把人類當兵器就會滅國，那種國家最好還是趕快毀滅。」

「你是要我們滅國嗎……同為日本人的你竟然說這種話！」

天羽激動得扯開嗓門。

她會將手伸向飾刀的刀柄，應該是反射性的無意識動作。然而，八尋見狀就立刻拔刀備戰。

雙方都已經在彼此的出手範圍內，因此兩個人都停不下來。

這樣下去只有廝殺一途，八尋如此做出覺悟。就在這一瞬間——

「住手！你們兩個人都住手！」

少女的清澈嗓音響起，昏暗工廠內被閃光染成了白色。

4

撕裂黑暗飛射而來的光從八尋和天羽眼前疾馳而過，並且濺出青白色火花。

空氣帶電似的劈啪震顫，飄散出微微的臭氧氣息。

閃光來自出現於工廠入口的魍獸。

中型犬尺寸的白色雷獸。是鵺丸。

「……彩葉？」

八尋望著站在魍獸後面的少女，茫然嘀咕。天羽也停下動作。因為彩葉會在這個時間點出現，實在是他們兩人都沒預料到的事。

被氣得高聳肩膀的彩葉一瞪，八尋和天羽都帶著尷尬的表情放下了武器。

他們原本並沒有要認真廝殺的意思，只是在形勢下被迫拔出武器備戰。況且對立的原因是八尋拒絕跟天羽生小孩。

因此，八尋內心總覺得沒有臉見彩葉，天羽恐怕也一樣。不過彩葉當然不可能知道這些內情。

「受不了，你們兩個在這種地方做什麼啊！」

彩葉一面抱起地板上的鵺丸，一面朝八尋他們走過來。

該找什麼樣的藉口才好呢？如此心想的八尋跟天羽望向彼此的臉。

然而以結論來說，再怎麼想藉口都來不及了。因為彩葉已經注意到有物體漂浮在八尋他們背後的水槽中。

「——欸，那裡怎麼會有個小一號的天羽小姐？不會吧！好可愛喔！可是她為什麼沒穿衣服！」

「目睹這一幕，妳最先冒出的感想是這樣啊……」

彩葉仰望著水槽嚷嚷起來，八尋便露出複雜的臉色看了她。看來彩葉並非得知工廠的底細才闖進來的。

猛一看，在彩葉背後還有三崎知流花與珞瑟的身影。八尋他們這才理解彩葉會突然到這裡的緣故。

「知流花……這樣啊。原來是妳把儘奈彩葉帶過來的。」

天羽帶著困惑的表情嘀咕。知流花帶彩葉來到工廠的行為，應該也會讓她覺得像遭受到背叛。

然而，即使被天羽用怪罪般的視線瞪著，知流花也沒有退縮。

「拜託妳……不要再這樣了，天羽。我不希望妳繼續為評議會犧牲下去……」

「我……並不覺得自己有所犧牲！」

「天羽……！」

天羽不肯正視知流花的眼睛，而知流花仍用虛弱的聲音苦苦哀求。

八尋面無表情地望著這一幕景象。他並不是沒話想說，但現在插嘴的話，可以想見天羽反而會變得更加頑固。

另一方面，搞不懂狀況的彩葉著慌，望著氣氛險惡的天羽她們。

「我說，比利士藝廊的兩位小姐，讓我們從商人的立場來談談如何？」

當天羽等人陷入膠著狀態時，隔了一段距離的麥里厄斯便向茱麗她們搭話。

「好啊。意思是你想談生意對吧？」

「有什麼利多的消息嗎？」

比利士家的雙胞胎立刻答應交涉。麥里厄斯帶著俏皮的表情點了頭。

「是的，並不算多費事的提議。我認為這個問題可以靠金錢解決。」

「你是想找八尋當種馬？」

「對，沒錯。只要他肯協助天羽，我會依價支付配種費。條件方面還得看接下來談得如何，但我保證會有相當的金額。」

麥里厄斯對茱麗戲謔般的話語表示肯定。

別開玩笑了——憤慨的八尋差點這麼怒吼。而彩葉就在他旁邊不解地歪過頭。

「種馬？配種費是什麼意思？」

「啊……沒有啦，他是在說……」

「意思就是麥里厄斯說他想用錢收購八尋的精子。」

珞瑟不顧想設法蒙混過去的八尋，輕描淡寫地說明。

「哦～～……等等，八尋的精子？」

原來如此——彩葉露出理解的表情，隨後就驚訝地瞪大了眼睛。

「那該不會是要讓八尋跟天羽小姐生小孩……不行！那樣絕對不行！」

「為什麼不行，儘奈彩葉？聽說妳跟八尋並沒有戀愛關係啊。」

天羽看彩葉尖聲嚷嚷，就露出納悶的臉。

彩葉「唔唔」地語塞了。

「還、還用問為什麼，當然是不行啊。八尋要跟我一起養育我們家小朋友！」

「……喂，等等，我什麼時候跟妳講好了？」

八尋連忙質疑彩葉。彩葉悍然瞪向八尋說：

「你說過會跟我在一起啊，八尋，那就表示你要當那些孩子的哥哥！」

「這套說詞未免硬拗過頭了吧……」

「囉、囉嗦！怎樣，你不要嗎！」

「呃……這個嘛……」

八尋目光飄忽地語塞。被問到是否不要，他沒辦法立刻答話，對此連他自己都感到訝異。反觀彩葉就一副視為理所當然的表情。

「我可沒有打算跟妳搶八尋。我需要的，只有不死者的遺傳基因。」

天羽露出有些掃興的臉色，予以指正。

「那、那樣就更不可以了。小孩子才不是讓妳用來實現心願的道具！」

彩葉用強硬的語氣回嘴。

八尋不自覺露出了笑容。因為彩葉所說的話，跟剛才八尋對天羽丟出的答覆幾乎是同一個意思。

「看來我們是談判破裂了，天羽小姐。想把人當種馬的話，麻煩妳另請高明。除我以外，還有別的不死者吧？」

八尋想起待在橫濱的湊久樹的臉，如此說道。雖然不知道他是否心儀丹奈，但只要明言這是在孕育第二代不死者的實驗，感覺丹奈也會意外乾脆地答應。

不過天羽無從得知這部分的內情。

「逼你屈服也是剩餘的可行手段喔。」

天羽又把手伸向飾刀的刀柄。這次並非情急所迫，顯然是出自她本身的意志提出挑戰。

「妳是認真的？」

「天羽小姐！」

「天羽……！」

八尋、彩葉以及知流花同時發出聲音。

就在隨後，告知緊急狀態的警報聲響遍了工廠。

天羽拿出艦內用的通訊器，才瞥了一眼上頭的液晶畫面便吐氣說道：

「這件事姑且先到此為止。」

「……出了什麼狀況？」

儘管天羽自私的說詞讓人傻眼，有壞預感的八尋仍問了天羽。

天羽依舊把耳朵湊在通訊器，並且笑了出來。

彷彿拋開了一切迷惘的淒美笑容。

「一起慶幸吧，八尋。取回我們祖國的戰役開始了。」

5

就這樣，天羽立刻登上了「日方」的艦橋。

受情勢所迫，八尋等人也跟在她後面。

沒有人怪罪他們。因為大家都沒有空閒在意那種事了。

「派到陸地上的斥候傳來報告，說是美軍有兩艘飛彈驅逐艦在兩小時前穿過了浦賀水道。而且在不久前，有數架戰鬥機已經升空。」

貌似艦長的男子向抵達艦橋的天羽說明。

身穿自衛艦制服卻顯得年輕，不太像將校等級的人物。也許是因為官階高，就被交派了艦長之職，但原本並非夠格坐在艦長席的人。他眼裡會對年紀較小的天羽寄託強烈的信賴，大概就是因此所致。或者，他對天羽有著類似於依存的情感。

「戰鬥機？」

「是的。據說已證實機上搭載了反艦飛彈。」

「知流花的結界讓『日方』藏起了自身存在，對方應該也明白這一點……交涉函的答覆期限逼近，美軍就急了嗎？」

天羽思索般蹙起眉頭。

不過她的表情仍然有餘裕。「日方」藉著山龍的權能【深山幽谷】，已經完全藏匿行蹤，需要精密導航的反艦飛彈沒辦法射中這艘船艦。何況戰鬥機要突破知流花的霧接近「日方」，更是絕對不可能——天羽如此思索，但……

「天羽小姐，趕快讓這艘船艦移動！」

彩葉表情緊繃地仰望著天空大叫。

待在艦橋的所有乘員都心想：「什麼狀況？」露出困惑之色。

「儘奈彩葉？離答覆期限還有時間，我可不認為現在有必要主動採取行動喔。」

天羽態度沉著地安撫彩葉。

即使如此，彩葉仍凝視著天空的一點，並且絕望地發出細細的驚呼：

「不行……要來了……！」

「要來了？妳到底在說什——」

天羽看到彩葉的模樣非比尋常，臉上也跟著浮現焦慮。

正是在這個瞬間，刺耳的警報聲充斥艦橋。

「雷達出現反應！反艦飛彈！過來了！」

「什麼！」

「用ＣＩＷＳ！將飛彈擊落！」

乘員們的怒吼來回於艦橋。

鋼鐵之箭穿過純白濃霧飛射而至。幾乎同一時間，傳出雷霆般的轟然巨響，開砲的火光撕裂了夜色。「日方」艦首搭載的機砲以每分鐘三千發的射速灑出砲彈，向接近中的反艦飛彈展開了迎擊。

八尋等人眼前火球迸散，緊接著又是一陣爆炸。

那並沒有煙火般華麗的閃光。然而，鮮明的景象勾起了眾人心中的恐懼。被擊墜的飛彈在空中折毀，四散的碎片灑落於「日方」艦體。

爆炸的餘波撼動了船艦。不過，天羽等人遭受的衝擊在那之上。

「為什麼妳知道『日方』會受到攻擊，儘奈彩葉！」

「……我不清楚。可是，有火……」

「火？妳察覺到飛彈的動靜？」

天羽望著懦弱地搖頭的彩葉，說不出話來。

彩葉趕在「日方」的雷達做出反應前就察覺到飛彈逼近的動靜。

那絕非偶然。或許是彩葉身為火龍巫女，才敏銳地感應到飛彈拖著火焰的動靜。

「現在怎麼辦呢，神喜多天羽？下一顆飛彈立刻就要到了。」

珞瑟對杵著不動的天羽說道。

最初射來的反艦飛彈有兩枚，然而敵方戰鬥機的攻擊應該不會只有剛才那一次。對方恐怕會立刻調頭，第二波攻擊就要來臨。

「知流花的結界生效了。為什麼敵方戰鬥機會知道這艘船艦的位置？」

天羽帶著困惑的表情自問。知流花什麼也答不出來，只是緩緩地搖頭。

「——第二波飛彈，要來了！」

艦橋內再次響起警報。幾乎同一時間，彩葉朝船艦後方回過頭。然而，受到籠罩於海面上的濃霧阻擾，眾人都無法看見飛彈接近而來的蹤影。

「知流花，快解除【深山幽谷】！機砲沒辦法瞄準！」

「好、好的！」

被天羽厲聲吩咐，知流花微微點了頭。她起舞般張開雙臂，周圍霧氣便隨著那樣的動作逐漸散去。

可是，在視野完全恢復前，高速飛過來的反艦飛彈已經先接近到「日方」旁邊了。兩門機砲感應到飛彈接近而猛然開火，卻因為距離太近，來不及迎擊。

「欸……要直接命中了！」

「全體人員，找東西抓穩！」

艦長悲壯的聲音響起，眾人聽見便蜷縮身子。

在那當中，只有彩葉一個人瞪著逼近的飛彈。

以次音速飛來，還裝載了超過百公斤炸藥的反艦飛彈，只要一擊就能對「日方」等級的艦艇造成致命打擊。視命中部位而定，甚至有可能直接將其炸沉。

而且日本獨立評議會被認定為海賊，應該沒辦法期待救援。在「日方」艦內生活的近七百名日本人倖存者，將因為僅僅兩枚飛彈而化成海底的藻屑——

彩葉大概是從本能理解到這一點，就甩亂頭髮尖叫出聲。

「不行——！」

短短一瞬間，彩葉從全身釋出了強烈的龍氣。

幾乎同一時間，驚人的衝擊撼動了「日方」艦體。兩枚反艦飛彈接連衝入了「日方」艦體。

「彩葉！」

八尋驚險地摟住差點被震飛的彩葉。彩葉會像貧血發作一樣癱軟，或許是剛才那一瞬間釋出的大量龍氣所致。

「日方」仍持續搖盪，還能聽見船艦似乎在嘎吱作響的怪聲。

不過八尋等人畏懼的爆炸並沒有侵襲「日方」。

「未爆彈……？不，是她將引爆的飛彈壓制住了……？」

天羽看著癱倒的彩葉，眼裡浮現了驚愕與敬畏之色。

與過往戰艦互相射擊的砲彈相比，飛彈的彈頭重量輕得根本沒辦法相提並論。只要內藏的炸藥沒有引爆，飛彈就發揮不出原本能一擊擊沉船艦的威力。

話雖如此，同時命中的兩枚反艦飛彈都沒有引爆，這不可能是出於偶然。除非操控火焰的巫女以超常權能將爆炸封鎖住——

「向我報告受損的狀況。」

從動搖中振作的艦長對部下們施令。

「左舷後方中彈。位置在直升機機庫附近！」

「對航行會造成多大影響？」

「影響輕微……但是，已經造成了大量傷患！」
「你說……有傷患……！」
天羽粗魯地捶了牆壁。「日方」有一部分機庫被用來當成非戰鬥人員的居住區。為了讓近七百人在艦內長期生活，這是不得已的措施。
然而，這次卻適得其反了。
就算能防止爆炸，超過兩百公斤的彈頭以次音速撞了上來，「日方」艦體受到相當的損傷，位於命中部位附近的人員自然不可能平安無事。
寄予絕對信任的山龍權能無法防阻飛彈，又保護不了眾人。天羽對此感到憤慨。
「直升機機庫嗎？我記得GE的直升機應該正在檢修對吧？」
珞瑟對麥里厄斯問道。
麥里厄斯受飛彈衝擊而倒在地上，帶著失去血色的臉點頭。
「是、是啊……沒有錯。假如直升機受損，我也無法脫逃了呢。」
「那確實也是問題，但終究只屬於次要的影響。」
「這話是什麼意思呢？」
「現代的反艦飛彈可以辦到點對點的精密導航。對方並沒有針對艦橋或機房之類的重要防禦區域，而是瞄準直升機機庫的理由為何？」

「表示那是特地瞄準機庫，或者能瞄準的就只有機庫吧。」

雙胞胎中的姊姊替妹妹說的話做了補充。

麥里厄斯仰望她們倆，眼裡彷彿冒出了問號。

「妳們的意思是，只有那裡擺了用來導航飛彈的標記？」

「正是如此。那麼，接下來就有個問題了。在抵達這艘船艦之前，那架直升機停過什麼地方？」

「難道……難道是在橫濱……在橫濱要塞的停機坪接受維修與補給時，有可能被人裝了發訊器？」

麥里厄斯驚愕得表情僵住。

雖然說橫濱被認同由民營軍事公司進行自治，仍舊是美軍的支配區域。在連合會內部，也有許多傭兵必須仰美軍鼻息。想在直升機上頭裝一兩顆特殊的發訊器，對他們來說應該易如反掌。

山龍的權能可以從偵察機或監視衛星的探測中掩蓋「日方」行蹤。

可是，那種匿蹤方式並非天衣無縫。從「日方」被潛艇用聲納偵測到就能明顯看出這一點。將可以發出特殊訊號突破知流花之霧的特殊裝置裝上直升機，再將其送到艦內，美軍就能藉此為反艦飛彈進行導航。

「純屬推測而已，我並沒有證據。可是，GE在援助日本獨立評議會這件事，倘若美軍知情，他們便有足夠的動機對直升機動手腳。」

珞瑟淡然說明。

從她的語氣聽不出有怪罪麥里厄斯的意思。對並非日本人的她來說，日本獨立評議會與美軍的紛爭何去何從，無法勾起多大的興趣。

可是，也有人因為她那些淡然的話語而內心受創。

「是我……」

艦橋裡響起軟弱的細語。

知流花露出訝異的臉色看了身旁的天羽。天羽茫然睜著眼睛，嘴脣微微顫抖。

「天羽？」

「是我拜託麥里厄斯的。我要他用直升機載知流花與我到橫濱……因為要確認八尋的能力，我就必須早一步抵達……！」

天羽擠出聲音，彷彿在懊悔自己的輕率行動。

從她全身湧現的淒厲之氣，讓因遭受飛彈直擊而陣腳大亂的艦橋內部的空氣凍結了。自己的行動招致「日方」遭受攻擊，還造成獨立評議會的非戰鬥人員受傷。如此的事實讓她情緒激動，甚至難保不會因而失去冷靜的判斷力——艦橋的所有人員都感受到這樣的危險性。

可是，現場沒有人能勸諫天羽。因為日本獨立評議會本身就是依賴受山龍庇佑的不死者——神喜多天羽才勉強成立的組織。

「議長，偵察用的無人機捕捉到兩艘敵方驅逐艦了。」

艦長用壓抑心慌的機械性口吻說道。

「位置在哪裡？」

「本艦的西北方，約十四浬遠。照這樣下去會在三十分鐘內被追上。」

「讓『日方』前進。展開迎擊。」

「您說……迎擊嗎？」

艦長的臉上浮現猶豫。他正確理解到天羽做的指示會招致何種後果了。

然而，天羽卻用不由分說的口氣告訴他：

「沒錯。當前與美軍的交涉已可視為決裂，日本獨立評議會將憑著實力殲滅他們。聽見了嗎，艦長？」

「——收到。『日方』從現在起將前往迎擊敵艦。」

艦長語氣鄭重地複誦了天羽的指示。

天羽一語不發地點頭回應。她瞪著夜晚的海面，意圖復仇的光芒蕩漾於眼底。

6

「知流花，跟我來。」

緊握飾刀的天羽只對知流花說了一聲就離開艦橋。為了預備跟敵艦交戰，她打算到甲板上。

「天羽……！」

知流花想叫住天羽，天羽卻不回頭看她。

八尋擋到這樣的天羽面前。

「慢著，天羽小姐。妳想用這艘受創的船艦跟美軍鬥？」

八尋張開左臂擋住通道出入口，並且問道。

雖說並未引爆，船艦側腹仍插著兩枚反艦飛彈。「日方」遭受的損傷不輕，下次再受到同樣的攻擊就有可能被炸沉。

「我們……不能逃走嗎？現在先躲起來，優先救助那些受傷的人會比較好……」

知流花接著八尋的話說下去。一向缺乏自信又含蓄的她擠出了勇氣想說服天羽。

「現在逃掉又能如何？」

天羽並沒有扯開嗓門，而是靜靜地反問了一句。

「『日方』沒有母港可以修理船艦；也沒有可以治療傷患，供他們療養傷勢的醫院。正是因為已經受創，我們現在才不能逃走。」

麻煩你讓開——天羽溫和地推開八尋。她發出清脆的腳步聲，朝著陰暗的通道走去。

「——擊破接近中的敵方驅逐艦，然後直接殲滅三浦半島的美軍，回復祖國被奪走的領土。這都是照著原定的作戰規畫進行，只不過行動開始的時刻提早了，並沒有任何問題。」

「天羽！」

知流花急忙朝天羽追了過去。

八尋懷著無處發洩的憤怒，目送她們的背影。他沒能阻止天羽。美軍已開始跟「日方」交戰。先不論正不正確，可以對抗對方攻擊的就只有天羽她們的神蝕能。

「欸，八尋，我們要怎麼辦呢？」

茱麗用跟現場不搭調的悠哉口氣問道。

八尋疑惑地回頭與她對上視線。

「妳問的怎麼辦，是什麼意思？」

「當下我們有兩個選項。協助評議會與美軍戰鬥，或者對他們見死不救，逃離這裡。」

路瑟提出了現實的兩種選擇。八尋納悶地挑眉。

「逃離？在這種情況下怎麼逃？」

「我有交代喬許準備傾轉旋翼機。趁現在山龍解除了權能，三十分鐘內想必就可以把他叫來。」

「……除此之外的選項呢？」

「你覺得說服神喜多天羽，要她向美軍投降的做法如何？」

「那個人不可能接受那樣的說服內容吧。」

八尋對珞瑟說的話一笑置之。珞瑟應該也沒有認真提議，畢竟她完全明白此刻的天羽不可能接受他人說服。

「動武說服她也是一種手段喔。雖然現在已經晚了。」

傷腦筋——茱麗聳聳肩嘀咕。

「已經晚了？」

八尋有意反問，新的轟然巨響隨即撼動了艦橋。

為了擊落射來的反艦飛彈，「日方」的機砲開始運作了。

「來了嗎……！」

八尋望向船艦前方。

除了飛彈被擊墜而灑落的火焰，夜晚的海面上什麼都看不見。

然而，前方有什麼是早就已經知道的。為擊沉「日方」而接近過來的美國海軍驅逐艦終於展開攻擊了。

船艦搭載的干擾物發射器將用於擾亂飛彈導航裝置的箔條噴灑至半空，艦首的機砲也同時開火。

由於山龍解除了權能，掩蔽「日方」行蹤的霧已經消失。然而另一方面，「日方」原有的防衛能力也就不受限制了。

射來的反艦飛彈被陸續擊落，火焰與無數碎片四散於海面。

令人恐懼的那幕景象，天羽都帶著凶狠的笑容看在眼底。

被打造成攻擊登陸艦的「日方」缺乏反艦戰鬥能力，即使有辦法迎擊射來的飛彈，也沒有武器能主動打擊敵艦。

另一方面，敵人的驅逐艦不僅有反艦飛彈，還搭載了五英寸級的艦砲。如果要認真互射，「日方」根本不是對手。對方應該十分了解這一點。他們面對前進的「日方」，正毫無防備地拉近彼此距離。

不過，那正中天羽的下懷。

「別做任何保留，知流花！我們動真格！」

敵艦的身影從海平面浮現，敵我距離頂多不到十公里。「日方」早就進入敵方主砲的射程範圍內。

砲彈精確地瞄準「日方」射來，巨大的金屬結晶利刃由海面生出，形成了護盾擋住。

「很好。這下可熱鬧了！」

天羽望著碎散的金屬結晶利刃，狂野地吼了出來。

換成第二次世界大戰時用的戰艦級艦砲還不好說，光憑五英寸砲的威力，仍不足以打穿山龍的權能。「日方」接連彈開射來的砲彈，並且進一步加速。對敵方驅逐艦的眾乘員來說，那是宛如惡夢的一幕。

「【劍山刀樹】——」

與敵艦的距離充分拉近後，天羽便發動神蝕能。

神蝕能無視物理法則，根本就沒有所謂的有效射程。只要天羽篤定能觸及，攻擊就絕對可以觸及敵人。

巨大利刃從海底突出，貫穿了兩艘驅逐艦。被數道利刃同時從艦底貫通甲板，沒有任何船艦承受得住這種攻勢。

兩艘船艦瞬間被火焰包圍，接連爆炸沉沒。絕大多數的乘員肯定連本身遭遇了什麼狀況都無法理解。

天羽並沒有見證這樣的戰果到最後，就把視線轉向頭頂。

肉眼無法確認行蹤。然而，那裡有戰鬥機飛過的動靜。最初用反艦飛彈朝「日方」展開攻擊的飛行編隊。

戰鬥機在上空盤旋，想確認驅逐艦與「日方」的戰局走向。

「雖然戰鬥機射完飛彈就像只會煩人的蒼蠅——也沒有理由特意放過，知流花！」

「好的。」

知流花聽從天羽的指示讓霧氣出現。山龍的權能【深山幽谷】。

單純是視野被剝奪的話，駕駛員應該還能依靠駕駛艙的儀表繼續飛行。然而知流花喚出的霧會干擾電波，讓迷失其中的人方向感錯亂。縱使是老練的戰機駕駛員也不可能在這種狀態下操控機體。

駕駛員們陷入了空間認知失調（vertigo）的症狀，機體便紛紛墜落海面碎散。

「哈哈，不堪一擊。早知道就該搶先擊潰這些人……！」

天羽露出刻薄的笑容說道。

燃料從重創的驅逐艦流出而後起火，海面被烈焰包圍。天羽受到那陣火光反射，仍笑個不停。她的表情已經被殺戮的喜悅，還有能任意操使強大力量的快樂所點綴。她被自己的力量沖昏頭了。

而且既然提供庇佑的知流花聽命於天羽，就沒有人能攔阻失控的她，除了具備與她們倆相同力量的人——龍之巫女與不死者。

「天羽小姐！還有知流花，別再繼續下去……！拜託妳們！」

從甲板下來的彩葉用悲痛嗓音朝她們倆喚道。臉色之所以蒼白，應該不全然是剛才昏倒所致。

「不救墜海的那些人好嗎？照這樣下去，他們會全滅的。」

八尋站著扶穩彩葉，並且瞪向天羽。

海面上漂浮著大群被甩出驅逐艦的士兵。

由於驅逐艦被炸沉得太過突然，幾乎沒有人來得及穿上救生衣，救生艇的數量也完全不夠。八尋用到全滅這樣的字眼並不是在嚇唬人。

天羽卻冷冷地笑著搖頭。

「為什麼我非得救那些在大殺戮都有一份的人？難道你忘了，他們在四年前對我們做過什麼嗎？」

「天羽小姐……！」

彩葉的聲音流露出絕望。她發現要說服氣得失去理智的天羽並不是那麼容易的事。
「——艦長，如你所見，驅逐艦都收拾掉了。下一個目標是橫須賀。目標設定完畢後，就將巡弋飛彈全部射出。」
天羽再次朝無線電下令。
八尋聽了，表情僵住了。
「妳打算將巡弋飛彈射向陸地嗎？基地周圍還有非戰鬥人員耶！」
「『日方』上頭也有非戰鬥人員啊。」
天羽用令人膽顫的眼神回望八尋。
「是美軍單方面毀棄跟我方交涉，並且發動攻擊。我方當然有權還擊。」
「這……！」
八尋懾於天羽的眼神，因而咬緊了嘴唇。
「受害範圍最好是只有基地周圍。」
茱麗追著八尋他們上了甲板，還用有些悠哉的語氣說道。
「這艘船艦的巡弋飛彈，裝載的可是會從目標上空灑下一百六十六個子母彈的集束彈頭，而且有八枚。橫須賀周圍將會遭到傾盆大雨般的轟炸喔。」
「而且，單獨一艘船艦無法使用精確誘導巡戈飛彈所需的艦隊級情報支援系統，飛彈的彈著點會產生很大的誤差吧。最糟的情況，橫濱要塞有可能化為一片火海。」

路瑟替姊姊說的話做了補充。然而，天羽只像內心早就有數地默默點了頭。

在天羽看來，橫濱要塞那些傭兵不過是竊據祖國的異邦人同夥。她絲毫不認為有必要顧慮那些人的安全。

「八尋……」

彩葉帶著泫然欲泣的表情看了八尋。

八尋跟看起來格外稚氣的她對上視線，內心頓時拋開了某種牽掛。

八尋並不討厭天羽，她實在太純粹耿直。

儘管做法太過強硬，天羽仍用自己的方式向八尋表示了善意。連八尋都差點被她希望復興日本的心願打動。

天羽的憤怒也能引起共鳴。同伴受到傷害，她會氣憤反而是理所當然。

八尋沒辦法阻止天羽。為了在二十三區活下來，早就殺過好幾個人的八尋已經被血玷汙了雙手，所以沒有資格阻止她。

正因如此，八尋才問眼前的彩葉。

「彩葉，妳想怎麼做？」

「我希望……能阻止這些。」

彩葉毫無迷惘地立刻回答，快得簡直像是看透了八尋內心的糾葛。

「八尋，我不想再有人死去，我不要人類自相殘殺。就算對方跟奪走了我們國家的那些人同夥，我也不希望他們喪生。我不想要他們被殺——」

「這樣啊……既然如此，就照妳說的吧。」

「咦？」

八尋毅然對目瞪口呆的彩葉笑了。

八尋沒有資格阻止天羽。不過，既然那是彩葉的願望，就另當別論。

「我們約定過吧。只要那是妳的願望——假如有其他的龍礙事，我就會幫妳。我會在妳旁邊保護妳。」

「八尋！」

彩葉表情扭曲地尖叫出來。設置在「日方」艦尾的垂直發射裝置打開艙門，驚人的噴煙從中湧出。巡弋飛彈發射出去了。

血肉之軀的人類阻止不了以次音速飛行的巡弋飛彈，就算不死者也不可能。然而，倘若是在剛發射後尚未加速的狀態下——

「【焰】——！」

八尋將彩葉灌注的龍氣直接附在刀上，並且揮下日本刀。焰刃隔著數十公尺以上的距離釋放出去，將巡弋飛彈的軀殼斬斷。

「居然將巡弋飛彈，斬斷了……！」

天羽發出驚愕的聲音。

巡弋飛彈被斬斷之後仍繼續升空，飛抵「日方」上空近數百公尺處便失去控制，四分五裂地解體墜向大海。

「火龍『厄瓦利提亞』的神蝕能嗎……！為什麼，八尋！為什麼身為日本人的你要阻礙我！」

天羽彷彿無法理解地猛然搖頭。

知流花也帶著困惑的表情看著八尋。

在ＶＬＳ艙內應該還剩下七枚巡弋飛彈，卻沒有要發射的跡象。「日方」的艦橋要員也不懂出了什麼狀況而陷入混亂。

「別為了方便，就把妳個人的報復念頭抽換成日本人的想法，天羽小姐。」

八尋重新面對天羽，一邊護著彩葉一邊舉刀備戰。

以殺人凶手而言，八尋確實無異於天羽。以往在二十三區生活的時候，八尋反殺過好幾個朝自己來襲的人。

就算八尋身為不死者，也沒有寬容或強大到可以笑著原諒想殺自己的人。

然而，八尋的復仇屬於個人性質。他不會因為有人跟自己的仇敵來自同一個國家，就毫無區別地動殺念。同時，就算彼此同為日本人，他也不會以此為由去協助別人復仇。

「假如妳們打算犯下跟珠依一樣的罪……跟她一樣毫無區別地進行虐殺，我就會阻止，本著與妳相同的不死者身分。」

八尋全身被火焰包裹，火焰化成了鎧甲。

讓人聯想到龍鱗的鮮血鎧甲，「血纏」——

「是嗎……很遺憾，八尋。原本我真的希望你能當我的丈夫。」

天羽全身同樣浮現了近似龍皮的硬質鱗片。讓人聯想到灼熱熔岩的琥珀色「血纏」。

「來吧，鳴澤八尋。我要向你證明，我復仇是對的。」

天羽從金色刀鞘拔出飾刀。

那成了兩名不死者展開死鬥的信號。

7

確認過天羽舉起太刀，茱麗與珞瑟就後退了。

比格鬥或射擊技術，這對雙胞胎的實力在八尋之上。然而不死者之間的廝殺，凡人沒有介入的餘地。畢竟她們本來就殺不了不死者，要是殺害龍之巫女，又不知道會發生什麼事。

「天羽小姐，快住手！知流花也一樣，快幫忙阻止天羽小姐！拜託妳！」

彩葉拚命的呼喚聲響遍「日方」甲板上。

不過，知流花只是臉色哀傷地搖頭。然後，她為了援護天羽，朝八尋伸出手。下一個瞬間，毫無預兆湧出的濃霧就將八尋與彩葉的眼前染白了。

「知流花！」

「障眼用的霧嗎！」

視野完全遭剝奪的八尋持刀擺出中段架勢，以備天羽的攻擊。

既然霧氣是用山龍權能製造出來的，恐怕可以靠彩葉的火焰抵銷。然而，彩葉無法像知流花那樣操控自己的權能，用火焰淨化霧氣肯定根本不是她能想到的。

然而，八尋對此也沒有餘力責怪她了。

因為手持太刀的天羽從霧中突然砍了過來。

「山龍神蝕能的強項是廣範圍攻擊。就算這樣，你可別以為近距離交手就能贏過我，八尋！」

「唔！」

八尋用左臂的炎之鎧接下天羽的太刀。天羽的奇襲使得他沒有空閒用刀防禦，鎧甲碎裂讓太刀的利刃陷入手臂，八尋卻不顧傷勢展開反擊。

運用不死者的不死性來反制對手的攻擊。

然而，天羽同樣身為不死者，當然已經預判到這一點。

「沒用的，八尋！【劍山刀樹】！」

「唔！」

金屬結晶利刃從腳邊急速探出，八尋能躲掉純屬偶然。用勉強的姿勢施展反擊被天羽閃開，踉蹌間反而發揮了避險之效。

不過八尋沒能毫髮無傷，左腓到大腿被深深割開了。儘管沒有遭到完全貫穿已是大幸，然而在痊癒前會讓行動大受限制。跟擅長廣範圍攻擊的天羽交手，帶著這種傷相當致命。

「居然從甲板也能生出劍，這我可沒聽過……！」

天羽回望憤恨地嘀咕的八尋，嘲弄似的笑了出來。

「如果要追溯源頭，鐵礦也是從礦山採集到的吧？那麼，構成這艘船艦的鋼鐵會受山龍影響，我倒覺得是理所當然啊。」

「那套理論太牽強了吧！」

「我知道你的戰法，八尋。」

天羽再次藏身到霧裡。八尋對此感到焦躁。

對擅長反制攻擊的八尋來說，天羽是個讓他吃癟的對手。她從霧裡施展的奇襲無法判斷攻擊將從哪裡來，那會導致反擊的時機有所延誤。

況且天羽本身也是不死者，即使八尋的攻擊命中了，還是有可能在那個狀況反過來遭到還擊。

「——你似乎有學劍的經驗，但武藝本身仍不成氣候。然而，你為了對付魍獸所練就的自成一派的智謀就小看不得。依靠自身不死性的捨身戰術——為了學會那些，你應該喪命過好幾次吧。」

天羽愉悅地繼續說道。八尋也明白那並非無意義的閒聊。

她正在對八尋旁敲側擊。

單純廝殺的話，不死者之間的戰鬥無從了結。要讓對手內心受挫，將落敗感銘刻於上；要讓對手體認到絕對贏不過自己。除此之外，便沒有其他方式能終結不死者之間的戰鬥。

「不過，你這點能耐對我不管用。因為彼此都是不死者，你會的技倆我也一樣能用——【劍山刀樹】！」

天羽施展出金屬結晶利刃，八尋顧不得前後地拚命閃躲。

霧越來越濃，八尋幾乎什麼也看不見。假如沒有甲板的指示燈與標記，他甚至無法分辨自己在哪裡。

即使如此，八尋能明確知覺到彩葉的存在。

並不是靠道理，八尋憑直覺就能理解她內心的想法。

八尋陷入苦戰這件事理應也傳達給彩葉了。然而她篤信八尋會贏，因為她發現八尋想用的手段了。

從彩葉身上灌注而來的龐大龍氣就是證據。

八尋的戰法對上天羽，確實會吃癟。正因如此，天羽有了疏忽——跟自己交手的並非不具知性的魍獸，還有，自己這些人之所以互鬥的理由——

「【焰】！」

八尋用自身血液染濕的刀湧出了紅蓮火焰。

那道火焰捲起漩渦，籠罩八尋的周圍。

漩渦直徑超過三十公尺。那灼熱的漩渦讓知流花之霧瞬間蒸發，更讓覆蓋著甲板的金屬結晶利刃逐步熔解。

「讓神蝕能失效的淨化之焰！儘奈彩葉的權能嗎！」

天羽被火焰漩渦吞沒，慓悍地笑了。琥珀色鎧甲裹在她全身，抵禦著八尋的火焰。

「但是沒用的。這點程度的火焰，怎麼擋得住不死者！」

天羽將太刀的刃尖插向甲板。甲板以驚人之勢隆起以後，無數的金屬結晶利刃便從中冒出，其威容儼然足以稱作劍山。

迴避不掉的十幾道利刃無情地貫穿八尋全身。

「或許是吧……」

八尋吐出大量鮮血，並且虛弱地嘀咕。

他並不認為靠沒經過仔細瞄準就使出的火焰漩渦能打倒天羽。然而，那不成問題。因為八尋已經達成目的了。

「不過，這樣妳就不能再發射飛彈嘍。」

八尋望著至今仍籠罩著火焰的甲板，並且笑道。

屬於火龍權能的烈焰覆蓋了「日方」甲板，此刻還不停在燃燒。

然而強烈的火勢並沒有圍繞在天羽身邊，而是出現在理應無關的艦尾方向。八尋的攻擊從一開始就不是針對天羽發出的。

「垂直發射裝置的飛彈槽……！你從一開始就針對那裡……！」

天羽注意到垂直發射裝置的艙門被火焰熔解，表情隨之緊繃。飛彈槽的艙門打不開的話，裡面的飛彈當然就沒辦法發射。

八尋的目的從一開始便是要阻止巡弋飛彈發射，因為那正是彩葉的心願。八尋既沒有必要逞強打倒天羽，也不認為自己能打倒她。心思都放在不死者之間的戰鬥而錯判局面是天羽的失誤。

「竟敢……竟敢玩這種花樣……！」

天羽激動得停下動作。

以巡弋飛彈朝陸地發動攻擊，對戰力遜色的日本獨立評議會來說是王牌，對心繫於復仇的天羽來說同時也是精神上的依靠。同為日本人的八尋挺身反抗，還有天羽本身的疏忽，導致那在一瞬間被奪走了。

天羽會茫然自失也是難免的事。接著，她會在盛怒下砍向八尋同樣也無可厚非——但那正是熟練於戰鬥的她首度露出的致命破綻。

「來吧，復仇的時候到了……」

八尋全身被捅得血肉模糊，仍自我鼓舞般嘀咕。

八尋流出的鮮血變成了淨化之焰，將金屬結晶形成的利刃熔燬。藉此強行取回身體自由以後，八尋便瞪著天羽舉起刀。

天羽深信八尋的行動已遭封鎖，架勢滿是破綻。即使如此，她還是立刻中斷攻擊，打算改採防禦的態勢。然而，為時已晚。

渾身是血的八尋全身被火焰包圍，綻放出耀眼的灼熱光輝。

於是在下個瞬間，八尋一邊散布火焰一邊用閃光般的速度衝過甲板。

「唔！」

「天羽！」

大氣發出了迸裂的巨響。

全身近四成遭到碳化的天羽當場不支倒地，知流花掩著嘴巴發出尖叫。天羽握著的太刀刀身已經熔燬大半，不再保有原形。

「……你將自身肉體化為爆焰，發動了突擊……是嗎……」

被趕到身邊的知流花抱起身子的天羽用痛苦的聲音對八尋說道。

並非讓火焰散布四周，而是將自身化為火焰。這就是【焰】原本的面貌。八尋在與費爾曼·拉·伊路交手的過程中，首度發動的神蝕能。

既沒有辦法像樣地操控，在戰鬥外也幾乎派不上用場，難以活用的權能。然而唯獨威力過人，足以在瞬間將同為不死者的天羽逼迫到無法戰鬥。

「你的神蝕能居然還有那種用法……原來不成氣候的是我嗎……」

天羽露出苦笑，打算撐起上半身。

她的肉體在碳化後再生緩慢，這是因為火龍的權能——淨化之焰壓抑了庇佑天羽的山龍之力。

「妳還要繼續打嗎，天羽小姐？」

八尋望向天羽問道。口氣慵懶，戰鬥的態勢卻沒有放緩。

天羽確實倒下了，但八尋費盡千辛萬苦只是砍中她一次。八尋並不認為光憑這樣就能讓身為不死者的她喪失戰意。然而——

「知流花……！」

彩葉發出驚訝的聲音，八尋也困惑地蹙眉。

知流花張開雙臂擋到八尋面前，像是要保護天羽。只要八尋有意，就能輕易將她斬殺。即使明白這一點，知流花仍直直凝視著八尋，彷彿在說她不會再讓八尋繼續傷害天羽——

「知流花……」

天羽茫然嘀咕。原本被憤怒支配的她，戰意正悄悄從眼裡逐漸褪去。

沉溺於神蝕能的壓倒性力量，使她想踐踏弱者。為實現自身心願，她曾毫不留情地想要宰掉敵對之人，而結果反倒讓自己真正想保護的人蒙受危險。她總算察覺這樣的事實了。

「天羽……有壞消息喔。」

從遠處觀望戰局的麥里厄斯緩緩接近天羽。

對他來說，打斷兩名不死者戰鬥應該也是違背本心。他的嗓音有一絲顫抖，即使如此，他仍有非得立刻轉達給天羽的情報。

「從橫須賀出航的四艘美軍艦艇正朝這裡過來，另外還有增派的戰鬥機。他們想將『日方』完全包圍。」

「這樣啊……」

天羽靜靜地點頭。

她用才剛再生完畢的腳緩緩站起。

麥里厄斯脫下自己的外衣，遞給了天羽。因為天羽的衣服已被八尋用火焰燃燒殆盡，幾乎發揮不了衣物的功用。

「麻煩替我跟美軍接上通訊。日本獨立評議會決定投降。」

「天羽！」

知流花帶著驚愕的表情看了天羽。

八尋等人也難掩訝異。天羽之前是那麼執著於復仇以及讓日本再次獨立，沒想到現在會這麼乾脆就選擇投降。

「妳別擔心，知流花，我一定會保住『日方』的乘員。只要能獲得龍之巫女以及不死者，透過交涉應該就可以讓美軍答應放過六七百名日本人。」

天羽輕輕把手擺到依然僵著不動的知流花頭上。接著，她將視線轉向觀望事情發展的茱麗等人。

「比利士藝廊，妳們有什麼打算？假如要逃脫，我是不會挽留，但如果可以，希望妳們留下來，見證我方跟美軍的交涉——」

「沒那種必要喔。」

「什麼……？」

突然從背後插話的嗓音讓天羽回過頭。她的表情有些許困惑。

八尋等人也一樣疑惑。

因為至今仍被火焰包圍的甲板上，站著一名服裝實在太不搭調的人物。

身穿袴褲而楚楚動人的少女。袴褲顏色是讓人聯想到早晨天空的紅紫漸層色，鮮豔亮麗的小振袖則染有複雜的閃電花紋。

髮型為偏短的鮑伯頭，給人的印象或許因而略顯稚氣。不過她那望著天羽的眼睛蘊含鄙視般的冷冷光芒。

「真是丟人呢，神喜多天羽——自詡為流亡政府的代表挑起戰事，卻白白在廝殺中敗陣，還指望敵方施捨溫情。實在悽慘又滑稽。」

「妳……是什麼人？」

天羽瞪著少女問道。

然而，少女不予回答。她只是露出冷酷刻薄的笑容，單方面告知：

「妳以為統合體會眼睜睜地看著龍之巫女落入美軍之手嗎——？」

「統合體……！」

天羽警戒地擺出架勢。

她之所以面色僵凝，是因為眼前站了個陌生的男子。無聲無息，沒有任何預兆，突然就出現於此。

那是個眼神缺乏英氣的年輕男子，色素淡薄的灰髮既不算長，也不算短。身上穿的則是尺寸不合的廉價長袖T恤。

身高與天羽相去無幾，將近一百七十公分。體態消瘦得不健康，感覺沒多大力氣。

然而，在他隨意用右掌穿透天羽的心臟之前，現場所有人都沒能做出反應。無論是八尋、茱麗或珞瑟，甚至連天羽本人也一樣。

「嘎……！」

天羽吐出了鮮血。

男子的手臂貫穿天羽的胸腔，直接深及她的背。天羽無法躲開也沒能反擊，因為男子的身手實在太快。

「天羽小姐！」

「你是什麼來頭？從哪裡冒出來的！」

彩葉與八尋同時叫道。

光是軀體遭到貫穿，身為不死者的天羽並不會死。八尋他們也明白這個道理。可是認識的人當著眼前承受殺招，他們無法冷靜。

「八尋，不可以！」

「茱麗……？」

八尋想出手揍男子，就被衝上來的茱麗制止。

而且，珞瑟同樣攔住了想派出鵺丸的彩葉。

八尋對此感到混亂。他不明白她們為什麼要來礙事。

另一方面，穿袴褲的少女看雙胞胎那樣行動，就滿意似的微微笑了。

「啊……啊啊……」

知流花因恐懼而縮起全身跪下。

她凝視的並不是受重傷的天羽。

擁有強大權能的山龍巫女是在害怕沒攜帶任何武器，體格嬌小，身穿袴褲的那名少女。

「——初次見面，各位。突然拜訪與晚來的自介皆有失禮之處，請容我致歉。」

袴褲少女嬌憐恭敬地行了禮，無視差點喪命的天羽，態度異常沉穩。

「我是雷龍巫女（Tristitia），名叫鹿島華那芽。往後還請見教。」

少女抬起臉，緩緩朝八尋等人看了一圈。

噫——知流花目睹她那不經意的舉動便渾身顫抖。

「雷龍……？」

「龍之巫女為什麼要做出這種事……！」

八尋與彩葉瞪著華那芽問道。

雖說遭到藝廊的雙胞胎制止，八尋他們眼裡還是充滿了近似於敵意的強烈警戒心。然而，少女承受那樣的眼神，笑意依然不減。

「我這麼做，當然是為了消滅她們——消滅日本獨立評議會。」

華那芽望著知流花，悄悄將右手食指指向頭上。

地鳴般的音浪撼動天空，雷光照亮陰暗的雲隙。

八尋茫然仰望著那幕景象。

被彩葉抱在懷裡的鵺丸畏懼般拚命扭身。從華那芽全身釋出的是八尋從未感受過的龐大龍氣。

「消失吧，山龍。」

華那芽靜靜地細語，並且緩緩揮下右手。

霎時間，閃光將八尋等人的視野染白，無數雷電落向了知流花。

第五幕　虛榮

THE HOLLOW REGALIA

CHAPTER.5

1

耳鳴令人頭痛欲裂。

落雷的熱與衝擊餘波順著風飄散而來。

由龍之權能引發的雷霆，超乎常軌的強大神蝕能。八尋並沒有遭到直接命中，但至今全身還抽搐不停。

「妳沒事吧，彩葉？」

「我、我不要緊……！知流花呢？」

彩葉打滾似的從巨大白色魍獸後頭探出臉。暫時巨大化的鵺丸變回原本尺寸，並且從落雷的餘波下保護了彩葉。茱麗與珞瑟似乎也機靈地躲到彩葉背後，撐過了那陣狂雷。

「……山龍的權能是嗎？」

引發落雷的禍首——自稱鹿島華那芽的少女看知流花倒在地上，不悅地吐了口氣。

知流花身邊長滿金屬結晶形成的利刃，像鳥籠一樣包裹著她。那些利刃成了避雷針的替代品，從雷擊中保護了知流花。

至少她的肉體毫髮無傷。不過那並沒有連落雷造成的恐懼都順利防阻。臉色蒼白的知流花站都站不起來，一直在發抖。

「華那芽……那女的很頑強。」

灰髮青年用嘔氣般的口吻說道。右臂被對手濺的血沾濕了，但他本身沒受傷。

「看來是這樣沒錯。」

華那芽冷漠嘀咕。

在她視線前方的人，是理應被青年貫穿了軀體的天羽。

考慮到不死者的再生能力，被捏碎心臟當然不至於喪命，並沒有什麼好訝異。然而目前天羽的全身上下，已經被甲板長出的無數金屬結晶利刃穿透了。天羽用殃及自己的形式發動了她稱作【劍山刀樹】的權能，懷著兩敗俱傷的覺悟想收拾掉青年。

結果攻擊被青年躲過，但天羽已成功將他甩開。

然而天羽消耗甚鉅。大量出血加上至今累積的傷害，即使「死眠」發作也不足為奇。

「嘎啊……！」

「天羽小姐！」

彩葉想趕到猛烈咳血的天羽身邊。可是，小規模的閃電先一步在彩葉腳邊炸開了。是鹿島華那芽使出的雷擊。

「啊啊，請那邊的兩位別動喔。」

八尋立刻舉刀備戰，華那芽便用文靜的語氣說道。她望著八尋還有彩葉，眼裡莫名懷有親暱感，眼神簡直像在看待懷念的老友。

「統合體交代過，要我別對兩位出手。只要你們不來礙事，我們就什麼也不會做。畢竟，彼此又不是全然陌生。」

「什麼……？」

「因為你是珠依的哥哥啊，對吧？」

華那芽親暱地朝著露出納悶臉色的八尋笑了笑。那是彷彿已經看透一切的挑釁笑容。

八尋氣得板起了臉。

既然華那芽與統合體有關係，她會見過珠依也不奇怪。就算八尋在道理上能明白，聽對方提起珠依的名字便不可能保持冷靜。

即使如此，八尋還是沒有動。因為華那芽將視線朝向彩葉了。

作為雷龍權能的雷擊固然單純，卻強大而速度過人。假如華那芽要認真發動權能，八尋就保護不了彩葉。鵺丸應該也一樣。身為雷獸的鵺丸也會施展強大的電擊，但威力與神蝕能並不在一個級別。

「鹿島華那芽……是嗎……妳就是那名雷龍巫女……」

天羽狀似痛苦地用沾染鮮血的脣編織話語。

她眼裡滿懷憤怒地瞪向灰髮青年。

「那麼，你便是投刀塚透吧。獲得雷龍庇佑的不死者……之前你不是惹怒統合體而遭到軟禁了嗎！」

「並沒有，反正我也不想外出。哎，因為我受了華那芽拜託。」

名叫投刀塚的青年用缺乏精神的語氣喃喃說道。

他無精打采地瞥了滿身是傷的天羽一眼，然後失去興趣似的嘆氣。

「欸，華那芽，已經夠了吧，這女的，可以殺掉了嗎？」

「說得也對。差不多是時候了。」

青年看似閒得發慌地問道，華那芽就爽快答應了。

「別瞧不起人！」

天羽拔出刺穿自己的金屬結晶利刃，把那當成劍一樣舉起備戰。

面對雷龍的雷擊，山龍的【劍山刀樹】是占有優勢的權能。從地面生出的金屬結晶利刃可以當成封鎖不死者行動的攻擊手段，同時也具有防止雷擊的避雷針之效。華那芽的雷擊對天羽是不管用的。

然而，望著天羽的華那芽一臉從容。

對華那芽來說，天羽已不是威脅——她的態度道出了這一點。

「正巧有這個機會，讓我來教兩位殺不死者的方式。」

華那芽朝著八尋與彩葉說道。

她這項意想不到的提議，讓八尋產生了疑心與不信任感。可是另一方面，八尋也確實被她勾起了興趣。因為殺不死者的方式，也就等於殺八尋本身的方式。

「有能力弒龍的是弒龍英雄——那麼，兩位覺得有能力殺弒龍英雄的是什麼？」

華那芽用出謎語般的語氣問道。

八尋當然回答不了，華那芽應該也沒有寄予期待。她不等八尋答話就繼續說道：

「答案是『誓言』。英雄的『誓言』會在毀約時變成『詛咒』。」

華那芽緩緩將視線轉向仍癱坐在甲板的知流花。

「三崎知流花，請告訴我，神喜多天羽對妳承諾過什麼？她向妳獻上的誓言是什麼？」

「咦……？」

知流花發出微弱的呻吟。

八尋的腦海裡浮現了華那芽他們現身之前，天羽跟知流花有過的對話。

當天羽表示要向美軍投降時——換句話說，就是她放棄復興日本之志時，知流花比任何人都強烈地受到動搖。

「那個誓言到現在還被遵守嗎？妳賦予她的庇佑已經鬆動了喔。」

華那芽用溫柔的嗓音向知流花喚道。

知流花睜大了眼睛，瞳孔正在晃動。她回頭望去，天羽便在視線前方——身受重傷全身染血的天羽。

她的傷勢還沒有完全回復完畢。

不死者具備的再生能力，其生效速度明顯下滑了。

「啊……怎麼會……」

知流花抱頭驚呼。

知流花越想否定華那芽說的話，內心就越出現猜疑。自己是不是被天羽背叛了——難以抗拒的疑心正逐漸膨脹。

「不可以，知流花！不要聽那個人講的話！」

彩葉急著蹙眉喊了出來。即使想要衝到知流花身邊，還是會受到包圍她的金屬結晶利刃阻礙而無法近身。

如今知流花陷入了疑心生暗鬼的狀態，彩葉的呼喚無法傳到她心裡，反而只會助長不知道該相信誰的不安。

被天羽背叛的想法；想要相信她的希望；自己說不定會害死天羽的焦慮。種種情緒交錯於知流花的內心，並且迎來極限。

「我看，差不多行了吧。」

投刀塚透朝著天羽邁步而去，腳步緩慢而隨興。

天羽將手裡握的金屬結晶利刃指向他。她打算發動【劍山刀樹】。

然而，什麼都沒有發生。投刀塚若無其事地繼續安然走著。

「什麼……！」

天羽臉上浮現焦慮之色。金屬結晶利刃就在她手中瓦解，靠著山龍神蝕能造出的利刃開始崩解——

「知流花！」

「不、不是……不是的，天羽……我……我並沒有……！」

知流花拚命搖頭。然而，在知流花周圍的金屬結晶卻好像辜負了她那樣的心思，開始七零八落地發出聲音逐步崩解。因為天羽已經維持不了神蝕能。

「……找到了。」

投刀塚接近到天羽眼前，再次將自己的手臂穿進她的胸口。八尋沒辦法用眼睛追上他的行動。身手可稱如光似電，狀況儼然發生於剎那。

投刀塚的攻擊與他最初現身時相同。然而，當中有一項決定性的差異。

那就是天羽已經喪失不死者的資格。

「知流……花……」

對不起——天羽只用脣語表露歉意。她已經沒有出聲的力氣了。

投刀塚從天羽的胸口拔出右臂。

出血量看來意外地少，是因為天羽早就失去了心臟。她的心臟被投刀塚握在手裡。正確來說，那是曾為天羽心臟的物體——

「呀啊啊啊啊啊啊啊啊，天羽！」

天羽修長的身體像斷線傀儡一樣倒向甲板。

知流花有些狂亂地尖叫。

「八尋！」

彩葉用淚濕的眼睛瞪向投刀塚，然後喊道。

「噢噢噢噢噢噢噢——！」

八尋披上她灑出的火焰，將自身肉體化為爆焰並且拔刀。

「咦……？」

投刀塚訝異地回過頭。八尋幻化成灼熱閃光的一擊，被投刀塚用血肉之軀的手臂正面接住。包覆於投刀塚左臂的是覆有青白色雷光的血鎧。

「尼森……？不，不對……這種感覺，是怎麼回事……？」

八尋的刀纏繞著火焰染為深紅，逐漸陷進投刀塚的鎧甲裡。然而投刀塚的表情並不顯得焦急。他納悶似的瞇眼打量八尋的全身。

「啊，我懂了……你就是那個『混合物』……這樣很麻煩，別來礙事好嗎？」

投刀塚纏在手臂上的雷光增強威力了。

受到眩目閃光侵襲，無法招架的八尋被震飛後退。微波爐根本不能比的強烈電磁波。換成常人接招，應該全身的細胞都會沸騰而瞬間斃命。

「八尋！」

倒在甲板上的八尋全身抽搐，大受動搖的彩葉趕了過去。八尋是不死之身的觀念已經從她心裡消失。畢竟理應同屬不死之身的天羽才剛在眾人眼前被殺。

然而，一招打發掉八尋的投刀塚表情卻不甚痛快。

「八尋……是嗎……你很有意思。」

投刀塚之前對旁人彷彿都不感興趣，卻意外似的看了仍倒在地上的八尋。

鮮血從投刀塚的右手腕滴落，傷口周圍冒出了白煙。而且他原本應該握在手裡的那顆屬於天羽的心臟消失了。

「難道他從透的手裡搶走了神喜多天羽的心臟？在那一瞬之間？」

華那芽驚訝地瞠目。

在投刀塚釋出雷擊的瞬間，八尋並沒有逃，而是選擇往前。他再次將自身肉體化成爆焰，朝投刀塚發動了攻擊。

八尋並不覺得自己能打倒投刀塚。他的目的是要從對方手裡搶回原本屬於天羽的心臟。假如那是天羽的「核心」，只要將其再度放回天羽體內，是不是就能讓她復活——八尋在無意識間有了這樣的想法。

「原來如此。這一位似乎比想像中有可看之處呢……火龍，妳所找的不死者。」

華那芽對彩葉說道，口氣狂妄，卻可以感受到她是由衷感到佩服。話雖如此，八尋與彩葉倒不覺得開心。

八尋被投刀塚以雷擊燒傷的肉體幾乎已經再生完畢。可是，肌肉的麻痺仍未消退。投刀塚趁現在就能輕易搶回天羽的「核心」才對。

不過，華那芽並沒有命令投刀塚那麼做。

「雖然我說過別出手，看在對方精明的分上，這次就不追究了。畢竟不講禮數的另一群客人似乎也正在接近。」

華那芽朝著海平線伸出手，無數閃電便落在「日方」前方數公里處，像優美極光一樣照亮了夜空。

在那陣雷瀑當中掀起了大規模的爆炸。朝「日方」射來的反艦飛彈都被華那芽用雷擊轟下了。

雖說那是為了保護他們自己，以結果而言華那芽還是救了「日方」上的日本人。如此的事實讓八尋感到疑惑，彩葉恐怕也一樣。

「走吧，透。我們的職責已經結束了。」

「可以回去了嗎？好耶。」

華那芽的呼喚讓投刀塚喜形於色。純真如孩童的態度，感覺實在不像剛殺了天羽。

華那芽輕輕拍響手掌。有道巨大的身影彷彿聞聲而至，降落在「日方」的甲板。

身影的真面目是鳥，翼長超過十公尺，尺寸有違常理的猛禽。

其雙眼像火一樣燃燒翻騰，金色羽毛纏繞著青白色火花。那當然不會是普通的鳥，而是亦稱為雷精的魍獸——雷鳥。

魍獸俯臥於甲板上頭，華那芽動作熟練地跳到它的背上。接著投刀塚也嫌麻煩似的爬了上去。他們倆能突然現身於「日方」，就是搭這頭魍獸移動而來。

「等一下……！你們是什麼人！為什麼要這麼狠心……！」

彩葉朝在魍獸背上的華那芽問道。

華那芽沒回答她的問題，只是微微地嫣然一笑。

「山龍的寶器先交給妳保管。下次再會吧，火龍巫女——」

狂風大作，雷鳥的巨軀飄上半空。

八尋與彩葉受挫於壓倒性的落敗感，茫然目送他們的身影離開。

2

華那芽與投刀塚離去後，「日方」艦上回歸平靜。

然而，戰鬥留下的傷痕並沒有跟著消失，「日方」現在一片悽慘。

彈頭並未引爆，然而遭到兩枚反艦飛彈命中的艦體受了重創。雖然不至於立刻沉沒，要全力航行應該是不可能的。

八尋與天羽交手，使得一部分甲板異常隆起，原本無恙的地方也燒成大片焦黑，作為主力武裝的飛彈垂直發射裝置已經完全無法使用。

備有避雷措施的「日方」艦體撐過了華那芽的雷擊，但是包含雷達在內，絕大多數的電子儀器都受到強大電磁波影響，再也沒辦法恢復運作。

而且對「日方」來說，最具決定性的一點是他們失去了身兼最強戰力及指導者的天羽。

「八尋，你已經可以活動了嗎？」

八尋用九曜真鋼的刀鞘當成手杖撐起身子站起，彩葉便趕到他旁邊。

「我不要緊。天羽小姐她們呢……？」

八尋將視線一轉，找起被投刀塚殺害的天羽。

知流花與麥里厄斯蹲在倒在甲板上的天羽旁邊。他們原本相信身為不死者的天羽會復活，但因為再怎麼等也沒有看到天羽甦醒而深受動搖。

「為什麼？為什麼她沒有開始再生呢？」

麥里厄斯用責備般的語氣問知流花。知流花無力地搖頭，只是巴著天羽不放。

「對不起……天羽……對不起……都是我害妳的……」

知流花撲簌簌流下了眼淚，濡濕天羽的臉頰。

可是天羽沒有醒來。她胸前被投刀塚貫穿的那個洞始終留著虛無的傷口，並沒有展開再生的跡象。

「麻煩你們兩個都退後。」

八尋拖著受傷的身體闖進知流花與麥里厄斯之間。

麥里厄斯困惑地回望八尋，八尋便伸出自己的右手。他手裡握著一顆讓人聯想到寶石原石的鮮豔深紅結晶。

「那是……？」

「我從那個叫投刀塚的傢伙手上奪回來的，這原本應該是天羽小姐的心臟。但是——」

八尋猶豫著回答了麥里厄斯的問題。當他從投刀塚那裡搶回來時，天羽的心臟就已經化為塵埃消滅了，只留下這顆深紅的結晶。

「那該不會……」

讓八尋攙著肩膀的彩葉彷彿有所察覺地倒抽一口氣。

「或許是……龍血。」

八尋含糊地點了頭。天羽會成為不死者，就表示她在某處淋過龍血。八尋直覺理解到這顆結晶大概是龍血侵入她體內以後凝固的產物。

之所以不用肯定句，是因為八尋感覺到龍血在結晶化以後，已經沒有靈液之力保留於其中。這顆結晶已經沒有造成天羽成為不死者的效果——

八尋的預感彷彿得到了佐證，即使將結晶放回天羽體內，她的肉體也沒有任何變化。

因此天羽會取回意識靠的是她本身的強韌意志。或者說，那就像片刻的奇蹟。

「知流……花……」

「天羽……！」

知流花睜大了淚濕的眼睛。天羽將發抖的手伸向她。

「沒關係，知流花……妳沒有任何錯……鹿島華那芽說得對，我沒能守住與妳之間的約定……希望妳原諒我。」

「不是……不是的……天羽……」

天羽撫摸知流花臉頰的手實在太過虛弱，知流花按著她的手，嗚咽出來。

生命的渣滓正從天羽的肉體逐漸消失。知流花直接從肌膚感受到了。

「被你看到我不光彩的模樣了，八尋……」

天羽凝望著虛空說道。在她眼裡，已經沒有映著八尋的身影。即使如此，天羽直到最後一刻都保有她的風範，凜然微笑著。

「雖然我沒有立場向你拜託這種事，『日方』的眾多乘員就麻煩你了……還有，希望在將來，能看到我們的國……家……」

這次天羽並沒有把話說到最後，便完全斷氣了。

她的肉體被知流花摟在懷裡，化成細碎的灰燼並逐步崩解。身為不死者，天羽抵抗過好幾次本應降臨的死——現在她正要付出代價。

「天羽！我不要這樣，天羽……！」

知流花拚命將天羽肉體化成的灰燼聚在一起。然而，那些幾乎都穿過了她的指縫，強勁的海風無情地將灰吹散。

最後只剩下八尋手中的深紅結晶。

「結束了呢。」

麥里厄斯幽幽起身，用乏力的嗓音嘀咕。

「你打算去哪裡，麥里厄斯．基貝亞？」

珞瑟淡然問道。麥里厄斯自嘲似的在嘴邊揚起徒具表面的笑容說：

「還問去哪裡，我要逃啊。雖然不知道我的直升機還能不能飛，ＬＣＡＣ應該可以用吧？不嫌棄的話，你們要不要一起——」

「……我不會……」

「咦？」

麥里厄斯突然停下動作，驚訝地看了自己的腳邊。

從甲板突出的金屬結晶細刃像長槍一樣刺穿了麥里厄斯的腹部。

「麥里厄斯！」

「麥里厄斯先生！」

八尋與彩葉一臉愕然地看了他。

山龍的權能——【劍山刀樹】。使用這一招的天羽已經死了。不過，能使用相同權能的還有一個人，因為天羽所用的神蝕能都是向龍之巫女借來的。

「啊……啊啊……」

麥里厄斯捂著自己肚子的雙手被湧出來的鮮血染成了深紅，潰不成聲的慘叫從他的口中冒出。

「知流花……為什麼……？」

麥里厄斯回頭看向知流花。

身為山龍巫女的少女緊握曾是天羽的灰燼，緩緩抬起了臉。她哭乾淚水的眼睛裡，所有感情皆已脫落。可是，那反而道出了她的憤怒有多麼驚人，她的人格完全被憤怒吞沒了。

「我不會原諒……我不會原諒……我不會原諒我不會原諒我不會原諒我不會原諒你們……！我絕對不會原諒，你們這些殺死天羽的人……！」

「知流花！」

彩葉在混亂間想朝知流花伸出手。

知流花卻沒看向彩葉。相對地，從知流花全身迸出了龍氣。「日方」的甲板宛如變成了生物的一部分，扭曲隆起。

「不妙！大家快離開！」

茱麗發話警告以後，硬是拖著麥里厄斯受傷的身軀往後跳。

知流花隨即發動權能，用連綿的刃山群峰籠罩了她的周圍。

仍保持巨大化的鵺丸把彩葉叼到嘴裡，強行將她拖離知流花身邊。

八尋用左手拔刀。只要抱著同歸於盡的覺悟，刀刃在這個距離勉強能觸及知流花。

然而，有短短一瞬間，八尋對攻擊知流花產生了躊躇。

知流花的眼睛有如昏暗空洞，映出八尋猶豫的模樣。接著在下個瞬間，她令無數的金屬結晶隆起並像海浪一樣湧向八尋。

「糟糕……！」

遭無數利刃吞沒的八尋驚呼。如果就這樣被貫穿全身，縱使是不死者也不可能從中逃脫。八尋對自己的大意咬牙切齒，隨後，望著八尋的知流花額頭上被人開了孔。

槍聲接連響起，金屬結晶利刃因而停止出現。知流花的嬌小身軀簡直就像沒有體重，輕輕地飄到半空中。

即使如此，槍聲還是沒有停止。無數子彈毫不留情地射向知流花，使她墜入海中。

開槍射知流花的是珞瑟。她仍舉著散發硝煙的手槍，面無表情地嘆息。八尋則茫然望著她那副模樣。

八尋沒有責備珞瑟的意思。她要是不開槍射知流花，八尋應該就遭到金屬結晶利刃吞沒，落得比正常死去更悲慘的狀態了。

「知流花……為什麼會這樣……」

彩葉坐在鵺丸腳邊，虛弱地嘀咕了一句。

「妳殺了她嗎，珞瑟？」

八尋一邊拔出扎在全身的利刃一邊問道。珞瑟靜靜地搖了頭。

「不。為了阻止權能（力量）失控，我只是讓她失去意識而已。我殺不了龍之巫女。」

「可是，她在那種狀況下還不會死嗎……？」

八尋茫然搖頭，望向知流花摔落的甲板邊緣。

珞瑟的軍用自動手槍裝彈數為十五發，她把所有子彈都射向知流花了。縱使是身為不死者的八尋，受了這種傷害也會有好一陣子無法動彈。血肉之軀的知流花不可能活下來。

然而，劇烈的搖晃突然襲向「日方」，讓八尋臉色僵凝。

海面激烈起伏，捲起漩渦，宛如巨大怪物在海底作亂的景象。跟天羽使用過的山龍權能——【回山倒海】極為類似。然而，決定性的差異在於那頭怪物本著自己的意志，往海面浮了上來。

「什麼玩意兒……！」

破海而現的是一座龐大如山的身影。

光是冒出海面的部分，應該就輕鬆超過兩公里。全長約兩百公尺的「日方」與其並列，感覺簡直像艘小船。覆有琥珀色鱗片的肉體一扭，那道巨大身影就追過「日方」游了起來。

這時候八尋等人才終於發現那頭怪物是具備意志的生物。

「原來妳說的職責結束，是這個意思……鹿島華那芽！」

八尋跪在搖動的甲板上，握起的拳頭顫動。

新一批隸屬於美國海軍的艦隊正在接近，而且「日方」已無殘餘的戰鬥能力。天羽被八尋擊敗導致巡弋飛彈無法使用，天羽本身也喪失了戰意。

在這種局面下，如果不想讓山龍巫女落到美軍手裡，方法只有一種。

讓山龍親自驅逐美軍就行了。

為此，華那芽才殺了天羽。

只為了讓知流花絕望，將憎恨注滿她的心——

「那些傢伙的真正目的……就是喚出龍嗎……！」

八尋的喊聲被足以撼動天地的怪物咆哮聲掩蓋。

眼裡洋溢著灼熱熔岩般的光，點燃復仇情緒的琥珀色之龍游出大海。

龍的去處，是有美國海軍等著的橫須賀，以及日本本土。

3

「這就是降臨於世的山龍啊……」

珞瑟一邊用狙擊鏡代替望遠鏡窺探，一邊用毫無感情的嗓音說道。

「呼哇……那未免太大隻了吧……」

反觀茱麗則發出感慨的嘆息。

她們這對雙胞胎也是第一次目睹實際被召喚出來的龍。

八尋是第二次見到龍，卻沒有沖淡那種恐懼與絕望。

再次對峙才被迫體認到，那並不是人類能對抗的存在。倒不如說，那是無比接近於神的存在——

「現在哪是冷靜的時候！快抓穩！小心被震飛！」

八尋硬是鞭策自己僵住的身體並且大喊。

琥珀色之龍擺起巨大龍尾。光是如此，「日方」的艦體就像樹葉一樣搖晃。八尋等人只能手足無措地倒在甲板上，還因為劇痛而繃緊臉孔。

「那就是……知流花嗎？」

仍趴在甲板上的彩葉用泫然欲泣的嗓音說道。

八尋一語不發地點了頭。

實際上，他不懂知流花是怎麼喚出龍，然後化身為龍的。可是，琥珀色之龍散發的氣息讓他體認到，那頭怪物的真面目無疑就是知流花。是她的憤怒與憎恨喚醒了那頭怪物。

在八尋等人茫然觀望之下，山龍持續朝日本本土移動。忽然間，它的背影被爆焰包裹住了。

美國海軍的驅逐艦從海平面現出了蹤影。為攻擊「日方」而接近的艦隊捕捉到山龍，就先發制人展開攻擊。

「簡直像怪獸電影呢。」

盤坐在甲板上的茱麗用事不關己般的口氣說道。

「就是啊。如果那真的是怪獸倒還好。」

珞瑟對姊姊說的話表示贊同。八尋責怪般瞪了她們。

「為什麼妳會說是怪獸的話還比較像樣？」

「畢竟再怎麼巨大，是怪獸就能用一般兵器殺死。」

珞瑟用理所當然似的語氣回答。

「換句話說，龍就不一樣了嗎？」

「沒錯。本質上，龍是棲息在與我們這個世界不同次元的存在，就算用核子武器也傷不了它，好比用子彈殺不了龍之巫女——」

八尋聽了珞瑟的說明，沉默下來。

知流花理應被珞瑟射穿了額頭，卻沒有因而喪命，還變成了龍。既然事情就發生在眼前，八尋沒辦法否定珞瑟所說的話。

「要怎麼做才能阻止那頭龍？」

八尋朝彩葉問道。他覺得彩葉同樣是龍之巫女，或許會有某些共通處。

然而彩葉懊惱地搖頭。

「我不曉得……不過，我認為知流花是打算實現天羽小姐的心願。」

「天羽小姐的心願？難道她要摧毀美軍基地？」

八尋感到戰慄，望向琥珀色之龍的背影。

從這裡無法得知山龍與美軍艦隊的戰況。然而，區區驅逐艦當然對抗不了能無限制發動神蝕能的龍。

海平線的另一端被火炎的光輝染紅。

肯定是被龍擊沉的船艦正在起火燃燒。

「嗯～～……只毀掉美軍基地就能了事的話，那倒還好。」

茱麗托著腮幫子說道。這話是什麼意思——八尋把目光轉向她的臉龐。

「她現在已經沒有人類之身時的意志了啊。期待她手下留情或區別敵我都是沒有用的。一旦展開攻擊，非要將眼裡看見的東西全部摧毀才會停止。八尋，這一點你會不會比我更了解呢？」

「妳說將眼裡看見的東西全部摧毀……」

八尋湧上了強烈的負面預感。茱麗則點頭表示「對呀」，然後又說：

「嗯。搞不好連橫濱都會有危險。無論是橫濱要塞，或者藝廊（我們）的基地。」

「怎麼可以！基地還有絢穗他們留在那裡……！」

彩葉顯而易見地慌了。她抓著八尋肩膀的手在發抖。

「基地有帕歐菈跟其他人在，我想他們不至於坐以待斃。」

珞瑟含糊地說道。即使小孩們不會被拋棄，要是山龍無差別地灑下權能，就有可能保不住他們。她臉上透露出這樣的弦外之音。

「八尋……怎麼辦……」

彩葉用前所未見的軟弱表情仰望八尋。

不能就這樣放著龍不管。可是，要阻止山龍就等於要殺死知流花。這便是造成彩葉內心糾葛的原因。

因此，八尋沒辦法說隨她高興。既然選哪一邊都會讓彩葉受傷害，做出決斷就是自己的職責。

「茱麗、珞瑟，我跟比利士藝廊之間有訂契約對吧。」

八尋向比利士家的雙胞胎問道。

「對呀。」

茱麗賊笑著點頭。那是如惡魔般迷惑人心的美麗笑容。

八尋像在壓抑內心模糊湧上的不安而吐氣，然後說道：

「我要履行那項契約。麻煩妳們幫我。」

「好啊。」

「我想到你會這麼說，已經先找好移動手段了。」

茱麗立刻答應，珞瑟則從懷裡取出了通訊器。她們正靠軍用的低軌道衛星通訊呼叫飛行機過來迎接。

「八尋……」

彩葉用畏懼似的雙眸看向八尋。

八尋回望彩葉，並且毅然斷言：

「彩葉，由我們來阻止知流花。」

「可是……」

「我知道有巫女在召喚龍以後，仍變回了人類的模樣。」

「啊……」

彩葉微微叫出了聲音。理解之色在她臉上逐漸擴散。

四年前——出現於東京上空的虹龍。在二十三區中心處開啟了通往異界的冥界門，成為大殺戮肇端的最初之龍——地龍。

將其召喚出來的是鳴澤珠依。

然而，她至今還保有人類的樣貌。八尋沒能弒殺地龍，導致珠依再次淪落為人的樣貌。

「——把知流花救回來吧。彩葉，坦白講我不知道光靠我們能做到什麼地步就是了。」

「不會的，絕對沒有問題。因為有我跟你一起。」

彩葉突然恢復了精神，還用往常那種沒來由地充滿自信的語氣說道。對於彩葉說的那些話，守在她腳邊的白色魍獸用態度表示了不滿。

鵺丸維持不了巨大化狀態，已經變回原本的中型犬尺寸。

「啊，我說的當然也有包括鵺丸嘍。」

好乖好乖——彩葉撫摸毛球般的白色魍獸毛皮。

八尋看她完全恢復堅強的模樣，便苦笑著心想：真是好懂的女生。然而，他沒有不愉快的感覺。與其看彩葉消沉，她現在這樣好太多了。

「麥里厄斯先生的傷勢怎麼樣？」

八尋看向渾身是血躺著的麥里厄斯。

「並不樂觀。他需要立刻輸血以及動外科手術。」

珞瑟用公事公辦的語氣說道。她當著傷患本人面前明講，應該是認為隱瞞也沒用吧。

「沒關係，你們別管我了……不，乾脆給我個痛快好嗎？」

麥里厄斯按著沾滿血的腹部，還對眾人露出生硬的笑容。

他所說的話讓彩葉大為激動。

「請你不要說這麼不負責任的話！」

「……和音？」

麥里厄斯訝異地回望彩葉。

他應該沒想到自己居然會在身負重傷瀕臨死亡的狀態下受到斥責。何況彩葉在他看來，只是個形同外行的直播主。

然而彩葉沒有停止訓斥。彩葉逼近倒地不起的麥里厄斯，還氣得彷彿要揪住他的胸口一樣繼續說：

「事情不是由你開始的嗎！是你為了自己公司的利益就慫恿天羽小姐，打算發動戰爭的吧！知流花會變成那副模樣，你也有責任才對。你有義務活著見證整件事情的始末！」

所以說——彩葉虛弱地呻吟，淚水從她眼中湧出。

「所以說，請你……請你要活下去！」

「和音……」

彩葉用沙啞的聲音繼續訴說，麥里厄斯便疑惑地望著她。在他失去血色的臉頰上回復了一絲絲的生氣。

「說得……也對呢……」

麥里厄斯微微苦笑並點頭。與其說麥里厄斯是被彩葉那些話打動，看起來只像是說不過她而已。即使如此，麥里厄斯確實取回了元氣。

問題在於八尋等人沒有時間，也沒有技術替他療傷。但……

「——希望各位能把他交給我方來照料。」

救援的聲音從意外的方向傳來。

有一群穿自衛官制服的男子站在甲板上望著八尋等人。他們是之前在艦橋負責操艦的人員，站在那些人前面的則是艦長。

「我方也一樣有責任。我們這些人被龍之力迷住，就將一切決斷推給了她們倆，結果換來這副慘狀。」

艦長自嘲似的笑著朝受損的「日方」看了一圈。

喪失戰鬥能力，勉強只能自力航行的悲慘狀態。這就是日本獨立評議會沉溺於龍之權能，還想貿然挑起爭鬥的末路。

可是猛一看，在艦長等人背後，有許多女性與老人正急著到處奔走。他們是日本獨立評議會的非戰鬥人員。當八尋等人分心於龍的這段期間，他們仍不停救助傷患及拚命滅火。

「所幸『日方』有能夠進行外科手術的醫療設施，而且艦上也有醫藥品，帶來這些的不是別人，正是麥里厄斯先生。無論有何動機，他確實都對這艘船艦有恩。」

「艦長先生……」

八尋懷著得到了幾分救贖的心情點頭。

直至此刻，對方那缺乏自信的表情與態度依舊無法稱作有艦長風範。

但他的話語中有著覺悟。他打算代替已經不在的天羽背負起搭乘於這艘船艦的約七百條的人命。這股意念確實傳達到了。

八尋等人的頭上傳來飛行機的引擎聲。

傾轉旋翼式的垂直起降飛行機，珞瑟向比利士藝廊叫來的運輸機。

「知流花就拜託妳嘍，和音。下次我一定要把妳們的連動影片拍完。」

被抬上擔架的麥里厄斯對彩葉說道。

臉頰因痛苦而扭曲的他仍帶著笑容，彩葉便用力點了頭。

「好的。我們一定會的！」

4

比利士藝廊派來的運輸機有兩架。茱麗表示還有事情要辦就獨自留在「日方」，八尋等人則趕忙搭上先行抵達的機體。

駕駛運輸機的是喬許。珞瑟坐到艙內的副駕駛座，八尋與彩葉各自搭乘到後方的貨艙。

貨艙內並非沒有人。有兩個熟面孔並肩坐在貨艙裡頭，其中一邊朝八尋揮手。那是姬川丹奈與湊久樹。

「久等了～～事情嚴重了呢～～」

「丹奈小姐……！」

「你們怎麼會在這裡？」

意料外的兩人組出面迎接，讓彩葉與八尋冒出疑惑的聲音。

丹奈看八尋他們都感到驚訝，就滿意似的暗自笑了。

「當然是來當救兵的啊～我想我們幫得上忙喔～」

「……妳從一開始就料到會這樣嗎？」

設計用於運兵的運輸機貨艙內有讓人想起往年通勤電車的面對面式空降兵座椅。八尋坐到丹奈他們對面的座位，並給了她白眼。

珞瑟呼叫運輸機接送，是在知流花喚出龍之前。當山龍出現時，這架機體早就起飛了。換句話說，丹奈他們在一定程度內有料到事態會如此發展。

「我曉得日本獨立評議會在跟美軍交涉～我們算是以防萬一的保險裝置啊～」

「保險裝置？」

「神喜多天羽會用神蝕能攻擊美軍是可想而知的。統合體對我們發出的委託，就是抑止受害範圍。」

丹奈的說明不好懂，久樹便用愛理不理的口氣幫忙補充。

原來是這樣──八尋感到信服，而丹奈「嘿嘿」地對他露出女童般的笑容。

「哎，以我的立場來說嘛，只是對山龍的神蝕能有興趣罷了～」

「……但是，神喜多天羽遇害，三崎知流花失控這樣的狀況就實在出人意料了。沒想到京都居然會容許將投刀塚透放出來。」

與不莊重的龍之巫女形成對比，對人愛理不理的不死者用認真的語氣說道。

「投刀塚透嗎？那傢伙到底是什麼人？」

八尋蹙眉問道。

突然出現在「日方」艦上，並且殺了天羽的第五名不死者。感覺他並無特別目的，然而，身手卻很強，是八尋完全無法理解的奇特青年。

「詳情我們也不得而知～～輾轉聽說的只有在四年前的大殺戮之際，他曾極盡殘虐之能事而遭到天帝家封印。」

「……天帝家？天帝家到現在還留存著嗎？」

丹奈說的話讓八尋大為瞠目。

所謂天帝家，是在日本歷史上長年位居君主地位的家族。

到現代他們已將干預國政的權利下放，退出表面的政治舞台，然而由歷史淵源來看，至今他們仍被視為國之象徵兼國家元首。

「不好說耶～～不過，位於京都的聖廷目前似乎仍在運作。日本獨立評議會僭越自稱臨時政府，看在他們眼中想必不是滋味吧。」

丹奈帶著為難的臉色嘀咕。比起憤怒，八尋更覺得強烈困惑。

「因為那種理由，投刀塚他們就殺了天羽小姐？」

「這個嘛～～要說的話，我實在不希望他們的目的就是讓山龍失控～～」

丹奈一臉不解地搖搖頭。

八尋面帶苦澀地嘆了氣。不管投刀塚他們背後那群人有何目的，知流花喚出龍已是事實。關於天帝家的盤算，可以等之後再多方思量。

「丹奈小姐，妳知道要怎麼做才能阻止知流花繼續失控嗎？我們想幫助知流花。」

彩葉的想法似乎跟八尋一樣，就直接拋出問題。

丹奈一副不可思議的樣子眨起眼睛。

「你們說要救三崎知流花，指的是讓她變回人類面貌嗎？那也許有困難耶……畢竟她已經成為另一方的存在了。」

「另一方？」

「為世界帶來禍害的——怪物那一方。」

丹奈揚起嘴脣淺笑。八尋與彩葉倒抽一口氣。既然他們實地目睹了召喚出的龍，就無法否定丹奈用的怪物一詞。破海而出後，不屑一顧地打發掉美國海軍艦隊。那模樣除了怪物之外根本無法形容。

「我們能做的，就只有殺掉怪物。那對龍之巫女來說也是救贖。」

久樹用一板一眼的語氣說道。

「不要……我不要那樣……」

彩葉低頭擠出聲音。她緊緊咬住嘴唇，彷彿在忍著不讓眼淚盈眶。

「我倒希望能有某種契機，某種足以讓她取回人心的契機。」

嗯～～丹奈把手湊在嘴唇思索。接著，她忽然轉眼看向八尋的右手。

「話說我從剛才就覺得好奇～～八尋，你手裡拿著什麼嗎？」

「啊，這個嗎？」

八尋張開無意識握住的右手，在眼前亮出了深紅結晶。即使天羽的肉體化為灰燼，唯有這顆結晶仍保有原貌。

「這是從天羽小姐的心臟裡冒出來的結晶。投刀塚透從她身上搶走以後又被我搶了回來。結果，我沒能把東西歸還給她就是了……」

「寶器……」

丹奈茫然嘀咕，久樹也默默地皺了眉頭。

「投刀塚透甘心交出了那個……？你說真的？」

「這東西有什麼價值嗎？雖然已經變得跟石頭一樣了……」

八尋朝著硬要擠過來的丹奈問道。丹奈生氣地扯開嗓門說：

「那是山龍權能的寄體啊。弒龍之人所能獲得的財寶——象徵寶器就在你手上！」

「這就是……寶器？」

八尋愕然將結晶舉到頭上。那確實是顆美麗的結晶，卻感受不到什麼更進一步的力量，頂多給人像是昂貴寶石原石的印象。

丹奈大概也知道自己興奮過頭，就動作誇張地反覆深呼吸。

「當然，那在當下只是顆石頭，因為山龍並未消滅。但是，山龍的權能目前仍會流入那顆石頭才對。還有，萬一她死去——」

「龍之權能就會寄宿在這顆石頭嗎……」

「神喜多天羽被搶走了那個。那是三崎知流花交予她保管的心……所以她才會失去不死者之力而喪命……」

丹奈靜靜地喃喃自語。嘀咕的內容太有詩意，但是八尋目睹了天羽最後的下場，便沒有辦法對她說的話一笑置之。奪走龍之巫女的信任，那正是鹿島華那芽用來殺天羽的方法。

「請你不要忘了，八尋。龍賦與不死者的力量才不是永恆不滅的。那是非常不穩定的東西。當你與龍之巫女的牽絆一斷，那股力量就會輕易背叛你。」

丹奈用認真的眼神警告八尋，久樹則在旁邊默默閉著眼睛。

八尋困惑地看向旁邊的彩葉。不知怎地，彩葉似乎感覺到他的視線，就擺了表情對他比出V字手勢。然而八尋思考的並不是她，而是另一名龍之巫女——鳴澤珠依的事。

八尋遇見彩葉才十天左右。

在這之前的四年期間，是珠依的血讓八尋保有不死者身分。

換句話說，八尋的不死性是珠依交予他的，表示在彼此分離的這段期間，她也沒有失去對八尋的信任。這就代表珠依始終心繫於想殺她的八尋。這項事實讓八尋產生了難以言喻的感情，恐懼、猜疑心與罪惡感交雜的複雜感情。這對八尋造成了折磨。

而且彩葉似乎敏銳地察覺到八尋在想珠依了。她忽然擺出不高興的表情，還做了鬼臉吐舌。真是個表情善變的女生——八尋內心的佩服之情甚於傻眼。丹奈深感興趣地望著八尋與彩葉的那副模樣。

「但是反過來說，那就代表不死者只要加深與龍之巫女的聯繫，力量就會增強。」

丹奈若有深意地微笑，一邊輕輕拍響手掌。

「好的～～……所以說嘍～～在跟山龍接觸之前，請你們調情一陣子。我們兩個會裝成沒看見的～～」

「叫……叫我們調情……欸，妳突然扯這什麼跟什麼啊！」

「反正你們安靜照著做就對了。」

八尋愕然反問，就被久樹不留情面地頂了一句。

「啥！」

「跟神喜多天羽以及投刀塚交手，你起碼也有體力消耗的自覺吧。該怎麼做才能加快回復的速度，你不是也心裡有數嗎？」

久樹指正的思路井然有序，讓八尋「唔」地語塞。

「日方」艦上一再發生戰鬥，八尋已經流了太多的血。同樣程度的傷勢再來幾次，不死者擁有強大再生能力的獨特代價——「死眠」必定會突然讓八尋酣然入夢。要迴避那種狀況，八尋只知道一種方法。

可是，在目前的狀況下，要試那一招對八尋來說門檻實在太高。

該怎麼辦呢？如此心想的八尋側眼觀察彩葉的臉色。

彩葉彷彿看穿了八尋內心的糾葛，還露出看似得意的表情。八尋因為她自滿的態度而體會到莫名的挫敗感，並且頹喪地垂下肩膀。

「嗯……！」

5

不怎麼寬敞的運輸機貨艙。

即使如此，彩葉還是盡可能離丹奈他們的座位遠一點，並且拍了拍自己的腿——纖瘦卻又多少長了點肌肉的柔韌大腿。

「妳在自滿什麼？」

八尋納悶似的偏頭。彩葉則是無奈地嘆氣說：

「八尋，反正你快點躺下來啦。我的意思是要提供大腿讓你躺！」

「會被他們看見喔。」

「咦？被看見也沒有關係吧，枕一下大腿而已。像我幫希理或京太掏耳朵時，也會讓他們枕啊。蓮最近會害羞，就不肯配合我了。」

「我的待遇居然跟妳那些小孩一樣啊……」

「早說過他們是我弟弟了，才不是我的小孩。」

彩葉嘔氣似的噘起嘴脣。

八尋的心態變得有些一不做二不休，就在坐起來不甚舒適的空降兵座椅躺了下來。

彩葉突然說要提供大腿給八尋枕，並不是因為一時興起。八尋之前在二十三區陷入「死眠」時的情形，彩葉恐怕都記得。

原本「死眠」應該要持續好幾天——然而不知道為什麼，八尋那天卻睡不到三小時就醒過來了。雖然八尋不覺得效果出在彩葉用大腿枕著他，但既然不明白正確的原因，還原當時狀況的做法便合乎邏輯。

八尋乖乖讓人用大腿枕著的模樣，使得丹奈投以好奇的目光。不過既然彩葉不覺得介意，八尋也就決定予以無視了。

即使如此，由於從後腦杓傳來的柔軟觸感，以及視野有一半都被彩葉的胸脯占據，仍導致八尋有些靜不下心。

另一方面，彩葉卻莫名開心地用手指替無法動彈的八尋梳起頭髮。待遇何止像她的那些弟妹，根本和鵺丸一樣了。

「呃……對不起喔，八尋。」

「妳為什麼要道歉？」

「我只顧著自己，都沒有注意你的體力。明明你一直在為我戰鬥。」

彩葉用柔弱的語氣說道。原來妳在介意這個——八尋露出苦笑。

「假如妳在說我跟天羽小姐交手時的狀況，我是因為自己有意願才打算阻止她。妳沒什麼好介意的。」

「因為自己有意願嗎……」

彩葉在口中重複八尋說的話，忽然就沉默了。莫名有深意的沉默。

「那麼，你被天羽小姐勾引時，為什麼沒有心動呢？」

「勾引？」

「有吧，當你一個人在房間的時候。」

「為……為什麼現在要提這個……？」

八尋的聲音微微上揚了。

在八尋腦海裡，浮現了天羽半裸將他推上床的模樣。雖然自己跟她並沒有做過虧心事，八尋卻覺得無地自容。

而且彩葉並沒有責怪八尋，只是撥了撥他的頭髮捲到手指頭上說：

「因為，我會在意啊。我在想，你是不是也會有意願跟女人做那種事。」

「那個嘛，不能說完全沒有啦……可是，有又怎麼樣？難道妳要吃醋嗎？」

「吃、吃醋？我會嗎……？」

彩葉訝異似的反問了一句。

話是八尋自己說出來的，他卻十分難為情地說：

「呃，我又不曉得。」

「雖、雖然我也不太清楚，但是八尋，如果你跟其他女人做了那種事情，我想我會覺得很討厭！」

大概是為了壓抑內心的混亂，彩葉突然換了一副口氣。

GALERIE
BERITH

從八尋的立場，也只能回答「這樣啊」而已。

「是、是喔……」

「所以，假如你想做那種事，請先找我商量！」

「………」

商量以後會怎樣啊？八尋心想，但他卻無法說出口。因為隨便吐槽的話，感覺彩葉會陷入慌亂。

「你的回答呢？」

彩葉用讓人莫名有壓力的嗓音問道。仍枕在她腿上的八尋微微聳肩說：

「……我明白了。」

「呵呵，這是約定喔。」

彩葉安心似的笑了。

八尋一邊聽著她開心的聲音，一邊心想：也罷。然後嘆了氣。

6

以時間來講，八尋讓彩葉用大腿枕著不到十分鐘而已。

光是如此，並未帶來什麼改變。八尋反覆受傷與再生後的模樣依舊悽慘，連番戰鬥將疲勞刻畫於他的肉體。不死者之力也沒有實際提升的感覺。

然而，理應會毫無預警來到的「死眠」跡象無疑已逐漸遠去。目前光是這樣就夠了。

「咦～～？你們兩個之間的調情，這樣就夠了嗎～～？」

丹奈看八尋爽快起身，便不滿地向他問道。

「夠啦。基本上，那樣做真的有意義嗎？」

「照理說是有啊～～……哎呀，彩葉一臉神清氣爽的表情呢。不過八尋，你反而有種悶壞了的感覺。」

「囉嗦。重要的是，我們快抵達陸地了吧？狀況怎麼樣？」

八尋後半段台詞是朝著在駕駛艙裡的珞瑟說的。區隔運輸機貨艙與駕駛艙的門開敞著，八尋的聲音能夠直接傳到她那邊。

「橫須賀基地的美軍艦隊處於潰滅狀態。奉為至寶的核能航母似乎成功逃脫到外海了，但艦艇與航空部隊幾乎全滅。目前連合會派出的傭兵團正準備以戰鬥車輛進行砲擊。」

珞瑟把耳朵湊在笨重的通訊耳機組，將旁聽美軍無線電通訊得來的情資轉達給眾人。

丹奈有些傻眼地搖頭說：

「唔嗯～～有那種空閒的話，我倒覺得他們趕快逃比較好～～」

「那座要塞的人會堅持到最後一刻吧。畢竟還得防範有人趁火打劫。」

正在駕駛運輸機的喬許用了頗有體會的語氣說道。

生活於橫濱要塞的傭兵們有面子要顧。假如他們在龍逼近時率先逃跑的消息傳了出去，既會失去雇主信任，對往後接案工作應該也有影響。再者，逃離之際留下的輜重，即使被其他傭兵搶去也怨不得人。橫濱要塞的眾多傭兵正是因為明白這一層道理，就算拚一口氣，也不能比其他人先逃。

「山龍體長約三公里，移動速度為三十節。預計約十五分鐘後就會登陸。預測登陸地點在三浦半島南端，城之島附近。」

「三浦半島嗎……龍果然是想摧毀美軍基地。」

八尋在腦裡描繪出地圖後，表情變得凝重。

另一方面，駕駛座上的喬許則驚呼：「三公里！」首度遭遇山龍的人類會有這種反應也是當然。

「從預測登陸地點到美軍基地的中樞區域，直線距離只有十公里餘。對山龍來說是名符其實地近在眼前。何況那頭龍所用的神蝕能全是廣範圍攻擊——」

「表示攻擊範圍有可能涵蓋橫濱要塞嗎？」

「我想是的。或許藝廊的基地也無法倖免於難。」

珞瑟毫未顯露感情地對八尋的疑問表示肯定。彩葉待在八尋旁邊，繃緊了身體。

「那樣的話，龍對地底板塊邊界造成的影響也讓人在意呢～希望不會引發火山跟著活動～」

丹奈隨口添上令人恐懼的資訊。

間隔相模灣，有箱根火山位於三浦半島對岸，再過去就是富士山。倘若山龍刺激到地殼，會率先受影響的就是那一帶。

「我們要趕在那之前埋伏，山龍一登陸就迎頭痛擊。」

珞瑟在貨艙內設置的螢幕上秀出地圖。

她選的降落地點，是幾乎位於橫須賀市中心的丘陵公園。

八尋認為那是不錯的選擇。在留有戰國時代城跡的那一帶應戰，感覺山龍無論要從三浦半島的哪一處登陸都來得及反應。

不過，意外的是久樹對此提出異議。

「很遺憾，妳的計畫需要修正。」

「……修正？」

珞瑟靜靜反問。對——久樹擺了臭臉點頭。

「要跟山龍一戰，就沒有空伏擊。現在立刻帶我們到那傢伙跟前。」

「為什麼？如果想在跟山龍的戰鬥中取得有利形勢，我倒覺得應該在可以期待美軍或者連合會支援的位置作戰喔。」

「妳們疏忽了重要的一點，這場戰鬥要對付的並不只有山龍。那邊的魍獸可是早就察覺到了。」

久樹說完便瞥向鵺丸。理應坐在彩葉旁邊的鵺丸不知不覺間已經起身，好似在警戒地表而瞪著腳邊。

「該不會……」

珞瑟切換機體配備於艙外的攝影機畫面。副駕駛座的螢幕映出了地表目前的影像，上頭拍到了山龍之外的無數形影。

「魍獸……！」

隔著珞瑟肩膀探頭看向螢幕的八尋發出了驚呼。

樣貌近似甲殼類的異形怪物。那些魍獸正陸續從海裡爬出，並且一起朝三浦半島的內地而去。它們的目的地肯定是橫須賀的美軍基地吧。

「知流花召喚了魍獸嗎！」

「召喚……這麼多……？」

簡直要占滿地表的龐大群體，讓彩葉失去了話語。

光是八尋等人眼裡可見的範圍內便有數以千計的魍獸。就連在劃分為隔離地帶的二十三區，也看不到這種規模的群體。假如它們就這樣一路入侵，數小時後不僅是美軍基地，應該連橫濱要塞都會完全遭到吞沒。而且山龍本身也追在那群魍獸後頭，正朝陸地接近而來。

「這樣的話，看來我們確實沒空悠哉地降落呢～～」

丹奈帶著和氣微笑說道。當然了——久樹點頭附和。

「不得已。喬許，麻煩你準備讓人員快速繩降。」

珞瑟將變更的作戰內容告訴喬許。

「知道了，小姐。降落地點選在哪裡？」

「山龍的背脊。」

「啥！」

珞瑟胡來的要求讓喬許嚇得聲音變了調。

「請避免被山龍察覺，並且讓八尋他們降落在山龍身上。對方的身軀是如此龐大，只要繞到它背後的死角，總有辦法靠近才對。」

「說得可真是輕鬆耶，混帳。」

喬許近似自暴自棄地咂嘴，並且讓運輸機繞了一大圈調頭。接著機體就直接朝龍脊逐漸調降高度。

山龍已經抵達三浦半島南端——宮川灣附近了。

彷彿在護衛身為召喚者的龍，有無數魍獸密密麻麻地守在山龍周圍。無論怎麼想，從地面接近山龍都是自殺行為。

「準備接近！可是，我沒辦法讓機體長時間貼近！龍的動作太快了！」

「沒問題。為此才要準備快速繩降。」

珞瑟面色不改地說。她解開了安全帶，然後從駕駛艙移動到貨艙。

「欸……珞瑟，妳說的快速繩降……是什麼？」

彩葉似乎有了負面的預感，便用不安的語氣問道。

「這個嘛，首先，我們會讓這架機體盡可能下降到降落地點附近，並在那種狀態下保持懸停。就像這樣。」

珞瑟一邊操作貨艙裡的控制面板，一邊說明。

傾轉旋翼式的運輸機可以讓引擎方向旋轉九十度，像直升機一樣進行懸停。駕駛著機體的喬許調降高度，珞瑟便在那種狀態下開啟貨艙的後方艙門。伴隨聲勢驚人的引擎噪音，強風吹進了貨艙。

在運輸機底下，有尖銳如岩層的鱗片正在蠢動。除了活岩山之外別無詞彙可形容的琥珀色巨軀——山龍的背脊。

「然……然後呢？」

「接著只要抓著那邊的繩索降落下去就好。我想這很單純明瞭。」

「不不不，單純過頭了吧！抓著繩索降落是什麼意思！沒有別的東西輔助嗎！」

彩葉用無比接近於慘叫的聲音反問。

即使再怎麼調降高度，從運輸機到山龍背脊的距離仍有近二十公尺。更何況山龍的龐大身軀正以時速近五十公里的速度持續前進。

「手不放開繩索就沒有問題。機上也準備了防滑的手套。」

「等一下！裝備就這樣嗎！救生索之類的呢！」

「我們動作要快，鳴澤八尋。沒時間了。」

「我明白。該走嘍，彩葉。緊緊抓住我！」

八尋被久樹催促，就伸手繞到了彩葉腰際把她像行李一樣扛起。接著八尋摟著拚命掙扎的彩葉，只用單臂抓穩了繩索。

「等一下，我還沒有心理準備……好高！太恐怖了啦！我不行！就跟你們說不行了嘛！救我，鵺丸！呀啊啊啊啊啊！」

彩葉手足亂擺地尖叫。八尋無視她那空虛的抵抗，縱身躍向運輸機之外。

7

山龍展露出的全貌，與八尋以往目睹的虹龍大有差異。

硬要說的話，整體輪廓近似遠古的大型草食恐龍（Apatosaurus）。矮胖身軀搭配巨大長頸，再加上比那些都長——簡直讓人覺得無垠無涯的長尾巴，就會讓人有如此的觀感。

可是外表的印象又大有不同。

山龍的全身上下都包覆著與岩石幾無區別的硬質巨鱗。其尖銳的背脊連綿相接，猶如一道陡峭的山峰稜線。

八尋等人從懸停的運輸機上，幾近墜落似的空降至那樣的山龍背脊上。首先是八尋與彩葉，接著是久樹與被他抱著的丹奈。巨大化的鵺丸用不著繩索，就像貓一樣地輕靈著陸。

「嗚嗚……我還以為會摔死……」

彩葉緊抓著崎嶇的龍鱗，怨怨地瞪了八尋。

「妳早就遇過好幾次更慘的狀況了吧。」

八尋對半已哭出來的彩葉冷冷撇下一句，然後瞪向山龍頭顱。

在八尋眼中，山龍與其稱作生物，給他的印象更接近於長成龍形的熔岩。覆於表面的琥珀色鱗片，看起來也只像是熔岩冷卻凝固後的模樣。

山龍蠕動那熔岩般的巨軀，將長長頸子轉了過來。

從全長達三公里的巨軀看來，八尋一行人應該是形同螻蟻的渺小存在。即使如此，山龍似乎仍明確知覺到八尋他們的存在了。

山龍雙眸如火焰般炯然發光，並且生厭似的瞪向八尋。

「被發現了！神蝕能要過來了！鵺丸，保護好彩葉！」

八尋的喊聲被巨龍以咆吼掩蓋過去。

龍氣灑落，山龍本身的鱗片化成了無數刺棘。在八尋等人四周，有半徑數十公尺的範圍已被金屬結晶利刃籠罩。那片景象簡直像無限地獄中，將罪人千刀萬剮的劍山。

利刃蜂擁而至，八尋以纏繞淨化之焰的刀將其擋下。潰散的利刃碎片使得八尋全身受到皮肉傷，但他沒有餘裕管那些了。光是保護背後的彩葉與鵺丸就讓他費盡心力。

「這就是【劍山刀樹】嗎～～……好離譜的破壞力喔～～」

另一邊的丹奈則覺得稀奇般環顧周圍，並且發出了感嘆。

山龍的攻擊並不是沒有侵襲她這邊。然而，殺向丹奈的利刃全被融得軟爛流散。

因為丹奈這邊有久樹保護，還發動了他們可將萬物轉變成液體的權能。

「不過，我們的物質沼化可是對山龍占有優勢的神蝕能。」

久樹拔出背後的大劍，淡漠地嘀咕了一句。丹奈則點頭附和：

「是的～～……所以說嘍，我和久樹小弟會開闢一條活路。八尋，請你直接衝向山龍頭部，將它的首級砍下。」

「砍首級？」

「這是自古以來的除龍基本招式喔～～」

丹奈和氣地笑著告訴訝異的八尋。

彩葉睜大了眼睛瞪向丹奈說：

「妳是要八尋殺知流花嗎！」

「除此之外，還有辦法能阻止她嗎～～？」

丹奈反問，彩葉便因而沉默了。彩葉握緊的拳頭正微微顫抖著。

久樹不耐煩似的望著那樣的彩葉說道：

「別搞錯輕重緩急，儘奈彩葉。現在的第一要務是阻止山龍繼續失控。即使我們要將龍之巫女救回來，在這種狀況下也無能為力。」

「哎，老實說呢，我也沒辦法保證砍了頭就能讓它停下來喔～～」

丹奈一邊盯著山龍的頭部觀察，一邊舔了舔唇。

八尋不知所措地搖頭。

「誰能先告訴我，要怎麼把那顆頭砍下來啊……？光是頸子周圍，面積就跟棒球場差不多了……！」

「那點問題自己想辦法。你做不到的話，就由我上。」

久樹對八尋投以輕視般的目光。久樹本人大概沒有那種意思，但結果對八尋來說，他那些話除了挑釁之外並沒有其他作用。

「要來嘍～～」

丹奈用彷彿毫無緊張感的語氣提出警告。

山龍再次施展【劍山刀樹】。攻勢的規模遠比剛才那一波攻擊更加廣大。

「知流花！」

彩葉悲痛尖叫，聲音卻被金屬結晶隆起的轟然巨響蓋過，無法傳達到龍那裡。

八尋等人的視野被湧來的大群利刃掩沒。那已經不是劍山，而是可以用劍之海嘯來形容的景象。

久樹不以為意地望向那波利刃洪流，並且高舉大劍。從劍身釋出了凶猛而迷人的淡紫色光芒。

「——【闇龗沼矛】。」

久樹將劍鋒插入了山龍的背脊。沼龍的龍氣從傷口灌入，像強酸一樣地侵蝕琥珀色巨龍的鱗片，使其融成一片糊爛。

碰觸到那片淡紫色龍氣的瞬間，湧來的金屬結晶利刃統統都失去了輪廓。如水銀般融化的利刃無法保住原本面貌，並且受重力牽引而流散。

之後，便只剩毫無防備地曝露出來的山龍頭顱。

「上吧，鳴澤八尋！」

久樹振臂舉起了大劍高吼。

八尋在九曜真鋼的刀身纏上火焰，然後沿久樹闢出的路徑疾奔而去。液體化權能的效力已經遍及山龍頸根，進而阻止新的利刃繼續出現。

近距離仰望到的山龍實在太過龐大，並不是靠區區一柄日本刀就能斬斷其頭顱的。然而八尋並沒有猶豫。

山龍是被知流花召喚而出——同時也是由知流花本人幻化而成，其肉體並不會遵從這個世界的物理法則。所以珞瑟才說，即使憑核子武器也不能傷害到龍。

然而反過來講，那也表示山龍不會受到物理上沒辦法斬斷的制約保護。

只要山龍身為龍，就算再巨大也逃不過弒龍者之刃。

換句話說，只要靠不死者之刃——

八尋將本身肉體化成了爆焰，然後衝向山龍的頭顱。揮下的刀刃變為灼熱斬擊，將巨龍的喉嚨深深削去。

「——什麼！」

宛如巨岩的龍之頭骨承受不住八尋這一刀，因而爆開碎散了。那實在是太過脆弱，讓發動攻擊的八尋心生動搖。

碎散的並不只龍頭。

全長數百公尺的山龍首級變成了普通石塊，四分五裂地像雪崩一樣解體崩落。

「唔喔喔喔喔喔喔！」

「八尋！」

差點因龍首崩落而遭到吞沒的八尋，被彩葉與鵺丸救了回來。

巨大化的鵺丸衝過崩塌的踏腳處，騎在它背上的彩葉趕在千鈞一髮之際，將差點被岩石壓扁的八尋從中拖出。

「……解決了嗎？」

八尋上氣不接下氣地逃回來以後，久樹便帶著疑惑的表情朝他問道。理應已經失去頭部的山龍始終不減氣勢，才讓他產生了疑心吧。

「不對！那是山龍的另一項權能！」

八尋回頭朝背後大喊。

在失去頭顱的頸根旁邊，山龍的肩膀急速隆起了。只見在隆起的過程中，那塊部位就逐漸變成了新的頭部。

「長回來了……？」

「那是天羽小姐稱為【回山倒海】的權能。山龍可以任意操控地形。雖然我沒想到它也可以用那招操控本身的肉體……！」

八尋連吼帶喊地朝吃驚的久樹做了說明。

「是嗎……既然這樣……！」

久樹以大劍朝著完成再生的山龍頭顱重劈。藉由液體化權能造出的紫色沼澤對龍鱗造成侵蝕，然而那也只是暫時性的。

液體化的鱗片分裂剝落，隆起的新皮膚取而代之將那塊地方補起。久樹目睹以後就咂了嘴。

「久樹小弟？」

「不行。比起我用神蝕能讓山龍液體化，這傢伙的再生速度更快。」

「原來如此～～……那還真是離譜的再生能力呢～～……」

丹奈亮起眼睛點頭。明明是自己的神蝕能失效，丹奈卻覺得有趣，很符合她的作風。

「看來那離譜的再生能力，祕密是藏在地面喔～～」

「地面？」

丹奈說出的意外話語讓八尋他們回想起來。自己這些人站的地點是巨龍背脊，實際的大地在遙遠下方——

「應該說真不愧是山龍吧。看來它能從地脈無限吸取靈力，然後化成自己的力量。她的神蝕能效果可以遍及廣範圍，恐怕也是因為這個理由。」

「……原來如此。跟安泰俄斯一樣嗎？」

久樹用佩服似的視線看向丹奈。

陌生的字眼突然出現，讓八尋與彩葉蹙起眉。

「安泰俄斯？」

「希臘神話裡出現的巨人。由大地母神蓋亞生下來的他，擁有只要雙腳立於大地就長生不死的棘手力量。雖然他還是被海克力斯殺了。」

你連這種事都不曉得？久樹露出輕視的臉色，規矩地為他們說明。

八尋坦然信服了他所說的話。只要雙腳立於大地就能長生不死。那確實也能套用在從地脈獲得靈力的山龍身上。

「海克力斯是怎麼幹掉那傢伙的？」

「據說他是用怪力把安泰俄斯舉起，讓對方雙腳離地然後徒手將其勒死。」

「舉……舉起來啊……」

「期待到最後的答案居然是這樣喔。根本不能當參考嘛……！」

彩葉說不出話，八尋則是一臉傻眼地發牢騷。

要舉起長達三公里的山龍，是完全不實際的。即使靠彩葉或丹奈的權能也不可能。這就代表八尋等人沒有辦法殺山龍。

「我不記得自己說過可以當參考。是你們擅自要期待的。」

久樹不爽似的哼了一聲。不過他的臉上也缺乏餘裕。在八尋等人作戰的這段期間，山龍仍持續移動著。

龍召喚出來的眾多魍獸已經對美軍基地造成了莫大損害。雖然靠著連合會支援，勉強將魍獸的攻勢擋下了，只要山龍本尊接近的話，他們布下的防線應該就不堪一擊。照這樣下去，美軍基地會在黎明前覆滅。而且八尋等人目前沒有手段能阻止。

『八尋、彩葉，你們聽得見嗎？』

「……珞瑟？」

從領口通訊器傳來的說話聲，讓八尋與彩葉抬頭仰望上方。

從山龍後方，有傾轉旋翼機的引擎聲傳來。原本後撤至安全距離的運輸機回來八尋他們這裡了。

『我是來接你們回去的。請上機。』

「……接我們回去？」

「意思是要丟下知流花逃掉嗎？」

八尋與彩葉困惑地望向彼此的臉。

他們冒著這麼大的危險空降到這裡，卻沒有打倒山龍。要他們在現階段搭運輸機，意思就是要放棄弒龍並且逃走。

「撤退嗎～～……或許那是不錯的判斷呢～～」

「連丹奈小姐都這麼說……！」

丹奈對珞瑟的判斷予以肯定，使得彩葉生氣似的瞪了她。

於是丹奈有些困擾地陪笑搖搖頭。

「現實的問題在於，我們繼續留在這裡，感覺也沒辦法有作為喔～～相較起來，我們下去絆住魍獸的腳步，會不會還比較有幫助呢～～……」

唔——彩葉把話吞了回去。因為她發現丹奈指正得沒錯。

即使奈何不了山龍，八尋等人要對付魍獸仍是有效的戰力。珞瑟應該是判斷為了替橫濱要塞的眾多居民爭取時間逃難，就得派八尋他們馳援吧。

「不行，珞瑟。不趁現在阻止山龍的話，知流花就真的沒救了。」

然而，八尋否定了珞瑟的提議。

知流花會前往美軍基地，是因為她受制於自己尚為人類時的執著。而她的心願一旦實現，之後剩下的將只有絕望。

知流花在失去天羽又完成復仇以後，就沒有理由再變回人類的面貌。為了讓知流花變回人類，非得趁山龍摧毀美軍基地以前阻止她才行。

『可是，就這樣放著魍獸的侵略不管，美軍基地遲早也會覆滅喔。』

「這……！」

珞瑟的冷靜答覆讓八尋悶哼。他想不出反駁的話語。畢竟八尋提不出能阻止山龍的辦法，這也是理所當然的。

『——各位似乎大感困擾呢。』

「唔！」

與珞瑟通訊時闖進來的說話聲，讓八尋警覺地倒抽了一口氣。

留有一絲稚氣，含著笑意像在惡作劇的嗓音。

八尋認得那副嗓音的主人。大概是對方強行介入密碼通訊的緣故，雜訊嚴重，音質也很差。即使如此，八尋仍不可能會聽錯她的聲音。

畢竟在這四年之間，八尋都只是為了殺她而活下來的——

『日安，哥哥。在此也向各位問好。不嫌棄的話，是否需要我幫忙呢？』

那嗓音無視於動搖的八尋，又繼續說了下去。

下個瞬間，在山龍的前進方向出現了一片強大過人而又凶惡的氣息。

黎明前的大地染成漆黑，理應不存在的巨大豎坑突然鑿穿於現場，彷彿要籠罩已經化為廢墟的街區。通往異界的漆黑空洞，冥界門。

朝著美軍基地蜂擁而來的那些魍獸——貌似甲殼類的那些魍獸忽然失去立足之地，便陸續被那座虛無的孔穴吞入其中。

8

好似要阻擋巨龍去路才出現的冥界之門，與現身時一樣驀地消滅了。

原本簇擁而來彷彿要占滿地表的大群魍獸，當前已有七成被吞進孔穴當中。

之前理應存在於那裡的廢墟街區也隨之消滅，只剩下近似沙漠的荒涼大地。在那片空無一物的荒野深處，站著一對男女。

其中一人是穿著高雅西裝的修長黑人男子。

至於另一人，則是一身哥德禮服讓人聯想到西洋玩偶的少女。即使距離遙遠，彷彿色素脫落的純白秀髮還是能讓八尋認出她的身分。

「珠依……！」

八尋神色憤怒地叫出她的名字。

「快上來！」

彩葉騎在巨大化的鵺丸身上，向八尋叫道。她眼裡浮現的是恐懼——或者應該說是警戒心與危機感。只有山龍就已經相當棘手，但珠依的存在更加危險。彩葉也明白這一點。

八尋毫不遲疑地跳上鵺丸的背。

「哎呀～～……」地表示驚訝的丹奈等人被遺留在現場，鵺丸接到彩葉的命令便沿著山龍的巨軀直衝而下。

原本理應擋著去路的魍獸，如今也只剩零星身影。疾奔的鵺丸立刻就衝過數公里的距離，把八尋他們載到了少女眼前。白髮少女有些愉悅地望著那樣的八尋他們。

接近到能夠分辨少女表情的距離以後，鵺丸就緩緩放慢速度。因為它的本能在警戒守候於她背後的修長男子。

統合體的代理人(Agent)奧古斯托・尼森。

他操控的權能是連戰車砲都可以反彈的無形防壁。胡亂衝上去的話，縱使是鵺丸也不能全身而退。搭乘在鵺丸背上的八尋及彩葉就更不用說了。

「珠依！」

八尋從鵺丸的背部跳下，並且朝少女吼了出來。

地龍巫女，鳴澤珠依。隔了約一個星期才再會的她，跟之前一樣散發著有如妖精的非現實氣質。

「妳……是什麼意思！為什麼妳會出現在這裡！」

「哎呀，真恐怖。」

珠依用絲毫沒有反映出感情，就像平靜湖面一樣的眼神回望八尋。如人偶般缺乏表情的她揚起朱脣一角笑了笑。

「不過這樣好嗎，哥哥？你是不是弄錯了真正該殺的對象？」

珠依仰望山龍，然後冒出了嘻嘻笑聲。

八尋沉默地咬響牙關。

珠依身為引發大殺戮的禍首，是八尋非殺不可的危險人物。然而，目前的當務之急是對付山龍，八尋沒有空閒跟珠依起爭執。珠依正是因為明白這一點，才在他面前現身吧。

「珠依小姐。」

彩葉從鵺丸身上下來，還用認真的嗓音朝珠依喚道。

珠依狀似親暱地回望彩葉問：

「有什麼事嗎，和音？」

「……妳說願意幫我們，是真的嗎？」

「彩葉！」

八尋錯愕地朝彩葉回頭。就算是為了阻止山龍，也斷無向珠依求助之理。八尋認為那是絕對不容許的事。珠依根本不可能行這樣的方便來幫助八尋。

然而，珠依卻帶著宛如人工物的笑容點頭說：

「是啊，我說真的。相信或不相信，倒是可以隨妳。」

「……為什麼呢？」

彩葉望著珠依問道。珠依「呵呵」地呼了口氣。

「因為山龍啊……我呢，討厭那個女生。」

「咦？」

「畢竟，事情不就如此嗎？一面編織讓日本再次獨立的夢想，一面玩海賊家家酒，她想必過得很愉快吧。一邊找藉口說這是為了活下去所以無可奈何，還指稱對方是奪走祖國的惡棍，一邊卻在蹂躪比自己弱的人，她就是這樣獲得滿足的喔。」

珠依的語氣既溫柔又和緩，因此才充滿了令人毛骨悚然的惡意。她言詞辛辣，而且還說得比任何人都有道理。

彩葉像是自己受了責備而抿唇，但目光仍然沒有從珠依面前轉開。珠依望著彩葉，狀似滿意地點頭。

「神喜多天羽會被殺，是她自作自受。畢竟這場戰爭是她挑起的。明明如此，那個女生卻因為她死了就惱羞成怒而失控？哎，這是多麼……多麼醜陋的復仇啊，哥哥你也這麼認為吧？」

「是啊……」

八尋認同了珠依說的話。

沒有錯，知流花是軟弱的。知流花依賴天羽，還把自己的希望寄託給她。「日方」的艦長承認了那樣的軟弱，而知流花一直到最後都接納不了。

所以她才會失控，為了自私又醜陋的復仇——

「驅逐山龍也是統合體的意向。假如你們不協助，我們自會處置喔。」

尼森用公事公辦的語氣說道。

八尋默默地搖頭。知流花的軟弱確實不可容許，但是要那樣說的話，沒能阻止她的八尋等人一樣有罪。八尋有義務阻止她。

「妳說過，要助我弒殺那頭龍對吧，珠依？」

「對，哥哥。不過，為此哥哥也要展現出誠意才行。」

珠依使壞似的瞇眼說道。

「誠意？」

八尋在警戒間反問。珠依點頭，然後走到那樣的八尋面前。能夠輕易殺她的間距。珠依卻用毫無防備的姿態朝八尋仰望而來。

「沒錯。能不能請哥哥吻我？」

「妳在胡鬧嗎？」

八尋目露凶光。

珠依先是受驚似的睜大眼睛，然後就把自己的手指湊到嘴脣。

「不，怎麼會呢。哥哥應該也曉得吧？龍願意出借神蝕能的對象，就只有龍之巫女愛上的人喔。」

珠依用認真的嗓音提問。

在八尋背後，有彩葉因而倒抽一口氣的動靜。珠依貌似覺得有趣，還朝那樣的彩葉瞥了一眼說：

「畢竟我能與哥哥相見，真的是隔了好久好久。假如哥哥想認真動用地龍的權能，就請為愛作證。當著她的眼前。」

「……我懂了。」

八尋沉重地吐氣。雖然有彩葉隨之動搖的跡象傳來，但是八尋刻意裝成沒發現。

八尋在珠依的跟前單膝跪地，並且牽了她的手。

接著，他恭敬地吻了義妹的右手背，宛如向端莊淑女宣誓忠誠的騎士。

「這樣可以了嗎，珠依？」

八尋放開珠依的手站起身。

珠依明顯露出了不滿意的表情，但是看到彩葉在八尋背後僵掉的臉色，好像就姑且接受了。

「吻手背嗎……哎，也罷。反正我是愛著哥哥的——」

珠依擺了擺被八尋觸碰過的手，彷彿在向彩葉炫耀，然後草率聳肩。接著她將消失感情的眼睛轉向了山龍逼近而來的巨軀。

「——【虛】。」

伴隨優美澄澈的嗓音，世界發出了劇烈的嘎吱聲響。

由珠依身上釋出了龐大龍氣，在山龍腳邊拖出漆黑的影子。

地龍「史佩爾畢亞」的神蝕能——【虛】。珠依用來在東京都心開出了直徑數公里的豎

GALERIE
DERITH

坑，使其與異界相通的權能。

宛如在水面滴下墨汁，有一片絲毫不會反射光源的影子在山龍腳邊擴散開來。那片影子將龍的巨軀鯨吞後，仍然不停地增長。

於是就像無形之門開啟，漆黑影子化為空洞。

變成深不見底的巨大豎坑——

山龍發出了咆吼。

立足點一失，琥珀色之龍的巨軀隨著搖晃傾斜。山一般的巨大身軀沉入鑿穿於地面的空洞。負重急遽改變，大地產生搖蕩。龍的咆吼撼動大氣。

山龍將權能解放，改變了自身肉體的形狀。

在神蝕能【虛】製造出的豎坑內壁，有山龍將巨軀變形而成的無數尖樁釘在上頭。山龍停止墜落，衝擊再次為大地帶來震盪。

神蝕能與神蝕能互拚。儼然只能用天搖地動來形容那一幕。

「這就是珠依小姐的……神蝕能……！」

彩葉帶著受到震懾的表情嘀咕，這句嘀咕令八尋回過神來。

被吞進豎坑的山龍靠著讓自身肉體變形，逃過了跌落的下場。然而它無法再進一步變形。因為山龍被冥界門吞入之後，四肢已經離開大地，導致本身與地脈就此切離。

「彩葉！」

八尋硬是抱起杵著不動的彩葉。

「呀啊！」

「我們上！這次一定要救出知流花！」

「……嗯！」

一瞬間，彩葉曾露出困惑的表情，但是她在看過八尋眼睛以後就用力點了頭。

鵺丸體會到她的心思，就在八尋他們旁邊趴下身子。八尋抱著彩葉跳上雷獸的背，然後仰望面前的巨龍。

抵抗冥界門的山龍發出痛苦咆吼，巨大的雙眸卻還是燃著憎恨之情。

然而不知道為什麼，如今那模樣看起來卻像失去歸宿而抽泣的嬌小少女。

9

白色雷獸載著八尋與彩葉，傾全力奔向卡在漆黑豎坑的巨龍。

山龍想從珠依的【虛】逃走而死命掙扎，已經沒有力量能讓肉體進行大規模變形。八尋直覺認為只要砍下其首級，這次一定就能殺掉她。

正因如此，山龍的抵抗極為劇烈。

巨龍操控存活下來的些許魍獸，打算將逐漸接近的八尋他們牽制住。

彩葉阻止了其意圖。她用於操控魍獸的權能，即使對上實體化的龍還是更勝一籌。絕大多數的魍獸都為了直衝過來的彩葉把路直接讓出，違抗她支配的幾頭魍獸則被鵺丸毫不留情地用雷擊驅散。

鵺丸沿著龍像尖樁一樣插在豎坑內壁的前腿，往山龍的巨軀直衝而上；而金屬結晶利刃就朝著鵺丸布下了長槍般的陣勢。

「鵺丸！」

「嘖……！」

八尋揮刀發出火焰，將【劍山刀樹】的利刃摧毀。但是在那之前，已經有數道利刃深深砍傷鵺丸全身。讓魍獸得以維持魍獸之軀的瘴氣，正從鵺丸身上噴出。濺出的黑色鮮血在純白雷獸的毛皮留下斑斑痕跡。

不過鵺丸沒有放慢速度。它反而加速將山龍的新一波攻擊甩在背後。

「對不起……對不起喔，鵺丸！再加油一下下就好……！」

彩葉貼著雷獸頸子，祈禱似的叫了出來。

彷彿在呼應那陣聲音，鵺丸引吭高嚎。

鵺丸幾天前就受了失去大半肉體的嚴重傷勢，是彩葉把力量分給它，才能保有目前這種巨大化的樣貌。早在遭到山龍攻擊之前，它的肉體就已經面臨極限了。

即使如此，鵺丸仍盡本分到了最後一刻。

毫無防備地屹立著的山龍首級，已經出現在八尋他們眼前。

「——唔！」

彷彿要展開最後一搏，山龍發動製造利劍的神蝕能。為了阻止八尋他們接近，無數的金屬結晶利刃從地面穿出。

靠八尋他們的淨化之焰，沒辦法貫通那層由利劍形成的護甲。

然而山龍忘記了。在自己的背脊之上並非只有一名不死者——

「我來扒掉那傢伙的護甲。抓準時機配合，鳴澤八尋！」

有聲音從八尋他們頭上傳來。

傾轉旋翼式的運輸機緊隨狂奔的鵺丸後頭飛來。久樹抓著從貨艙垂下的繩索，還用空著的右手舉起大劍。

「我懂了。可別失手嘍，湊久樹！」

「你以為自己在跟誰講話……！」

八尋用挑釁的方式打趣，而久樹明顯被惹毛了。

即使如此，久樹仍沒有錯判出手的時機。他在運輸機從下降轉為上升的前一刻放開繩索，然後順勢將纏繞龍氣的大劍朝巨龍背脊重劈。

「沉入昏黑深淵吧！山龍！」

久樹發動神蝕能，包覆山龍的劍之護甲便融得失去輪廓而崩解。山龍反射性地想要製造新的金屬結晶，但是八尋的攻擊更快。

「啊啊啊啊啊啊啊啊啊啊啊啊！」

八尋的視野染上灼熱閃光，從虛空生出的焰刃朝著山龍首級伸去。

理應能防禦的劍之護甲已經被沼龍的權能剝除，理應能長出新首級的再生能力則被地龍的權能剝奪了。

於是，彩葉的淨化之焰便將山龍的巨軀逐步斬斷。巨龍的絕命咆吼掩沒於八尋引發的爆炸當中。

「——燒光它，【焰】！」

八尋一邊感受從彩葉流入的龐大力量，一邊將刀直揮到底。

巨岩裂開般的聲音赫然響起，山龍的巨大首級隨之易位。

剩餘的龍軀與龍尾表面，有地裂般的深深裂痕正逐漸擴大。

然後，琥珀色之龍的巨軀就在大地震盪間化成無數碎岩形成的洪流而不支倒下了。

傾轉旋翼式的運輸機由近似火山噴煙的滿天塵埃中穿越飛出。

貨艙艙門是敞開的，八尋從中探出了臉孔。在首級被砍落的山龍解體前一刻，他被急速下降的運輸機接回去了。

貨艙內另有丹奈與久樹的身影。至於耗盡力氣的鵺丸則恢復了原本的中型犬尺寸，被彩葉抱在懷裡。

「解決掉了……嗎？」

八尋一邊俯望崩裂分解的龍，一邊嘀咕。

塵土瀰漫，導致眾人幾乎無法確認山龍的狀況。然而，龍撼動大地的腳步聲，還有強烈壓迫感都消失了。

另一方面，珠依在地表鑿穿的巨大豎坑依然留著。冥界門深不見底，即使是在吞沒山龍崩落的巨軀後仍保有餘裕。

「知流花呢……！」

彩葉向八尋問道。八尋含糊地搖了頭。

砍落首級使得山龍因而解體，但他們卻沒辦法從亡骸中找出知流花的身影。可是，感覺知流花的生命也沒有隨之斷絕。狀況跟打倒萊馬特伯爵時有差異，可以說知流花的靈魂還留在某處。

前提是，她沒被冥界門吞沒。

「珞瑟，麻煩讓我降落到地上。我要阻止珠依。不然這一帶也會像二十三區那樣，被她的魍獸吞沒！」

八尋朝駕駛艙的珞瑟喚道。

珠依鑿穿的「門」，並不是尋常的豎坑。冥界門原本的功用，就是將眾多魍獸召喚來這個世界的通道。目前還有山龍的亡骸堵著不讓那些魍獸出現，但這種狀態並不保證能永遠持續下去。

「我明白，喬許。」

「知道，小姐。可是，過度懸停使得機上的燃料沒有餘裕了，雖然多少會有搖晃，你們可要抓穩——唔喔！」

駕駛座上的喬許短短地叫了出來。

降落中的運輸機劇烈搖晃，貨艙裡的八尋等人因而被甩來甩去。地面發生爆發性衝擊，甚至影響到仍在飛行的八尋他們。

「出了什麼事！」

「這股氣息……是山龍的龍氣呢～～」

「妳說的山龍……是知流花嗎！」

丹奈答覆吃驚的八尋，而彩葉對她說的話起了反應。

可是，就算想探頭觀察地上的狀況，運輸機的震動仍嚴重得讓人沒辦法動彈。兩具引擎當中，有一邊因為剛才的衝擊波而失靈拋錨了。

「要迫降了！抓哪裡都好，你們所有人都給我抓穩了！」

喬許從駕駛座發出怒喊，後來衝擊便在不到十秒鐘之內襲向八尋等人。運輸機降落到地上了。

降落之急幾乎令人誤以為那是墜機，但飛行高度低，另一邊引擎也還安好，機體就幾乎沒有受到損傷。貨艙裡人仰馬翻的八尋他們也只有留下輕微的撞傷或者擦傷而已。對身為不死者的八尋來說，那是可以忽略的傷勢。

「知流花……！」

彩葉從貨艙艙門衝到外頭。

在至今仍塵土瀰漫的另一端——被珠依用權能橫掃過的荒野上，有一名少女站著。然而彩葉看了她的模樣便說不出話。

被八尋砍落的山龍頭部，是落在巨大豎坑之外。它擠出最後餘力，勉強逃過了落在冥界門的劫難。

然後，少女似乎就從崩解的龍頭讓自身肉體再生了。

但她已經不是三崎知流花。

精確來說，連人類都稱不上了。

在她受傷的全身上下都長滿了碎裂的琥珀色鱗片。手腳的指尖生出了鉤爪，還要靠伸長的尾巴才能勉強維持站姿。

那是龍未能變回人身的模樣。或者，該說是人未能成為龍的模樣嗎——

不過，即使變成那副樣貌，知流花依舊美麗。

化為龍人的她，保有幾分人類時的影子。

「不妙。那傢伙還沒有失去神蝕能。」

從運輸機下來的久樹用僵硬的語氣說道。八尋一臉納悶地看向久樹。

「神蝕能？」

「你沒有察覺嗎，這陣搖晃？」

「地震……不，是山龍的權能嗎……？」

震動從腳邊斷斷續續傳來，讓八尋臉色一沉。山龍的權能會刺激地殼。令人擔憂的事態即將成真。

「神蝕能的效果範圍超乎常軌。地盤受到這等力量攪動，難保不會引發富士山隨之噴火。」

「在那之前，南關東一帶就會發生大地震而滿目瘡痍呢～～」

久樹與丹奈各自開口。他們倆的語氣之所以缺乏嚴肅感，大概是因為這個國家沒有他們要守護的人事物吧。

不過，八尋沒空對這一點發火。

因為珠依和尼森早於任何人發現知流花的存在，而且已經來到了附近。

「──及早殺了她不就沒有任何問題了嗎？」

珠依朝知流花伸出手。

她釋放的龍氣沿著大地而去，在知流花腳邊拖出了影子。跟推落山龍時一樣，珠依打算在知流花的正下方打開通往異界的門。

「妳的復仇到此結束了。日安，再見。」

當珠依說完的同時，豎坑在知流花腳邊打開了。

失去立足點的知流花先是浮起，然後便直接墜向一片漆黑之中──

八尋等人剛如此以為，眼簾就染上了一道閃光。

在翻騰間熊熊燃燒，而又不帶熱度的火焰。彩葉放出的淨化之焰燒過知流花腳邊，讓珠依鑿穿的虛無空洞隨之消滅了。

「我不會……讓妳那麼做……！」

彩葉用毅然的眼神瞪著珠依說道。哎呀——珠依愉快地笑逐顏開。

「住手吧……知流花！拜託妳！」

彩葉重新轉向免於墜落的知流花，還打算跑到她身邊。從地面突起的金屬結晶利刃卻形成了一道屏障，拒絕讓彩葉靠近。

珠依見狀，便忍俊不禁地說：

「怎麼辦呢，哥哥？你要見證山龍用權能再次毀滅這個國家？還是要將她推落無底深淵呢——」

「啊～～……要廝殺也是可以～～……但是能不能請你們等一下呢～～……？」

在場的另一名龍之巫女——姬川丹奈悠哉地說道。

神情像是已經被逼急的彩葉，還有殺氣騰騰的珠依同時轉頭望去。丹奈集她們倆的注目於一身，不知怎地卻踮腳仰望了天空。

黎明將近的天空開始泛白，上頭飛著一架小型飛行機。跟喬許駕駛的傾轉旋翼機是同一款機種——比利士藝廊的運輸機。

『看來我似乎趕上了呢。』

有聲音從無線電傳出。跟珞瑟的嗓子類似，給人印象卻截然不同的少女說話聲。

「茱麗……？」

八尋在疑惑間叫出她的名字。比利士家的雙胞胎之一曾說過有事要辦，就獨自留在「日方」艦上，不知道為什麼如今又趕回來了。

『哎呀～～帶她出來費了不少工夫，我還以為會來不及，嚇得冒冷汗呢。』

當茱麗談起根本沒有人問的辛酸時，運輸機的旋翼換了角度開始朝地面降落。看似慎重而又率性乾脆的駕駛。駕駛者恐怕是帕歐菈吧。

「三崎知流花……停下動作了？」

珠依背後的尼森納悶地蹙眉。

正如他所說，原本持續震動的地面停住了。因為知流花停止發動神蝕能了。

化為半人半龍的她睜開覆有瞬膜的眼睛，直盯著降落的運輸機。從運輸機後方艙門有人影現身，長著鉤爪的手便向對方伸去。

「啊……啊啊……！」

從知流花的喉嚨冒出了近似嗚咽的聲音。

霎時間，八尋感受到強大熱流，因而把手伸進制服的口袋。熱源是顆深紅的石頭，天羽留下的結晶。

「天……天……羽……！」

捨棄人身的知流花硬是想從嘴脣編織出話語。

從降落的運輸機貨艙出來的人，是個只披著白色襯衫的赤足少女。

凜然挺直背脊的她，身後有束起的黑色長髮搖曳著。

「神喜多天羽？」

久樹發出困惑的聲音。不對——八尋搖頭。

「那不是她……而是她的複製人……」

「你說那是從不死者的細胞創造出來的複製人？神喜多天羽不是已經喪失不死者之力了嗎？」

久樹一臉愕然地發出驚呼。

八尋默默地望著穿白襯衫的少女背影。

沒錯，天羽失去了不死者之力。再者，那個複製體是失敗品。她在注滿知流花靈液的水槽外就活不了，也沒有繼承天羽的記憶。

證據就是少女每踏出一步，以複製技術培養的肉體便有部分像灰一樣地乍然瓦解。

儘管如此，穿白襯衫的少女仍一直線走向知流花。無需其他人教導，她似乎就篤定那是自己的職責。

「我想，那大概是天羽小姐最後的力量……不……」

或許那才是她真正的心願——八尋心想。

將復興日本還有復仇都拋諸腦後，只求跟知流花一起生活——

「天……羽……！」

「知流花……」

半人半龍的少女與不完美的複製人少女，都拖著受創的身體朝彼此接近，然後用力擁抱在一起。

就在那瞬間，彷彿最後一線生機已斷，兩個人的身軀同時崩解了。少女們像被扔棄的玻璃藝品，散發著點點光芒並且碎散成粉末，直至全然消滅。

之後留下的，便只有八尋手中徒然閃耀著的深紅結晶。

「知流花……」

彩葉用呢喃般的聲音呼喚了跟自己曾為朋友的少女名字。

如今，已經無人能回應她的呼喚。

終幕 Epilogue

那天，茱麗葉與珞瑟塔這對雙胞胎姊妹拜訪了橫濱要塞的塔（The Tower）。

關於四天前發生的山龍失控一事，她們接到了連合會的傳喚。

徒具接待室之名的空蕩房間裡，以會首葉卜克萊夫．勒斯基寧為首，連合會的四名幹部齊聚一堂，他們全都俯望著站在較低處的比利士家雙胞胎。氣氛猶如嚴肅的審判。

儘管能防範山龍的侵略於未然，龍所率領的魍獸仍導致實質支配神奈川地區的美軍喪失大半戰力，連合會的設施同樣受害匪淺。勒斯基寧等人的表情會變得嚴肅也是在所難免。

理應正受到責問的雙胞胎臉上卻無緊張之色，表情也跟平時完全一樣。

「我理解妳們那邊的說詞了。」

坐在接待室中央的勒斯基寧露出嚴厲臉色說道。

「所以說，妳們比利士藝廊只是賣了兵器給日本獨立評議會，並沒有牽涉到這次龍失控的問題？」

「沒有沒有。倘那種渾水對我們能有什麼好處啊。」

茱麗一邊和氣地微笑一邊甩了甩手否認。

珞瑟如往常般面無表情，還輕蔑似的回望勒斯基寧等人說：

「我們反而是協助阻止龍失控的那一方。連合會的斥候不也提出了那樣的報告？」

「但、但是……你們賣給評議會的兵器構成了與美軍對立的因素，這應屬事實。」

守在勒斯基寧背後的雅格麗娜．傑洛瓦略顯氣惱地反駁。

日本獨立評議會暗示本身持有裝備集束彈頭的巡弋飛彈，還盛氣凌人地向美軍要求談判一事，連合會也已經得知了。包含將巡弋飛彈賣給他們的業主正是比利士藝廊這項事實。

可是，雙胞胎姊妹卻偏頭表示：那有什麼部分構成問題？

「商人的工作是販賣顧客想要的物品。售出的商品會用在什麼地方，可不是我們要負的責任。」

「即使我們不賣兵器，評議會也只會找其他商人購買。實際上，在我們將巡弋飛彈送交對方之前，評議會似乎就已經開始跟美軍交涉了。」

「——哎，好吧。反正以結果而言，橫濱要塞並沒有受到損害。何況地龍留下來的冥界門，聽說也是妳們陣營的龍之巫女負責堵起來的。」

勒斯基寧沉重地吐了氣。

結果，會議室內緊繃的空氣稍微有所舒緩。連合會做了判斷，對比利士藝廊這次的行動不予追究。

「對呀。要是直接把那擱著不管，現在這一帶已經落得跟二十三區同樣的命運了。大概啦。」

茱麗用賣人情的語氣說道，勒斯基寧便點頭附和：或許是吧。

山龍——三崎知流花消滅後，鳴澤珠依與奧古斯托．尼森隨即被統合體的護衛們帶走。是彩葉淨化了珠依留下的冥界門。那使得八尋眼睜睜讓珠依逃掉。不過，與山龍交戰而受了消耗的八尋無餘力跟尼森纏鬥，精確來講，對方放了八尋一馬會是較符合實情的說法。

「妳們打算怎麼處置寶器？」

勒斯基寧閒話家常似的朝雙胞胎咕噥了一句問道。

「您指的是？」

珞瑟微微地偏頭。哼——勒斯基寧不快地哼聲說：

「裝蒜也沒用。妳們弄到手了吧？山龍留下的象徵寶器。」

「是的。不過，與其說那是弄到手——」

「更像是投刀塚透要把東西交給你們，對吧？」

勒斯基寧挖苦般的嘀咕，讓珞瑟默默地頷首了。

雅格麗娜畏懼似的抖了抖肩膀。

鹿島華那芽對八尋說過，天羽留下的血之結晶先交給他保管。那就表示，他們遲早會來把東西要回去。雷龍巫女與號稱最強的不死者將會重臨——

「想要的話，我們可以讓出去喔。雖然也要八尋他們同意啦。」

「免了。誰要那種只會留下詛咒的石塊。」

茱麗不負責任地提議，使得勒斯基寧由衷排斥地板起了臉孔。

接著，他忽然用真誠的眼光望向雙胞胎。

「告訴我，比利士藝廊。我們可以把火龍巫女當成人類的夥伴嗎？」

雙胞胎一聽見那句話，散發的氣息就變了。

感情從茱麗的眼中散失，她僅在嘴邊露出刻薄的笑容說道：

「問這個倒是有趣，勒斯基寧。不像你的作風。」

「龍遲早必須以人類之手弒殺才行。無論那是邪龍，或者聖龍。」

然後珞瑟便靜靜告訴對方。毫無感情的眼睛裡，蘊有掩飾不盡的殺意。

†

那艘船，就停靠在比利士藝廊部隊宿舍旁的小小碼頭。

全長約八公尺的小型船，僅適合於沿海航行的遊艇。

將水以及預備燃料搬上船，正著手準備出港的是久樹。丹奈則是坐在舷側的長椅，讓午後海風吹拂著柔順的捲髮。

「丹奈小姐，你們真的要走嗎？」

彩葉露出依依不捨的表情，並從碼頭上喚道。盡完職責的丹奈他們即將回國，彩葉是跟八尋一起來送行的。

「別看我這樣，我好歹是CERG的研究員呢～～」

丹奈有些得意地挺胸。儘管迷糊的講話方式讓人聽了不太有真實感，但丹奈是跳級從研究所畢業，然後被歐洲重力子研究機構迎為成員的才女。

那樣的丹奈為什麼會成為龍之巫女？又為什麼會跟久樹訂下契約？對這些他們倒是絕口不提——

「前筑波市有法軍接收的觀測設施喔～～我原本就隸屬於那裡。山龍的出現與消滅對世界造成了什麼影響，你們不感興趣嗎？」

丹奈就跟平時一樣，用充滿好奇心的語氣向兩人問道。

被這麼一說，八尋等人也沒辦法勉強丹奈他們留下來。

據稱力量足以重塑世界的龍消失了一頭。其結果將會讓這個世界變得如何，對八尋他們來說也是絕對無法忽視的情報。

「帶著這個吧，湊久樹。」

八尋拿出裹成包袱的大型多層便當盒，並且把那塞給船上的久樹。

久樹收下後露出了納悶的臉。

「這是啥？」

「可樂餅。我想應該都炸得很美味。」

彩葉用頗有自信的語氣說道。八尋無意識地發出嘆息。彩葉堅持要準備伴手禮，被迫奉陪的八尋落得了從早上就忙著削馬鈴薯皮的下場。

「我們就收下吧。」

久樹大概不是體恤八尋的辛勞，就帶著一副臭臉點了頭。

另一方面，丹奈則像個肚子餓了的小朋友嚷嚷著「可樂餅可樂餅」。

「我們家的小朋友會寂寞的……呃，我也是……」

從剛才就一直忍著眼淚的彩葉吸了吸鼻子。

或許因為同是倖存的日本人，彩葉的弟妹們與丹奈格外投緣。選在他們「上課」的期間離開，也是因為丹奈怕小朋友們傷心。

「我們應該很快又會見面喔。畢竟我也跟八尋約好了～～」

彩葉終於認真哭了出來，丹奈便用悠哉的口氣說道。

八尋的太陽穴頓時抽搐起來，彩葉則是連眼淚都忘了擦就氣得抬起臉。

「……你們約好了什麼？」

「啊～～……我想起這件事不能提了。請妳忘掉吧。」

啊哈哈哈——丹奈一邊草率地敷衍，一邊朝八尋他們揮了手。

解開繫留索的遊艇駛離碼頭後，在久樹的駕駛下逐漸遠去。

彩葉目送丹奈他們遠離，還鬧脾氣似的始終鼓著腮幫子。

「……所以呢，你跟丹奈小姐約好了什麼？」

一看不見載著丹奈他們的遊艇，彩葉就瞪著八尋問道。

八尋沉默地聳聳肩。要應付彩葉的追究感覺並沒有多難，但隨便扯謊的話，露餡時會惹她生氣是顯而易見的。所以八尋只好實話實說。

「沒什麼大不了。她說會協助我殺珠依。」

「你們做了那樣的約定嗎！還瞞著我不說！」

彩葉變得橫眉豎目。八尋無奈地嘆氣說：

「告訴妳的話，妳會反對我們吧。」

「那是因為……兄妹互相殘殺又不是好事……」

「兄妹嗎……她似乎沒有認我當真正的哥哥就是了……」

八尋自嘲似的露出了乾笑。

過去，只有八尋以哥哥的身分對待珠依，珠依從一開始就沒有把八尋當成家人看待。那使得八尋與她的心思相左，進而造成大殺戮的導火線。因為八尋沒辦法接受她的心意。

所以，八尋非殺珠依不可。

趁著她還沒有重演同樣的殺戮——

「是那樣……嗎？」

彩葉受了動搖般望向八尋。

然而她懷有的感想似乎跟八尋想像的有所不同。不知怎地，彩葉略顯不悅地瞇起眼說：

「所以你才吻了她？」

「啥？」

八尋口中冒出奇妙的聲音。

「妳說我吻她……欸，我吻的是手背耶。」

「可是吻了就是吻了啊。看到你們那樣，我心裡總覺得不舒服。」

彩葉生氣地扠腰說道；八尋生厭地撇嘴反駁：

「妳要那麼說，我也沒辦法吧。不然我當時還能怎麼辦？」

「我曉得啊……那是因為我沒有能力阻止知流花，所以你才會就範吧。」

忽然間，彩葉的笑容生硬地垮了下來，目光隨之低垂。

她的聲音就像在嗚咽一樣，微微發抖。

「所以，你才會像那樣跪在她的跟前……對不起……對不起喔……」

「這不是妳需要道歉的事。」

八尋胡亂撫摸起彩葉垂下來的頭。

向內心想著非殺不可的對象屈膝下跪，還行人臣之禮似的親吻對方。珠依正是因為明白八尋所受的屈辱，才覺得心滿意足。彩葉並沒有笨到連那都察覺不了。

「不過……我還是要說對不起。」

彩葉抽咽似的說道。

拿妳沒轍——八尋將嘴巴湊到彩葉耳邊告訴她：

「我知道了。那麼，我也對妳比照辦理就好了嗎？」

「不要。」

「啥？」

彩葉立刻回絕，讓八尋露出錯愕的臉色。

彩葉一邊使勁擦掉眼角浮現的淚水，一邊抬起臉說：

「我不要跟她一樣。你要讓我有更特別的感覺。」

「特別是要怎麼個特別法啦？」

「那是你該負責思考的吧……！」

彩葉用了小孩鬧脾氣似的口吻說道。

真是個麻煩的女人——八尋搖了頭，在稍作思考後用草率的口氣問：

「改吻臉頰總可以了吧？」

咦——一瞬間，彩葉畏懼地目光亂飄，卻又為了掩飾而斷然點頭說：

「好、好啊，八尋，你無論如何都想要的話，我倒不是不能答應。」

「啊～～……是是是。」

八尋苦笑著把手湊到彩葉的下巴。彩葉則身體縮得硬梆梆，牢牢緊閉眼睛。明明當著別人面前讓八尋枕著大腿就不要緊，親吻臉頰卻好像不行。

彩葉緊張的表情太逗趣，八尋忍不住噗哧笑了出來。

「我看還是算了。」

「為什麼！」

「我們沒理由這麼做吧。畢竟跟珠依的事情已經結束了。」

「啊，唔……」

彩葉依然滿臉通紅，還認真地鼓起腮幫子。或許她是認為自己被八尋戲弄了。

八尋擱下了那樣的她，然後朝藝廊的部隊宿舍走去。

哎喲——彩葉憤慨地追向八尋說：

「你、你很詐耶！要吻的話就該連我一起吻！」

「咦……咦咦！」

對彩葉這陣怒罵聲起反應的人並不是八尋，而是剛好從建築物轉角走出來的嬌小身影。穿水手服且氣質正經的少女，彩葉的妹妹佐生絢穗。

而且從絢穗的後頭，又有彩葉的弟妹們陸續出現。

「絢、絢穗？還有大家……藝廊的人不是正在教你們讀書嗎？」

彩葉帶著緊繃的表情問道。

「課剛才上完了，所以我們也想來替丹奈姊姊送行……」

弟妹們當中最懂事的蓮用尷尬語氣說明。

京太無視於長男那份體貼的心意，還亮著眼睛問：

「儘奈姊，妳要跟八尋接吻嗎？」

「呀啊～～」地發出尖叫聲的不知道是凜花，還是穗香。九歲兒三人組跟著開始起鬨：

「親親～～親親～～」

「不、不是的……這當中都有理由……八尋，你也來幫我解釋！」

「去吧，鵺丸。把東西撿回來。」

八尋裝成沒發現騷動，跟瑠奈帶來的鵺丸玩耍。

「你好無情～～！」

彩葉的叫聲迴盪於傭兵們所在的城市。

那是國家毀滅之後，留下來的人們在浮生間的短暫安詳記憶。

高遠的夏季藍天擴展於廢墟街景之上。

而在遙遙的海平面上，純白積雨雲升騰而起。

宛如替一頭已逝的龍立起墓碑——

後記

就這樣，已向各位奉上《虛位王權》第二集。

本作副標題是仿效「惡魔與蒼藍深海間（Between the Devil and the Deep Blue Sea）」這個慣用句，我從之前就在等機會用在本系列。原本慣用句的意思似乎是「進退維谷」或「走投無路」，這一集的內容大致也是如此所以正好。

這次的舞台是大海，龍之巫女們也一口氣出現了，還有不死者也一樣。然而，人格正常者挺少的。尼森意外屬於正常的那一邊。還有出現於本作的龍是以八卦為原型，這點也揭露出來了。原本八卦中的「兌」卦正象為澤，但在本作則是對應成「沼」。正如「沼澤」一詞所示，這兩者關係接近，我想應該無妨。畢竟取名為澤龍就會有討喜可愛的感覺了。

八尋與彩葉離開化為廢墟的二十三區，再次回到有人類生活的土地，但原本居民皆已死絕的日本當然不可能保持與現在相同的面貌，在這之後，他們倆將在面目全非的世界體驗各種際遇，並且見證人們的心願與下場。

若能請各位繼續守候八尋與彩葉的故事，便屬甚幸。

三雲岳斗

03

All Hell Breaks Loose

虛位王權

THE HOLLOW REGALIA

敬 請 期 待

三崎知流花

Misaki Chiruka

山龍巫女

DATA

年齡	16	生日	1/29
身高	151cm		

SUMMARY

山龍瓦納格洛利亞的巫女。在受到大殺戮波及時為天羽所救，從那之後就與她一同行動。個性內向怕生，卻以美妝直播主的身分活動，在鏡頭前會開朗活潑得判若兩人。

知流花
（直播主）

CONFIDENTIAL

神喜多天羽

Kamikita Amaha

不死者

DATA

年齡	24	**生日**	8/5
身高	168cm		

SUMMARY

與知流花訂下契約的不死者，流亡政府「日本獨立評議會」的議長。父親原是國會議員，本身也有與生俱來的指導力與領袖魅力。從小習有各項武藝，身為不死者的戰鬥力也高。

山龍　瓦納格洛利亞

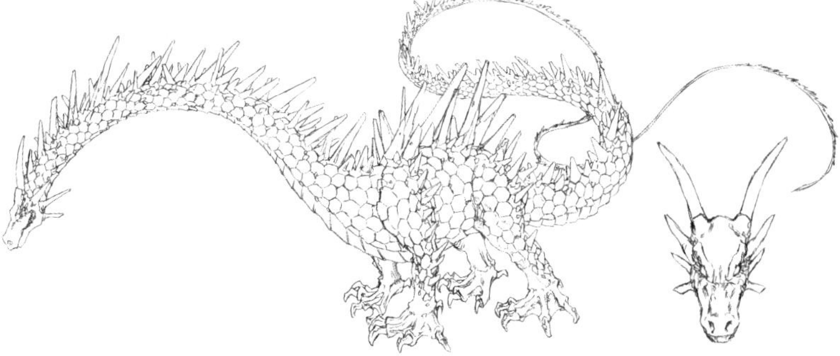

姬川丹奈
Himekawa Nina

沼龍巫女

DATA

年齡	22	生日	2/14
身高	149cm		

SUMMARY

歐洲重力子研究機構的研究員，跳級取得博士學位的天才。身為沼龍盧克斯利亞的巫女，從物理學的觀點研究龍之權能。

CONFIDENTIAL

湊久樹
Minato Hisaki

不死者

DATA

年齡	18	生日	4/11
身高	178cm		

SUMMARY

與丹奈訂下契約的不死者青年。宛如聽命於丹奈的忠犬，但他出自何種目的與動機皆屬不明。缺乏禮節，與他人溝通有難處，其實性格很講道義。

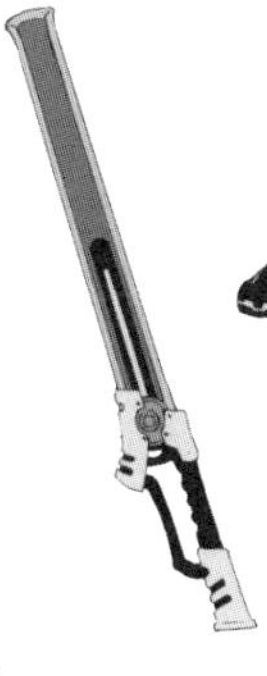

雅格麗娜・傑洛瓦

Akulina Jarova

年齡	24	生日	12/9
身高	166cm		

連合會的會首勒斯基寧的祕書，個性一板一眼，閱歷豐富。生於富裕家庭，卻在內戰中失去家人，當自己也差點喪命時被勒斯基寧救了，因此敬愛勒斯基寧如父親。

葉卜克萊夫・勒斯基寧

Evgraf Leskin

年齡	64	生日	3/20
身高	187cm		

設於橫濱要塞的民營軍事企業連合會的會首。身為傳奇性傭兵而廣為人知，目前對眾多民營軍事企業的山頭仍具備強大影響力。

麥里厄斯・基貝亞

Marius Gibeah

年齡	34	生日	11/12
身高	184cm		

世界知名的影像製作人。經銷水資源及化妝品的大廠基貝亞環保企業會長的兒子，為了企業利益與自身的野心而協助日本獨立評議會。

CONFIDENTIAL

妙翅院迦樓羅
Myoujiin Karura

年齡	20	生日	7/5
身高	162cm		

天帝家嫡系的妙翅院家長女，被視為下任天帝人選之一。為人有親和力又常保開朗，然而要看穿她的真正心思並不容易。擁有天帝家相傳的深紅勾玉寶器。

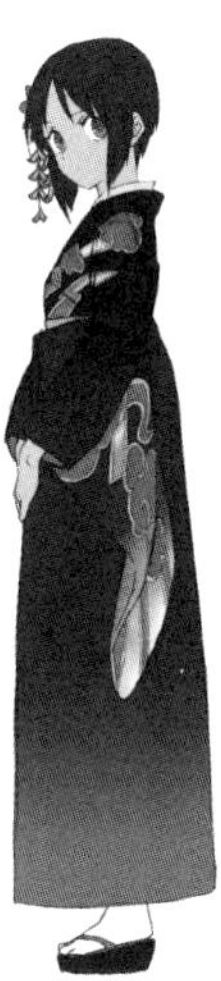

鹿島華那芽
Kashima Kaname

年齡	17	生日	1/17
身高	154cm		

雷龍特利斯提帝亞的巫女。身為妙翅院家分家的鹿島家一分子，卻與自己的契約者投刀塚透一同遭到軟禁。喜愛植物且性情溫順，但也有對反抗天帝家之人毫不留情的殘酷的一面。

投刀塚透
Natazuka Toru

年齡	19	生日	9/8
身高	169cm		

與華那芽訂下契約的不死者。過去曾以不死者身分極盡殘虐之能事，目前與華那芽一同被軟禁在天帝家的離宮。性格怠惰，討厭外出，卻是個不惜與不死者廝殺的危險人物。

作戰區域圖

AREA MAP

1	橫濱要塞	前橫濱車站周邊
2	比利士藝廊根據地	新港埠頭地區
3	橫濱要塞辦事處	前山下碼頭
4	與天羽會合處	逗子海岸附近
5	瓦納格洛利亞登陸點	三浦半島南端
6	美軍南關東基地	前美軍橫須賀基地
7	冥界門出現地點	前橫須賀市區

連合會

根據地設於南關東的民營軍事企業互助組織。主要的目的在維護管理港灣設施，也會斡旋工作或替旗下企業調停糾紛。

橫濱要塞

將前橫濱車站周邊改建成要塞後的連合會據點。維修鐵路車輛的場地及發電設施等基建項目一應俱全，據說有近十萬名傭兵生活於此。

歐洲重力子研究機構

將總部設於歐洲的基本粒子物理學研究所。大殺戮過後，接收了日本國內的高能加速器等實驗設施。姬川丹奈為本組織的研究員。

日本獨立評議會

在大殺戮中存活下來的日本人所組成的流亡政府，志在讓日本再次獨立。不過實質上從事的是海賊勾當，並沒有被承認為正統的流亡政府。

日方

前海上自衛隊的攻擊登陸型護衛艦，目前日本獨立評議會保有的唯一領土。主要武裝為兩門20毫米機砲、一套VLS裝置和魚雷發射管等。

天帝家

日本歷史上長年高居君主之位的家族。在現代已將參與國政的權利下放，並退出表面的政治舞台。獨自擁有名為聖廷的近衛兵部隊。另外，相傳他們的祖先是遠古時的弒龍者，至今仍代代傳承當時的寶器。

祝賀插畫

新角色大量登場，為他們構思造型讓我相當開心。

希望今後有機會畫到這次沒能在插畫中亮相的角色……！

深游

國家圖書館出版品預行編目資料

虛位王權. 2, 龍與碧藍深海之間/三雲岳斗作；鄭人彥譯. -- 初版. -- 臺北市：臺灣角川股份有限公司, 2023.02

面；　公分

譯自：虚ろなるレガリア. 2, 龍と蒼く深い海の間で

ISBN 978-626-352-271-8(平裝)

861.57　　111020709

Kadokawa
Fantastic
Novels

虛位王權 2
龍與碧藍深海之間

（原著名：虚ろなるレガリア 2 龍と蒼く深い海の間で）

2023年2月16日　初版第1刷發行

作　者：三雲岳斗
插　畫：深遊
譯　者：鄭人彥

發行人：岩崎剛人
總編輯：蔡佩芬
編　輯：孫千棻
美術設計：莊捷寧
印　務：李明修（主任）、張加恩（主任）、張凱棋

發行所：台灣角川股份有限公司
地　址：104台北市中山區松江路223號3樓
電　話：（02）2515-3000
傳　真：（02）2515-0033
網　址：www.kadokawa.com.tw
劃撥帳戶：台灣角川股份有限公司
劃撥帳號：19487412
法律顧問：有澤法律事務所
製　版：巨茂科技印刷有限公司
ＩＳＢＮ：978-626-352-271-8